Mân Esgyrn

mân esgyrn

SIAN OWEN

Gomer

Cyhoeddwyd yn 2009 gan
Wasg Gomer, Llandysul, Ceredigion SA44 4JL.

Ailargraffiad – 2010

ISBN 978 1 84851 150 7

Dymuna'r cyhoeddwyr gydnabod cymorth
Cyngor Llyfrau Cymru.

Argraffwyd a rhwymwyd yng Nghymru gan
Wasg Gomer, Llandysul, Ceredigion.

I Ken, am ddallt

Diolch i Angharad Price am ei hanogaeth gyson; i Ian Rothwell Jones am wybodaeth arbenigol a thaith i'r mynydd; i Branwen Cennard am fod yn ffrind da; i Wasg Gomer am eu gofal; i'r Academi am Ysgoloriaeth i Awduron Newydd ar ddechrau'r nofel; ac i Gruffydd, Heledd a Morfudd am fod hefo fi ar y daith.

Mae ambell leoliad yn y nofel hon yn gyfarwydd, ond dychmygol yw'r cymeriadau a'r sefyllfaoedd i gyd.

"Nid yn ei gyflwr crai y daw'r mwyn copr . . . yn hytrach fe'i cresir yn gyntaf ar y mynydd [Parys] mewn odynau ble gwahenir cryn gyfran o'r sylffwr . . ."

Michael Faraday, 1819

pregnant *a.* **1.** *(a) (woman):* beichiog; . . . **she's ~,** mae hi'n disgwyl; mae hi dan ei gofal; *N.W: occ:* mae hi'n magu mân esgyrn.

Dafliad carreg o ben siafft Mona, lle mae cyfoeth y graig yn gryfach na'r grug, mae agen lydan ac yno y gorweddai'r ddau ohonynt i syllu ar y sêr. Nid oherwydd bod hynny'n beth rhamantus i'w wneud, ond oherwydd mai dyna'r ffordd orau o syllu ar y sêr. Roedd y nosweithiau'n oer ar y mynydd – oerach hyd yn oed nag oriau'r dydd – ac roedd angen cysgod rhag bytheirio'r gwynt; felly yno, gyda thortsh a chopi benthyg o almanac y sêr a'r planedau, a diniweidrwydd dau a glywai nodau'r sfferau grisial yn canu yn eu clustiau, gorweddent.

Sawl gwaith y buon nhw yno? Dwywaith? Tair? Digon i serio'r profiad yn gynnes yn ei gorffennol. Dim digon iddi gofio mwy na siâp yr aradr ac ambell enw dieithr nad oedd bellach ond atgof o oleuni yn rhywle ar gynfas tywyll y gofod.

— *Betelgeuse? Fedra i ddim ei ddeud o, heb sôn am ei ffeindio fo!*

Ond fe ddangosodd iddi. Yn amyneddgar, yn foesgar y tu hwnt i'w flynyddoedd, crwydrodd ei fysedd y map cymhleth tra crwydrodd ei llygaid a'i dychymyg hithau y gromen uwch eu pennau, yn canolbwyntio fel petai'r holl atebion yno rhwng pigau'r sêr.

Unwaith. Dwywaith. Tair. Ac yna'r noson honno a hithau wedi cyrraedd yno o'i flaen, wedi sleifio o'r tŷ wrth iddi nosi, yn groes i frygowthan ei mam. Mae dadwrdd y cerydd yn dal i atseinio yn ei chlustiau, er bod y rheiny'n bupur poeth wedi'r daith drwy'r gwynt. Clyw ei sŵn yntau'n sgrialu drwy'r graean ac mae hi'n barod i weiddi'n uchel arno: — *Un peth da am Mam 'di meddwi, o leia fedar hi ddim rhedag ar fy ôl i.*

Ond mae o yno, yn gynt na'i geiriau, ei wyneb yn wlyb a'i lais yn floesg.

— *Dw i'n gorfod mynd.*

— *Rŵan hyn?*

— *Fedra i ddim aros.*

— *Wel, dim ots . . .*

Ac mae'n ei chael ei hun yn gwneud y peth hwnnw y mae hi wastad yn ei wneud, yn cymryd arni ei bod hi'n deall, heb holi, heb ofyn beth sy'n bod. Fel pe na bai ganddi hi hawl cael gwybod.

— *Mae hi wedi . . .* ond does dim byd arall yn dod.

Mae o'n sefyll o'i blaen yn gryg, yn gryndod ac yn anadlu'n drwm wedi'r daith hyd yr allt hir. Yna mae o'n crio: mewn anobaith, annealltwriaeth. Am yn hir, hir mae ocheneidiau'n sgytian ei ysgwyddau ifanc.

Mae hi eisiau cyffwrdd â'i lawes, ond wnaeth hi erioed mo hynny o'r blaen; rhoi braich am ei war a'i wasgu, neu ddim ond rhedeg ei bysedd yn llyfn ar hyd ei arlais, fel mwytho baban.

Mae hi eisiau gwneud hyn i gyd, ond 'wiw iddi.

Daw arogleuon sylffwr o'r siafftiau dwfn gerllaw i bigo'u ffroenau a gadael blas metelig sy'n gwneud cegau'r ddau yn sych. Ar ei thalcen mae cyrlen gopr yn dechrau dawnsio yn y gwynt. Gwthia'r cudyn ffôl y tu ôl i'w chlust.

— *Hidia befo,* meddai. *Mae hi am storm beth bynnag.*

O'r diwedd, mae o'n ymsythu. Am y tro cyntaf heno mae'n edrych yn union tuag ati, ei lygaid yn daer a'r geiriau yn bell o'i gyrraedd. Ond mae'r nos wedi llyncu'r cysgodion a'r düwch nawr yn drwch.

A wêl hi ddim o hyn.

Yn ei siom, trodd ei chefn ar y sêr.

Dydd Gwener

1

O edrych yn ôl, mae'n debyg mai'r diwrnod y bu farw'r ci y dechreuodd pethau syrthio i'w lle. Dydd Gwener oedd hi; diwrnod braf. Un o ddyddiau gwag Gorffennaf, a haul a heli'n gwenu ar ei gilydd. Diwrnod rhy braf o'r hanner i golli ffrind; rhy boeth i fod yn chwysu uwchben bedd.

Pan gyrhaeddodd Carol adref amser cinio a'i gael yn farw, roedd fel petai cyfnod wedi dod i ben. Cwta wythnos oedd ers iddi gyrraedd yn ôl i'r ardal, a dim ond dechrau dod yn gyfarwydd â'r dref drachefn yr oedd hi, ond dyma yntau wedi gollwng gafael yn y frwydr. Roedd fel petai'r hen gi yn fodlon bellach ar yr arogleuon, a chyrraedd yma yn golygu bod y daith ar ben. Mwytha druan.

— *Mwytha?* byddai Sera yn holi mewn anghrediniaeth. *Mwytha ni, wedi mynd?*

A byddai Carol yn gwenu wrth glywed holl angerdd ei phlentyndod yn cronni eto yn llais ei merch ar ben arall y ffôn.

Y ci oedd un o'r ychydig linynnau triw a chyson a redai drwy fywydau'r ddwy ohonynt. Dim ond y hi a Sera fyddai'n deall hynny. Clustog o gydymdeimlad; llyfwr dagrau heb ei ail, ac ni chaech well cwmpeini i chwarae pêl ar draethau eang, pell. Fyddai neb arall yn gallu rhannu'r golled. Petai'n dod i hynny, doedd yna fawr neb arall yn gwybod – heblaw Eleanor yn y swyddfa.

Bu Carol yn ôl yno am ychydig, ond roedd hi'n dawel yn y dref; neb â'u bryd ar brynu tai a phawb yn trafod gwyliau. Felly, fe ddiflannodd hi am y pnawn.

Roedd y stryd i lawr i'r cei yn od o dawel wrth iddi gerdded adref. Fel petai pawb yn barod am gynhebrwng – dyna oedd y peth cyntaf a'i trawodd – ac roedd rhywbeth yn ddigon cysurlon yn y teimlad hwnnw. Llygaid parch y tu ôl i lenni'r tai cyngor yn gostwng wrth iddi fynd heibio. Pawb yn galaru. Ond wrth gwrs, roedd hynny'n amhosib. Doedd neb yn gwybod am y ci.

Eto roedd rhywbeth yn eu poeni.

Efallai mai'r dref sydd wedi marw, meddyliodd.

Heblaw am un alwad frys, cafodd Carol lonydd y prynhawn hir hwnnw. Llonydd i wagio un o'r bocsys mawr llawn llyfrau a rhoi'r blanced yn grystyn o gysur ar ei waelod. Yna codi'r corff o'r fasged wellt a'i osod yn ofalus ar ganol y blew a'r brethyn, cyn ei lapio, fel lapio baban, ei gau dan glawr a'i gario.

2

Heb fod ymhell o'r porthladd bychan, dros y bryn, tu hwnt i hen het y felin, roedd Helen yn brysur. Roedd dwy lori dancer yn cario clorin newydd landio, y ddwy angen eu harchwilio'n drwyadl a'r papurau i gyd i'w llenwi a'u ffeilio cyn danfon y tanceri draw i'r llociau newydd i'w gwagio.

Wrth iddi frasgamu ar eu holau, gwyddai Helen fod mwy nag un llygad yn ei dilyn ac nid rhai'r camerâu diogelwch yn unig. Roedd yr oferôls coch yn bleserus o dynn amdani, er mai rhai llac y dylai hi eu gwisgo i'w hamddiffyn mewn gwirionedd. Ond gwyddai Helen y rheolau i gyd – dyna'i gwaith, wedi'r cwbl – a gwyddai hefyd faint o raff i'w chymryd; faint o lastig.

Gwisgai sbectol ddiogelwch, fel pawb arall, ond un lwyd, denau; yr orau yn y catalog – llawer tebycach i sbectol haul na'r gogls arferol. A phob tro y gadawai ei swyddfa ar lawr uchaf y prif adeilad, y drws nesaf i'r rheolwr – Simon – gosodai'r helmed wen yn dynn am ei phen yn y lifft, cyn tynnu un cudyn melyn yn ogleisiol gen ochr ei hwyneb, fel ewin lleuad o gwmpas ei gwên.

Nid bod Helen yn gwenu'n aml. Wedi'r cyfan, doedd yna fawr neb na dim gwerth gwenu arnynt yn y gwaith. Na, meddwl mwy am bobl eraill yr oedd hi: pobl eraill yn edrych arni hi, a gwenu. Mwy yn ei steil hi o lawer, hynny.

A'r prynhawn Gwener hwnnw, roedd pethau'n edrych yn addawol iawn i Helen Parry. Popeth yn mynd fel watsh; y cyflenwyr i gyd yn gwneud eu gwaith, y bechgyn ar y safle yn deall y drefn. Dim diferyn ar lawr, dim arlliw yn yr aer. Teimlad da oedd hwn. Rheolaeth.

Da. Da. Da. Anadlodd yn ddwfn. Roedd hi hyd yn oed yn gallu arogleuo'r oson yn codi o'r môr. Ddim yn ddrwg ar ganol gwaith cemegol. A dweud y gwir, ddim yn ddrwg o gwbl. Ond da iawn, iawn; fel yr oedd hi'n fwy na balch ei gyhoeddi wrth y byd.

— *Fi sy'n cadw'r lle 'ma'n saff, wyddoch chi.*

— *Lle, cariad?*

— *Y dre 'ma.* A byddai Helen yn sgubo'i llaw o un cwr i'r llall, ar draws y gegin. *Y lle 'ma i gyd.*

Byddai ei mam yn nodio'n ddifrifol.

— *Dyna'n union oeddwn i'n ei ddweud wrthyn nhw yng nghyfarfod Crossroads, y noson o'r blaen.*

Crossroads.

A dyna Helen eto yn cydio mewn gair a methu gollwng gafael. Dyna lle'r oedd hi. *Crossroads.* Nid y rhaglen ddwy a dimau roedd ei mam yn arfer ei gwylio, ond croesffyrdd eraill. Ym mhobman. Croesffyrdd go iawn. Croesffordd yn y gwaith: gweithio'n galed, mynd dim fengach, lle'r oedd y dyrchafiad roedd hi'n ei haeddu? Croesffordd efo'r fflat – sydd *ar* groesffordd fel mae'n digwydd – fflat mawr, chwaethus. Dim digon mawr, na digon chwaethus. Eto, rhy chwaethus i'r ffordd hyn . . . ffordd hyn . . . croes-ffordd hyn. Croes oedd siâp y bwrdd a'r pedair cadair yn y gegin adra. Pam oedd angen pedair a hwythau ond yn dri? Tri mochyn bach. Helen, Mam a Dad. Tri. Tri dyn bach ar ôl. Croesau roedd ei thad yn eu cerfio ar y cerrig beddi. Croesau a rhosys a ffenestri eglwysi ac angylion yn dangos y ffordd. Croes ffordd. Cris croes, tân poeth. Croesau roedd o'n eu cario.

Dad.

Bob dydd.

Torrodd llais ar draws ei dryswch.

— *Edrych mlaen at nos fory?*

Un o'r hogia, Lyn, yn nrws yr ystafell reoli.

— *Neith hi noson go-lew, 'swn i'n deud, yn gneith?* Gallai weld ei fod o wedi tarfu arni, ond roedd hi'n edrych arno nawr, yn nodio'i phen yn araf, yna'n gynt.

— *Ydyn, mae pethau'n dechrau siapio. Dechrau dŵad, rŵan.*

Lyn oedd dyn y disgo. Gwirfoddolwr. Parod. Cydiodd Helen yng nghanllaw y trefniadau i'w sadio a chamodd tuag ato.

— *Ym . . . Kevin yn iawn wrth y bar, Lyn?*

Amneidiodd yntau'n fodlon.

— *Kev a Jan. Cled a Neil ar y drysau a Dic yn dyblu ar y giât rhag ofn bydd 'na firi nes mlaen.*

Perffaith. Fel parot. Mentrodd Helen wên fach dynn. Yna oedodd, fel cath yn synhwyro presenoldeb llygoden. Sganiodd ei llygaid y sgriniau hyd y waliau: dim byd i'w weld o'i le . . . ond doedd hynny'n dweud dim. Roedd hi'n well nag unrhyw beiriant.

— *Dw i'n clywed ogla rhywbeth, Lyn. Wyt ti?*

Ochneidiodd yntau.

3

Roedd Carol ymhell, bell o'r byd. Roedd y cistiau'n dal ar hanner eu gwagio a lloriau'r bwthyn bach fel bwrdd llong mewn storm, eto roedd rhywbeth wedi'i harwain at un bocs yn arbennig. Cododd un llun ar ôl y llall o dywyllwch y gist gardbord a'u cario fesul un i'r goleuni.

Penliniodd ar deils caled y gegin a gosod y lluniau olew bychan yn garped o flaen y drws cefn. Pwysodd yn ôl ar ei chwrcwd a chraffu arnynt, a gwres yr haul o'i hôl yn smwddio'i gwar drwy ddeunydd tenau ei blows.

Penliniodd eto a gafael mewn un ffrâm arbennig; byseddodd y lliwiau coch ym mhlygiadau'r melfed cyfoethog yn y llun. Coch dwfn fel y coch mewn ffenestr eglwys; fel lliw aeron diwedd hydref; coch cynnes, fel hen win. Hwn oedd ei hoff liw, lliw gwres a gofal a diogelwch. Hwn fyddai'r lliw i gofio am y ci, pan ddeuai cyfle.

Yn sydyn, roedd cloch y drws yn canu, yn baldorddi drwy'r ystafelloedd bychan, blêr, ac ar hynny sylweddolodd Carol nad oedd hi wedi ymolchi, na newid. Roedd briwsion pridd o'r ardd wedi glynu yn ei siwt synhwyrol a'r ymdrech wedi suro'n chwys dan ei cheseiliau. Ond roedd yn rhy hwyr, a'r gloch yn dal i'w galw. Brysiodd at y drws a chodi'r gliciad.

Chwerw-felys oedd gweld Helen yno.

— *Tyd i mewn.* Ond roedd hi'n cywilyddio.

Pam na ffoniodd Helen ymlaen llaw?

Daeth Helen i'r cyntedd rhwng y parlwr bach a'r gegin, lle teimlai'r nenfwd yn cau amdani bron. Nid dyma'r math o le y disgwyliai i Carol ei rentu, ddim a hithau'n gweithio yn y lle gwerthu tai yn y dref. Dim pres, mae'n rhaid. Neu dim balchder. Dim chwaeth, beth bynnag. Ac roedd y gwahoddiad, wedyn, cymaint haws ei estyn: ond, na, doedd gan Carol ddim awydd cyfarfod neb mewn tafarn, meddai hi. Ddim y noson honno, o bob noson.

— *Dw i newydd gladdu'r ci.*

Tynnodd Helen ei hewinedd hirion trwy ei gwallt digwlwm a gollwng chwiban isel, hir rhwng ei dannedd. Nawr, roedd yr olwg ar ei chyfaill yn gwneud synnwyr. Achos doedd hi ddim wedi disgwyl iddi edrych fel hyn.

— *Yn yr ardd?*

— *Ia, yn y cefn, wrth y riwbob.*

A dechreuodd y ddwy biffian chwerthin. Helen, achos na welodd hi erioed mo'r clwt o ardd tu cefn i'r tŷ, heb sôn am wybod lle'r oedd y riwbob. Carol, achos bod chwerthin yn haws na chrio o flaen, wel, ffrind y byddech chi'n ei galw hi, mae'n debyg.

Heno, pan fydd gwres y dydd yn dechrau cilio, a'i gwddw'n sych ar ôl certio'i thrugareddau ar hyd a lled y tŷ, fe fydd Carol yn difaru na dderbyniodd y gwahoddiad. Bydd y teledu'n ddiflas a'r ardd yn oer. Bydd bwrlwm swigod lager yn cosi taflod ei dychymyg a hithau'n gweld eisiau'r gorffennol a'i gwmpeini.

Arhosodd Helen ddim yn hir wedyn: gormod i'w wneud. A rhubanodd restr faith o'r holl drefniadau oedd yn galw. Nid peth hawdd yw trefnu gŵyl: tridiau o Ŵyl y Llychlynwyr fwrw'r Sul a hithau yn ei chanol. Trelars i'w trefnu, goriadau i'w casglu, caeau i'w torri a phebyll i'w codi; arwyddion, posteri, tocynnau, casgenni a chymaint o alwadau ffôn symudol nes iddi brynu teclyn clust ar wifren. Mae hi'n darllen y *New Scientist*; dydi hi ddim yn dwp.

— *Felly wela i di fory.*

— *Amser cinio; rhaid mi weithio'n y bore.* A gwenodd Carol – yn ddibwrpas, fel yr oedd hi'n digwydd, gan fod cefn Helen ar fin diflannu dros y rhiniog. Ond doedd honno ddim wedi llawn orffen.

— *Bechod na fedri di ddwad heno, hefyd.*

Ai dychmygu yr oedd Carol, ynteu oedd yna risialau bach o heli môr y porthladd yn glynu yn y geiriau?

Edrychodd heibio i Helen, heibio i ddrysau'r dafarn a'r siop sglodion ac i lawr at yr harbwr lle'r oedd cwch pysgota rhydlyd wedi'i glymu wrth risiau haearn, a mastiau llongau hwylio yn nes draw at geg y porthladd cul yn aros am benllanw. Ceir a faniau'n llwytho a dadlwytho. Prysurdeb diwedd prynhawn. Cyffro yn sŵn bwrw'r Sul. Braf gweld pobl yno, meddyliodd Carol; digon o fynd a dod. Ddim fel ers talwm, pan oedd hi'n fach; bryd hynny roedd o'n lle digroeso, y llwybrau'n byllau dyfnion a cherrig cil y cei yn saim dan draed. Braf gweld y lle wedi'i adfer; yr hen storfa gopr yn sych dan lechi newydd, a morter ffres ar yr odyn galch.

Pethau gwahanol a welai Helen: gwifrau a cheblau, bocsys a faniau; a'r ochr draw i'r dŵr, seiliau tân oer y goelcerth at y Sul. Rhoddai'r pethau hyn i gyd bleser mawr iddi. Rhaffau a chlymau ac arwyddion mawr melyn; popeth yn dod at ei gilydd yn ddigon del ac acw, acw draw, acw, acw, nicw nacw, acw'n fan'cw, dacw nhw: y morgrug – ei gweithwyr diwyd – yno eisoes yn codi'r rhwystrau. A, na, doedd hi ddim cweit wedi gorffen.

— *Bechod, Carol. Mae hi'n argoeli'n noson dda. Ac mi fydd Luc yno.*

4

Fe gyrhaeddodd Helen y dafarn o flaen y lleill, am unwaith. Heno, doedd hi ddim eisiau bod yn ffasiynol hwyr. Er iddi roi'r argraff i Carol fod ganddi gant a mil o bethau'n galw, roedd pawb yn tynnu eu pwysau mewn gwirionedd, a chogyn bach mewn peiriant llawer mwy oedd hi.

Sylwodd fod rhai o deuluoedd y pentref Celtaidd eisoes wedi cyrraedd, wedi ildio i demtasiwn pei a sglodion ac yn drachtio'n hael o ganlyniadau'r golff ar y teledu ar bwys y bar. Od iawn oedd gweld eu crwyn a'u brethyn ar y seddi lledr cogio. Roedd hyd yn oed y plant yn rhan o'r rhith. Croen glân a gwallt lliw'r mêl. Petha bach del.

Petai hi'n Geltes yn y frwydr yfory, meddyliodd Helen, byddai'n gwisgo torch o aur a phlethu'i gwallt yn blethau euraid, mân. Byddai'n taenu'r mymryn lleiaf o golur ar ei bochau, fel petai cusanau'r awyr iach yn ei dŵr golch bob bore, a byddai'n chwilio am liw rhywbeth fel cen neu fwsogl i'w daenu ar obenyddion ei llygaid, i atseinio wstid mân ei chlogyn hir. Buddug o gymeriad; rhyw arwres denau, dal ar flaen y gad.

Fawr o gystadleuaeth o ran tal a thenau, beth bynnag, meddyliodd. Mae'n rhaid bod cogio byw mewn cytiau gwellt yn apelio at genod llond eu croen. Pladresi, lawer iawn ohonynt, a gafael da'r gorffennol – bloneg yr Hen Ogledd – yn woblo nawr i gyfeiliant rhif un ar *Top Of The Pops*.

Crychodd ei thrwyn, a sigo fymryn yn ei sedd. Doedd yr elfen 'ail-greu' yma ddim yn apelio ati; cyfrwng oedd o, pennod ar y daith. Y cwch oedd wedi cydio yn ei dychymyg hi pan fu yn yr Wŷl y tro cyntaf: yr ymdrech ar y cyd, y nerth, y gwres, y sŵn. Mor hyfyw oedd y cyfan iddi fel na sylwodd ar Luc nes iddo landio. Yno, wrth y bar o'i blaen. Luc. Luc! Fel trysor prin o'r pridd. Wel, trysor yn bridd trosto, beth bynnag.

— *Ych a fi, Luc, lle ddiawl ti 'di bod? Ti'n fudur fel mochyn!*

— *Diolch, Hel, neis dy weld tithau hefyd.*

Plygodd ati a rhoi cusan sydyn ar ei boch.

Sylweddolodd Helen nad dyna'r ffordd y bwriadai i'r sgwrs ddechrau; roedd ganddi sgript yn barod a honno ar fin mynd ar chwâl.

— *Sori, Luc. Lyfli dy weld ti. Falch dy fod ti wedi ffonio. Grêt dy fod ti'n ôl.*

Ond doedd Luc ddim wir yn canolbwyntio. Roedd ei gorff yn glymau ar ôl diwrnod o benlinio ar y llethrau, ei ewinedd yn llawn pridd melyn, bras y mynydd a'i amynedd gyda'i hen ffrind, Helen, yn brin ers tro. Ond, do, fe wnaeth o ffonio. Echdoe, neu rywbryd ganol yr wythnos, ar ôl i rywun sôn bod Carol yn ôl yn y dref. Meddwl yr oedd o efallai y byddai Helen yn gwybod rhywbeth amdani, y byddai'r hen rwydweithiau unwaith eto yn tynnu eu rhaffau'n dynn. A chafodd o mo'i siomi. Rhyw gydnabod help Helen, wedyn, oedd awgrymu cwrdd fel hyn.

Yn anffodus, y funud y cerddodd i'r dafarn y nos Wener fwyn honno, gwyddai ei fod wedi gwneud camgymeriad mawr.

— *Peint, ac wedyn mi a' i am adra*, dywedodd, gan rag-weld y cysgod ar ei hwyneb hardd. *Dw i 'di ymlâdd, ac maen nhw'n ffilmio drwy'r dydd eto fory. Ac fel rwyt ti eisoes wedi sylwi, mae'r mochyn yma angen neidio ar ei ben i'r bath!*

Ac wrth iddo ddweud hynny, rhoddodd bwniad bach

i'w hysgwydd, fel petai'n dangos bod popeth yn iawn, go iawn, o hyd. Rhyw gyffyrddiad fel rhwng tad a phlentyn, rhyw bwniad 'ocê mêt' a dim byd mwy. O leiaf, dyna oedd ei fwriad. Roedd sut y byddai Helen yn dehongli hynny yn ddirgelwch. Fel llawer iawn o bethau yn ei chylch, gwaetha'r modd.

Wyddai Helen ddim beth i'w wneud o'r noson. Prin y cafodd hi agor cloriau'r sgript.

Luc oedd wedi'i ffonio hi. Nos Fercher. Toc wedi wyth, pan oedd hi newydd ddod o'r *gym*. Y fo ofynnodd iddi hi fynd allan, nos Wener, yn o handi. Diod yn y Dinorben cyn i bawb arall gyrraedd, cyn i'r lleill ddod i'r cyfarfod, cyn i'r Celtiaid hwyliog ddechrau llenwi cratsh, a'r sesiwn drafod arfaethedig droi'n sesh.

Ar ôl yr holl flynyddoedd, roedd hithau'n meddwl bod pethau'n dechrau dod yn iawn drachefn, a'i fod o'n ôl, a'i fod o eisiau eistedd efo hi. Roedd hi wedi meddwl y caen nhw siarad ac wedi cymryd y byddai un ddiod fach yn troi yn ddwy, a dwy yn dair.

— *Luc*, dechreuodd, ond roedd hi'n anodd iawn esbonio; anodd iawn egluro mor ffodus oedd hyn; mor addas oedd y ffaith ei fod, ar hap, yn ôl yn cloddio, byrred y cyfnod, ar ei mynydd hi.

Gwenodd arni'n ffeind, ddisgwylgar.

Cododd Helen ei llymaid olaf at ei gweflau a bwrw cipolwg sydyn arno, wysg ei hochr, dan ei haeliau main. Roedd o'n syllu arni. Llyncodd hithau ei hofnau. Roedd o'n ôl. Fedrai o ddim cadw draw.

Roedd o'n dal i edrych arni; fflachwenodd arno'n ôl.

Oedd, roedd hi'n iawn; roedd hyn yn cadarnhau popeth yr oedd hi wedi ei amau o'r dechrau. Mae o wedi maddau i mi, casglodd: am bob dim ddigwyddodd, am y pethau gwirion, gwirion fu. Mae o wedi maddau ac mae o'n gwenu ac mae o yma, yma, rŵan, efo fi. Ac yn sydyn roedd hi mor hapus nes ei bod hithau'n gwenu, yn wên o glust i glust.

Wrth y drws, yn edrych arni'n syn, yn gweld y rhesi dannedd gwyn, meddyliodd Bryn wrtho'i hun eu bod nhw'n union fel rhes o gerrig beddi mewn mynwent milwyr. Addas iawn, cilwenodd, o gofio gwaith ei thad.

— *Be ti'n yfed – gwin gwyn? A' i at y bar.*

Doedd Helen ddim eisiau i Luc symud modfedd oddi wrthi, ond o leiaf fe fyddai diod yn ei gadw yma fymryn yn hwy. Dilynodd ei llygaid ei ysgwyddau cyhyrog ar draws yr ystafell a gwylio goleuadau'r bar yn gwneud i wrymiau esgyrn ei benglog daflu'r cysgodion ysgafnaf posib rhwng y blewiach cwta, cwta ar ei ben. Nid pawb fyddai'n gallu torri'i wallt mor fyr, ond roedd Helen yn edmygu ei synnwyr ffasiwn, ei hyder hawdd, ei osgo, y giewyn dan ei grys.

Betia i fod blas y pridd ar ei groen, meddyliodd, a dychmygodd rwbio'i thrwyn yn erbyn llabed lac ei glust, cyn sibrwd geiriau dethol ynddi, a'i llyfu a dechrau ei chnoi.

Yna, heibio i gefn Luc, digwyddodd ei llygaid daro ar wyneb cyfarwydd ond annisgwyl, draw wrth ymyl y peiriant sigaréts. Bryn. Dyna anghyffredin ei weld o allan yn y dre. Rhaid bod y Llychlynwyr yn denu mwy nag yr oedd hi'n sylweddoli. Ella mai ffansïo'i gyfle efo un o'r llancesi yn y blancedi yr oedd o, sniffiodd. Ac yna, fe'i trawodd yn sydyn mor lwcus oedd hi na ddaeth Carol allan wedi'r cwbl.

5

Does ar Carol ddim ofn y nos. Ofn y tywyllwch sydd arni, ac mae hi'n dywyllach yma nag oedd hi yn y ddinas. Ddim heno – ddim eto, beth bynnag – ond cyn bo hir fe fydd y ffenestri'n duo a'r caddug yn cau.

Fel arfer, mae ganddi ateb: wrth baentio – trwy ymgolli yn y lliwiau, yn y ffrwythau, yn y dail – mae'r oriau yn hedfan heibio a chysur y bydoedd sy'n cuddio yn y bowlenni o'i blaen ar y bwrdd yn lleddfu ei hofnau a breuo ei braw. Ond ddim heno; dydi'r lliwiau ddim yn galw heno. Mae'r golled yn rhy amrwd a Sera newydd ffonio, yn crio, yn meddwl am Mwytha yn pydru yn y pridd. Ac er y bydd y ddwy ohonynt yn codi carnedd yfory, fydd pethau ddim 'run fath eto. Bydd y ci am byth yma, mewn mynwent fenthyg, a'i gorff yn dadfeilio'n araf yn faeth i flodau rhywun arall.

Deilen wedi disgyn a wêl hi heno, yn felyn a smotiog gan salwch, ar lawr dan draed. Deilen yn ildio i afael y pridd, yn araf ddadelfennu, yn colli ei chelloedd, gannoedd ar filoedd, nes gadael dim ond sgerbwd ei bodolaeth.

Erbyn yfory, fe fydd hi wedi meddwl am hyn droeon ac yn dechrau deall, a bydd Sera yn gwrando arni hi'n egluro:

— *Maeth ydi o yn y diwedd: dail yn pydru a chyfoethogi'r pridd i'r planhigion ddaw ar eu holau. Cymryd o'r pridd, rhoi'n ôl i'r pridd. Dyna sy'n digwydd efo'r dail, a dyna sy'n digwydd efo . . . wel, pob dim arall, 'run fath.*

Bydd Sera yn diolch am y wers wyddoniaeth ac yn ysgwyd ei phen yn anobeithiol.

— Bechod na fysat ti wedi'i egluro fo cystal pan o'n i yn 'rysgol ers talwm. Ella byswn i wedi lecio Biol!

A bydd Carol yn gwasgu ei gwefusau i beidio â giglan, yn esgus ei bod yn flin, ond mewn gwirionedd yn crio o falchder yn nyfnderoedd ei bod wrth wrando arni'n lolian. Sera ddawnus, ddiymhongar. Yna bydd yn ymddifrifoli.

— Jest cofia di y bydd 'na rai na fedri di mo'u hachub. Weithiau mi fydd 'na rai yn union fel Mwytha, wedi cyrraedd pen y daith ac isio darfod. Yn ifanc, yn hen, fyddi di byth yn gwybod, ond 'run fath fyddan nhwythau i gyd yn y diwedd hefyd, fel yr adar, fel y cŵn, fel y dail, yn rhan o'r cylch diddiwedd, yr olwyn fawr sy'n troi.

A bydd Sera, ar ail flwyddyn ei chwrs meddygaeth, yn gwrando arni'n astud ac yn dawel bach yn meddwl na chlywodd hi erioed fam yr un o'i ffrindiau yn siarad fel hyn. Fe fydd hi'n teimlo rhyw falchder mawr yn cronni, achos mai hi piau hi, ac fe ŵyr hi mor ffodus y bu ohoni. A bydd y ddwy'n cofleidio ac yn rhannu rhywbeth na phrofodd Carol yn iawn gan neb arall erioed, ond rhywbeth a drosglwyddir o hyn ymlaen gan ei merch i bedwar ban ei bywyd.

— Dw i'n dy garu di, Mam.

— Dw inna'n dy garu ditha, caru bach.

Ac edrych ymlaen at weld Sera yn cyrraedd yfory sy'n gwneud i Carol ymysgwyd o felan colli'r ci, a chodi a chau'r drws di-raen o'i hôl. Hynny, a rhyw hanner ildio i'r chwilfrydedd fu'n cnoi y tu mewn iddi ers i Helen sôn am Luc.

Pam na soniodd hi amdano ganol yr wythnos? Roedd o'n ôl ers bron i wythnos, meddai hi. Trefniant ganddyn nhw heno. Trefniant. Od fel y dywedodd hi hynny, fel 'tai ganddyn nhw ryw ddealltwriaeth, neu ryw fusnes i'w drafod. Doedd o ddim yn swnio fel dêt. Ac eto, pam lai? Beth wyddai hi am eu trefniadau? Rannodd Helen fawr o'i hanes ei hun yn y dyddiau diwethaf ac os oedd Luc yn rhan ohono, wel, doedd yna ddim rheswm iddi guddio hynny. Oedd yna?

Ar hyd Stryd y Cape, heibio i Bonc yr Oden, Stryd y Glorian, Craig y Don, mae traed Carol yn curo drysau ei gorffennol. Fel ymweld â hen ffrindiau. Heibio'r capel ac i gysgod tai Stryd Wesla, pwl bach i fyny am Stryd Farchnad ac mae hi ar fin cyrraedd drws y swyddfa pan ddaw goleuadau'r stryd ymlaen. Doedd hi ddim wedi sylweddoli ei bod hi mor hwyr, ond yn sydyn mae cysgodion ar bob tu.

O flaen ffenestr fawr y swyddfa, mae hi'n chwilio'i phocedi am y goriad. Roedd o yno cynt, funudau'n unig 'nôl, felly lle mae'r diawl peth rŵan? Lle mae o'n cuddio? A lle mae'r cerdyn efo rhifau'r larwm arno: does yna ddim gobaith y bydd yn eu cofio, a heb y rhifau fydd yna ddim ond deg eiliad ar hugain cyn i'r stryd i gyd gael ei deffro a'r clychau'n canu a'r goleuadau'n dechrau fflachio. Rhaid i Carol gau ei dyrnau'n dynn. Ymbwylla. Anadla'n ddwfn a bysedda gynnwys ei phocedi unwaith yn rhagor. Ffôn, papurach, beiro ac wrth gwrs, gydol yr adeg, yr allwedd a'r cerdyn yn sownd wrtho ar gortyn. Rhydd ochenaid o ryddhad.

Daw chwa o chwerthin i fyny'r stryd o gyfeiriad Sgwâr yr Eglwys ac, ar y gair, mae Carol yn cofio am y dafarn. Dim ond tu hwnt i'r tro y mae'r Dinorben. Yn ei brys i ddatod y clo, aeth Helen a Luc dros gof ganddi – ond dydyn nhw ddim ymhell, a chymryd eu bod nhw yno o hyd. Mor hawdd fyddai rhyw grwydro at y drysau, neu ddigwydd mynd heibio i'r ffenestri. Roedd hawl gan bawb i fynd i mewn. Cipolwg sydyn arno, dyna'r cyfan: cyffwrdd blaen ei throed yn nyfroedd y gorffennol i weld a ydi hi'n dal i allu nofio.

Ond wnaiff hi ddim.

Er bod cofio amdano yn ei chludo i ben y mynydd a thu hwnt i'r sêr, mae rhyw ofnadwyaeth yn ei rhwystro; rhyw ofn sy'n cydio yn ei llwnc fel bygwth dolur gwddw, fel argoel annwyd yn cosi, y mymryn lleiaf o wres. Wnaiff hi mo hynny, achos – i beth? Mae o yno efo Helen, fel ers talwm. Os oedd cyfle i'w golli, fe'i collodd.

Mae'n deimlad digon trist, oherwydd mae hi'n hen gyfarwydd â hyn. Mae fel petai pobl eraill yn gwneud eu penderfyniadau, yn gweithredu a gwireddu, tra bo Carol hithau'n gwylio o hirbell, yn breuddwydio a gobeithio a disgwyl i bethau ddigwydd iddi hi. Ond nad ydi pethau'n gweithio felly, wrth gwrs. Ac mae yna ryw bwynt yn cyrraedd pan ydych chi'n sylweddoli mai felly y bydd hi am byth oni bai eich bod chi'n newid pethau. Ac fe newidiodd. Cododd ei hun o'r gwaelodion a gweithiodd yn galed. Astudiodd, safodd arholiadau, symudodd ymlaen. Ond gwaith oedd o.

Maen nhw'n dweud bod merched yn gweithio er mwyn rhywun, a dynion yn gweithio er mwyn rhywbeth. Dydi Carol ddim yn siŵr lle mae hyn yn ffitio o'i rhan hi. Ymdrechodd hi er mwyn cael cyflog a thalu'r rhent ac yna'r morgais a phrynu bwyd a dillad i'r ddwy ohonynt, ac mae'n debyg mai 'rhywbethau' dyn yw'r rhain i gyd. Gweithiodd hefyd er mwyn rhywun, ond er mwyn Sera; byth er ei mwyn ei hun. Newidiodd Carol bopeth ond ei sefyllfa hi ei hun.

Welodd hi mo Luc ers iddi adael yr ysgol. Ar ôl gadael, chlywodd hi fawr o'i hanes chwaith. Byddai rhai o'r genod yn dod rownd â'u straeon ar y dechrau, ond buan iawn y rhoddwyd stop ar hynny. Dim croeso. Ond mae hi wedi addo iddi'i hun bod hwnnw'n un cyfnod na fydd hi'n meddwl rhagor amdano. Fyddai sefyll yn nrws y Dinorben yn chwilio am rywun drwy'r mwg ar ddiwedd noson ddim yn helpu yn hynny o beth. Luc ai peidio.

Tybed ydi o wedi newid llawer ers yr adeg hynny yn yr ysgol; cyfnod sy'n gwneud iddi deimlo'n od o ysgafn, wrth gofio'n ôl. Dros ugain mlynedd – anodd credu. Ond mi fyddai'n ... ddiddorol ei weld unwaith eto; rhannu rhywfaint o'r atgofion da. Ac efallai y bydd o'n dal i edrych rhywbeth yn debyg, achos does yna neb wedi newid yn sylfaenol, ddim o'r hyn a welodd Carol hyd yma.

Mae Sera yn udo chwerthin wrth weld ei lluniau ysgol o'r saithdegau. Ond heblaw am ambell flewyn brith a llinellau blino gwenu, dydi Carol ddim yn teimlo gymaint â hynny'n hŷn na'r ferch ddiniwed yn ffotograffau'r chweched dosbarth. A dydi Sera ddim yn gwybod ei bod hi'n disgwyl ar y pryd.

Brysia i agor drws y swyddfa. Wrth iddi orffen pwyso'r rhifau, â fflach o liw heibio yr ochr draw i'r stryd.

Fel ysbrydion o'r gorffennol, gwêl deulu o'r Celtiaid wedi'u gwisgo fel ers talwm, a dyna'r darlun hynotaf a welodd Carol ers tro: pinc cynnes ei sgert hir hi yn sgubo'r palmant dan neon y lampau, a fflach o goch brwydrau ei gyndeidiau i'w weld bob yn hyn a hyn o dan ei glogyn yntau; basged wiail ar ei braich hi, cleddyf wrth ei arffed o, ac ar ei ysgwydd, yn cau ei ddwrn bach am y brethyn, yn gafael fel gelen, mae plentyn melynwallt ymhell, bell o'r byd. Gwylia Carol hwy'n ymbellhau. Tybed ym mha ganrif y mae ei freuddwydion?

Ers talwm, roedd diffyg cwsg yn plagio Carol. Nid pan oedd Sera yn fabi; doedd cysgu ddim yn broblem pan oedd hi'n fabi bychan bach. Ar ôl i'r ddwy adael y dechreuodd y dychryn, ar ôl y ffraeo a'r ffoi. Fel 'tai arni hi ofn bod rhywun yn dal i'w dilyn, yno'n llechu yn rhywle rhwng y bocsys gwag a'r biniau yn y strydoedd cefn; yn disgwyl, ac yn barod i ddisgwyl, am yn hir, hir. Fe gymerodd hi flynyddoedd i'r ofn hwnnw gilio.

Bryd hynny roedd pob dydd yn graig i'w dringo. Byddai'n braf cael boddi mewn trwmgwsg difreuddwyd tan y wawr, ond gwyddai y câi ei golchi i'r lan y bore wedyn efo'r gwymon, i gychwyn eto ar ei gliniau yn y graean. Cragen wag ar draeth oedd hi ers talwm; cwpan heb de, aelwyd heb dân.

Sera ddysgodd iddi beth oedd cydio, fel llygad maharen, yn gadarn ar y graig. Pan anwyd Sera, newidiodd pethau mor sylfaenol ond mor raddol fel na sylwodd arnynt bron. Eto, o hynny ymlaen, ni allai pethau fyth ddilyn yr un llwybr.

Prysura Carol heibio i'r ystafell flaen sy'n llawn byrddau arddangos tai, gyda'u lluniau dengar a'u prisiau powld, a mynd drwodd i'r cefn lle mae'r swyddfa go iawn. Wedi cynnau'r golau, mae hi'n dechrau hel ei phethau at y bore.

Galwad annisgwyl oedd yr un gafodd hi o'r swyddfa gan Eleanor, ei chydweithwraig newydd, ddiwedd y prynhawn. Er bod Carol yn deall y byddai angen iddi weithio ambell fwrw'r Sul, doedd hi ddim wedi disgwyl cael cais mor fuan. Ond roedd yr ysgol yn cau heddiw ac Eleanor wedi addo un dydd Sadwrn gwag i'r plant.

— *Alton Towers. Uffern.*

Allai Carol ddim peidio â chwerthin ar ben arall y ffôn.

— *Ydach chi ddim am fynd i weld y Llychlynwyr?*

— *Ddim eto. Unwaith ti 'di gweld un Feicing, ti 'di'u gweld nhw i gyd.*

Gallai Carol ddychmygu wyneb Eleanor – Linor – yn piwsio a'i thrwyn yn crychu gyda'r atgof. Wâst o brynhawn yn sefyll mewn cae yn gwylio dynion yn eu hoed a'u hamser yn cogio cwffio? Ddim mwy nag unwaith, reit siŵr.

— *Ddim i'r gìg nos fory, chwaith?*

— *Ella'r eith yr hogia. Fydda i'n da i ddim erbyn hynny, gei di weld.*

Byddai diwrnod o drampio drud yn ei drysu, dim dwywaith. Ei phwrs yn ysgafnach a'i hesgidiau'n llawnach, a hen wayw sefyll mewn ciw yng ngwaelod ei chefn am ddyddiau o'r bron. Ond dyna fo, addewid oedd addewid.

Roedd Carol, ar y llaw arall, yn edrych ymlaen at yr ŵyl.

— *Mi a' i am Gaeau Madyn i weld y stondinau yn y pnawn, mae'n siŵr,* meddai.

— *Ella'r a' inna am ryw jinsan bach nos Sul, a gweld y cwch.*

— *Ond does gen i ddim byd yn galw yn y bore. Felly, peidiwch â phoeni am y gwaith prisio. Mi wna i hynny, dim problem.*

— *Mi fydd y gwaith papur ar dy ddesg di, yr aur.*

— *Rhywle neis?*

— *Tŷ yn Llaneilian. Wn i amdano fo. Mi wna i fap.*

— *Fydd dim angen.*

— *Well i mi wneud, neu landio'n Nebo nei di.*

— *Mae gen i syniad go lew . . . .*

— *Wel oes, siŵr Dduw, dw i'n dal i anghofio – wedi arfer efo'r genod oedd yma cyn i chdi gyrraedd. Iesu, doedd rheiny ddim yn gwbod lle'r oedd Kwiks yn ganol dre!*

A meddwl am y sgwrs honno y mae Carol wrth baratoi ei phethau i fynd i brisio'r tŷ ar gyfer trefniadau treth etifeddu yn y bore: y bag lledr meddal a brynodd yn anrheg iddi'i hun ar ôl pasio'r arholiad diwethaf – bag digon mawr i gario'r gliniadur, peiriant tâp bychan ar gyfer cofnodi'r holl fanylion, pad nodiadau, beiro, pensel rhag ofn, a'r teclyn laser mesur ystafelloedd . . . sy'n cael ei gadw yn y cwpwrdd tal y tu draw i'r desgiau yn y gornel bellaf un . . . lle mae cysgodion dieithr.

Dim ond llyncu ei hofn a chroesi'r ystafell yn sydyn, casglu'r teclyn a chroesi'n ôl, diffodd y golau yna rhuthro am y drws. Go dda. Nawr, dim ond ailosod y larwm a throi am adre. Eisoes, mae ei meddwl yn cyfri'r lampau ar ei thaith yn ôl i'r bwthyn, ond fe fydd hynny'n iawn. Fe fydd yna bobl ar y stryd a sgwrs, cwmpeini efallai. A does arni hi ddim ofn y dref.

Dechreua ymlacio wrth y drws gan edrych allan trwy'r ffenest fawr: mae golau'r stryd yn braf. Collodd ei chyfle i fynd i'r dafarn, beth bynnag; mae hi'n hwyr, y clychau eisoes wedi canu a'r tafarndai yn chwydu eu cwsmeriaid i ias y nos ar y stryd fawr. Mae hi mewn lle gwerth chweil i'w gwylio: gall hi weld allan, ond ychydig iawn a welan nhw i mewn. Yn wahanol i ffenestri'r banc a'r siop esgidiau, tywyll yw pob un o'u tai a'u fflatiau hwy yn y ffenest dros nos. Erbyn meddwl, efallai eu bod nhw'n colli cyfle – byddai'n rhaid iddi gofio sôn wrth Linor fore Llun. Efallai na fyddai'n syniad drwg i ambell un weld tŷ bach neis trwy niwlen feddw wrth iddyn nhw ymlwybro adre. O bosib y bydden nhw'n cael breuddwydion braf amdano.

Yna, o ochr chwith y ffrâm, daw ei siâp.

Cyn gynted ag y gwêl ei gysgod, mae Carol yn ei adnabod ac mae'r ewinedd yn gwasgu ei gwddf. Y fo ydi o, does dim dwywaith. Mae ei chalon yn curo ond ei meddwl yn glir. Y fo ydi o, byddai'n ei adnabod yn unrhyw le. Tal. Golau. Fymryn yn drymach, efallai, ond y fo yn bendant. Mae o'n croesi o'r chwith i'r dde, ar draws y ffrâm. Mae o'n dod yn nes at lle mae Carol yn llechu. Mae hithau'n fferru. *Dos*, meddylia. *Dos o 'ma'r diawl. Jest dos.* Ac mae ei dicter yn ei synnu. Ar ôl yr holl flynyddoedd, doedd hi ddim yn disgwyl y byddai'n ymateb fel hyn.

Mae'r siâp yn stopio symud. Fymryn bach o'i blaen, heb fod ymhell o'r drws. Mae o'n pwyso at y gwydr, yn craffu i'r ystafell, nes bod ei wyneb yn fasg sy'n gwgu arni yn y gwyll. Prin y mae hi'n meiddio anadlu. *Does 'na neb yma*, mae hi'n erfyn arno. *Mae hi'n dywyll a gwag ac yn rhy hwyr i neb fod yma . . .*

Felly am beth mae o'n chwilio?

Pwy mae o'n ddisgwyl ei weld, yr adeg yma o'r nos?

Mae o'n codi un llaw at ei lygad, i gael gwared ar y goleuni. Mae o'n sbio eto – i'w chyfeiriad – ac fel y gwnaeth droeon, ceisia Carol ei gwasgu ei hun yn gysgod.

Bryn ydi o.

Ac amdani hi y mae o'n chwilio.

Bryn: wedi bod yn siarad amdani yn ei gwrw, wedi dŵad i weld beth mae hi'n 'neud y dyddiau hyn. Ddim ei fod o'n mynd i 'neud dim byd, Carol bach, dim ond gweld, dim ond gwylio. Ffansi deud helo bach, baglu i lawr memori lên.

Damia fo.

Mae hi'n troi ei hwyneb at y pared ac mae arogl hen bapur wal llaith yn dal ei afael ynddi. Yn sydyn mae hi'n teimlo'n fach a llwyd. Nid i hyn y brwydrodd hi, yr holl flynyddoedd, nid er mwyn i hwn ei llorio ag un edrychiad ar y stryd. Pa iws perswadio'i hun fod popeth wedi newid os yw un digwyddiad yn ddigon i danseilio'r cyfan oll i gyd? Bryn ydi o. Bryn.

Dim ond Bryn.

Mae hi'n cau ei llygaid, fel y'i dysgwyd hi ers talwm, ac anadlu. Mae'n anadlu'r ofn sy'n codi o'i chroen ei hun, a'i chwalu. Anadlu'r atgofion sy'n bygwth ei boddi, a'u sathru. Llyncu'r aer glân sy'n llenwi pob cornel o eangderau'r dyfodol, a'i ddal, fel dal deilen yng nghanol coedwig sy'n crio, deilen fach frau yn crynu ar gledr eich llaw; ac wedi dal yr anadl, ei ollwng, a gollwng y ddeilen hithau i ddawns y ddaear, ar alaw yr awel, i gwmpeini'r gwynt.

Pan fydd Carol yn agor ei llygaid, bydd Bryn wedi mynd. Ond wrth osod y larwm fe fydd ei dagrau yn ei dallu, a bydd igian crio yn ei dilyn ar hyd Stryd Wesla, dros gledrau'r hen reilffordd ac am Lôn y Cei. Wrth ei giât fe fydd hi'n gorfod oedi, ei llwnc yn crafu a'i chefn yn wlyb o chwys. Fe fydd hi'n pwyso'n drwm ar y bariau duon, y swigod rhwd yn pigo croen ei bysedd, a blaen ei chôt yn gwlychu lle bydd tes y prynhawn wedi oeri yn gaenen o wlith.

Dros y boncen, tua'r môr ac am Borth Llechog, bydd llifoleuadau'r gwaith bromin yn taflu gwawl rhyfedd ar y dŵr, sŵn cerbydau'n symud – tryciau ar olwynion metel, fel wagenni chwarel – ac am gyfnod byr bydd patrwm powlio'r cerbydau yn cyfateb yn union i guriad ei chalon hi.

Hyd nes y bydd hi'n gorffwys â'i chefn yn erbyn y drws cau, fydd hi'n cofio dim am y papurau yn y swyddfa – manylion y tŷ – yno ar y ddesg o hyd.

Dydd Sadwrn

6

7.00 a.m.

Mae dydd Sadwrn yn gwawrio yn un o'r diwrnodau bendigedig hynny sy'n gwneud i chi ddiolch eich bod chi'n fyw. Mae'r haul yn gwenu a'r adar yn canu, a'r holl ystrydebau eraill sy'n perthyn i ddiwrnod o haf. Haul melyn, poeth ben bore, a hyd yn oed adar y to yn pyncio. Diwrnod cyflawni pethau mawr; diwrnod gwneud gwyrthiau.

O leiaf, felly y mae hi'n teimlo i Helen. Cyn saith mae hi eisoes wedi cyrraedd Burwen, ei thraed yn pwnio'r lôn gul, ddibalmant yn rhythmig a rhwydd. I fyny'r clip, heibio'r blwch post a'r ciosg, am y lôn fawr a bwrw wedyn i'r dde.

Dyma ran orau'r gylched gyflawn: rownd y mymryn tro yna'r llain lydan, syth am bron i filltir a honno shedan ar i lawr – rhedeg â'i thraed yn braidd gyffwrdd â'r ffordd – yna'r tir yn disgyn oddi tani a'r lôn bost yn plymio dros grib yr allt i lawr at y dŵr.

Weithiau, o ben yr allt honno, gall Helen ddychmygu codi fflio: magu adenydd a hedfan i gyfeiriad yr haul, gadael y golffwyr ar y lincs a'r pysgotwyr ar y clogwyni, allan at lle mae'r gwynt yn sgytian y tonnau, ar gyrion eithaf cwpan llydan y bae; oedi uwch Ynys Amlwch yna, fel baban wedi cyrraedd pen ei linyn bogail, troi'n ôl at yr hyn sy'n ei thynnu'n wastadol, fel pelen ar lastig, fel colomen at gwt.

Wedyn, daw'r darn sy'n ei chyffroi: y darn lle mae hi'n deifio o uchder mawr, ei breichiau'n dynn wrth ei hochr, ac yn gweld y tir yn agosáu. Nid unrhyw dir, nid unrhyw gae neu stad o dai neu gapel, ond y darn tir acw lle mae'r gwaith bromin, efo'i danc dŵr mawr ar goes yn gweiddi 'Dyma fi. Fan'ma'r ydw i. Fedrwch chi mo fy methu i.'

Fel ag y bydd aroglau'r eithin yn taro cefn ei ffroenau, fe fydd hi'n agor ei breichiau adenydd, fel parasiwt yn erbyn gwrthiant yr aer, yn arafu a gweld y safle i gyd yn ei ogoniant. Siediau, tanciau, bocsys llwyd? Dim peryg. Mae hi'n adnabod y lle fel 'tai hi'n adnabod corff cariad.

Ond nawr, mae'n rhaid i chi fynd yn fychan bach, rhag i'r camerâu eich gweld chi, fel gwylan, neu gacynen, a'r syniad gorau o dipyn ydi cyrchu'r tir o'r môr. James Bond, wedi dod i osod ffrwydron. Bomio'r gwaith i gyd. Bŵm. Bang. Neu'r IRA – mi fuasai hynny'n gyffrous – cwch yn sleifio rownd y trwyn o Lanlleiana, dan drwynau'r bechgyn MI5 sy'n cadw gwyliadwriaeth ar y lle. Glanio wrth ewyn gwyn y tyrau chwythu ac wedyn – hafoc drwy Dwrcelyn. Bedlam.

Bedlam. Bed-lam. Mae o'n air reit dda i redeg iddo, bed-lam. Drosodd a throsodd, fel mantra. Mae hi angen rhywbeth i'w gyrru i fyny'r allt nesaf. Rhywbeth i'w gyrru. Rhywbeth i'w helpu. Rhywbeth i'w chario, rhag iddi hario. Gair da arall – hario. Ysgydwa Helen ei phen, fel caseg Arabaidd yn chwifio'r gwres o'i mwng; mae'r haul yn gynnes ar flaen ei hysgwyddau a'r chwys yn dechrau cronni yn y pant sydd rhwng ei bronnau. Hario. Gair da. Mae hi'n teimlo'n dda heddiw hefyd. Ac mae hi'n barod am y diwrnod o'i blaen.

Pan gytunodd y pencadlys i ryddhau arian er mwyn canu eu clodydd eu hunain, roedd hi'n gwybod yn union y math o ddigwyddiad fyddai'n gweithio.

— *Noson i'r gymdogaeth gyfan,* meddai Helen wrth Simon yn syth.

— *Wyt ti'n meddwl?*

Doedd o erioed wedi cymryd at bobl yr ardal.

— *I'w tynnu nhw i mewn . . . Faint o'r bobl leol fuo yma erioed os nad ydyn nhw'n gweithio yma?*

— *Fedrwn ni ddim gadael iddyn nhw grwydro,* meddai'r pennaeth. *Rhy beryglus o lawer.*

Ysgydwodd Helen ei phen yn ddiamynedd.

— *Wrth gwrs na fedrwn ni,* ebychodd. *Simon, dydw i ddim yn dwp. Fi ydi'r Safety Officer, cofio?*

Trodd ei ben yn siarp tuag ati, gystal â dweud 'Ara deg – cofia pwy 'di pwy yn fan'ma'. A phwyllodd hithau, gan ychwanegu'n serchus: *Pabell fawr ac arddangosfa o'n i'n feddwl; panad yn y pnawn, ac wedyn disgo gyda'r nos. Disgo call i'r plant i ddechrau, wedyn . . . ac yma,* mae hi'n oedi, achos dyma'r rhan sy'n mynd i boeni'r bòs . . . *wedyn codi'r sŵn ac agor bar a gadael i'r rapsgaliwns hŷn gael 'chydig bach o hwyl.* Gwelodd y croen rhwng aeliau ei chyflogwr yn crebachu, ond roedd hi'n barod amdano. *Wedi'r cyfan, 'dan ni'n rhoi gwaith i'r rhan fwya o'u tadau nhw . . .*

Ochneidiodd Simon uwchben y papurau ar y bwrdd o'i flaen, a thybiodd Helen iddi glywed sŵn awdurdod yn sigo.

— *Pabell?*

Nodiodd Helen. — *Marcî.*

— *Disgo a bar?*

Nodiodd eto. — *Ac arddangosfa.*

— *Ond dim tân gwyllt na dim byd fel'na?*

— *O'r argol, na!* Dechreuodd Helen chwerthin. *Fedri di ddychmygu'r peth? Mi fysa'r ffôns yn boeth. Fysa pob injan dân o Gaergybi i Landudno ar eu ffordd yma cyn pen chwarter awr!*

Ond doedd Simon ddim yn gwenu; roedd meddwl am yr holl bobl ar gyrion y gwaith yn ddigon o benbleth iddo'n barod. Cyflenwad trydan? Yswiriant? Ffyliaid gwirion yn dringo dros y ffensys pigfain? Mi fyddai'r rhain i gyd yn bethau fyddai angen sylw. Roedd ganddo ormod ar ei feddwl fel ag yr oedd hi.

— *Dw i'n cymryd dy fod ti'n bwriadu trefnu?*

— *Ro'n i'n meddwl y bysa hynny'n . . . addas.*

— *Fedra i ddim dy ryddhau di o dy waith.*

— *Llafur cariad fydd o, Simon*, meddai Helen ac, er chwilio, allai Simon ddim dod o hyd i goegni yn ei llais.

Ac roedd hi wedi ei berswadio, nid oherwydd ei fod yn argyhoeddedig fod hyn yn syniad da, ond yn fwy oherwydd ei fod o'n gwybod o brofiad nad oedd Helen yn un i ddadlau gormod â hi. P'run bynnag, roedd hi'n amlwg wedi gweld y cyfan: roedd yr holl atebion ganddi'n rhibidirês.

Mi fyddai hi'n trefnu'r cwbl efo pwyllgor Gŵyl y Llychlynwyr; symud y disgo arferol i'r nos Sadwrn, codi'r babell ar y cae wrth byrth y gwaith ac, wrth reswm, byddai unrhyw elw a ddeuai o gynnal raffl neu beth bynnag yn mynd i'r ŵyl; y gwaith bromin yn noddi'r hysbysebion; pwt cryno ond trawiadol am eu record ddiogelwch yn y wasg, ac erthygl lawn yn rhaglen y penwythnos. Fyddai yna ddim problem o gwbl.

— *Mi fydd y dref yn llawn o bobl. Mi godwn ni arwyddion fel bod pawb yn gwybod lle i ddod.* Yna daliodd ei gwynt am ennyd, a gwenu arno, yn y ffordd gynnes, ddeniadol oedd bob amser fel petai hi'n cyrraedd ei nod fan hyn. *Fydd dim angen i chdi neud dim byd.* Saib disgwylgar. *Ond mae'n rhaid i ti gyfaddef, mi fydd yn ffordd wych o godi proffil.*

Llusgodd yntau ei lygaid oddi wrth y ffigurau diweddaraf oedd yn mynnu ei sylw ar y ddesg o'i flaen, a rhwbiodd flaen ei drwyn. Roedd hyn yn mynd i achosi pob math o broblemau.

— *Olreit, Helen. Chdi piau fo. Ond pob penderfyniad i fynd ar draws y ddesg yma hefyd, OK?*

A'r hyn oedd yn pigo yng nghefn ei feddwl wrth iddi adael y swyddfa oedd: codi proffil pwy?

Mae Helen yn dal i redeg a'r ffordd nawr yn codi'n serth gen yr arfordir, y dynfa i fyny heibio waliau gwyn y gwesty yn gwthio'i chorff i'r eithaf. Yr unig redfa arall sydd gystal yn y plwyf yw'r allt i fyny o gaeau Madyn i ben 'rhen foi ei hun – pen Parys – pen y byd. Mae honno'n hir.

Ond mae hon yn tynnu. Rhaid iddi arafu tipyn, neu bydd yr asid lactig yn dechrau casglu yn ei chyhyrau. Dydi hi ddim wedi cael brecwast eto, ac mae yna ben draw i'r egni aerobig yn ei chorff cyn bwyd. Eto, mae hi'n hen gynefin â gwthio'i chorff yn galed, yn gwybod pryd mae perygl clymau chwithig, a sut i osgoi'r gwenwynau anaerobig sy'n llorio'r rhedwyr y bydd hi'n eu pasio ym monion cloddiau, yn eu plyg.

Ac wrth iddi adael pen yr allt o'i hôl a throi i Lôn Bach, am adra, mae'n ymddangos bod heddiw yn ddiwrnod perffaith. Mae popeth yn gwenu arni, a'r byd yn disgwyl pethau mawr. Mae Helen yn deall hyn, ac yn deall hefyd nad oes wiw iddi hi ei siomi.

O flaen yr orsaf dân, croesa'r ffordd yn ôl ei harfer, ac am ei bod hi'n ddiwrnod pwysig, croesa'n ôl a chroesi'n ôl drachefn. Wyddoch chi ddim. Rhyw ganllath yn unig o'i fflat y mae Helen pan ddechreua'r ffôn ganu – ffôn y gwaith, sy'n ffitio'n dwt i boced gefn ei siorts.

7

Yr ochr draw i'r dref mae cloch benderfynol ffôn arall yn
tynnu Carol gerfydd ei hamrannau o drwmgwsg blin.

— *Mam?*

Mae clywed ei llais yn deffro'i chyneddfau dyfnaf cyn
i'w chorff na'i meddwl ddadebru.

— *Sera . . ?*

— *Haia, Mam! Ti'n iawn?*

Hapusrwydd, sy'n cymhlethu pethau fwy byth.

— *Ydi pob dim yn iawn? Be sy wedi digwydd?*

Mae hi'n gofyn yr un cwestiynau ag y bu'n eu gofyn
i'w merch ers cyn cof. Yn ei chlywed ei hun yn gwneud.
Ar yr un pryd, mae ei thu mewn yn gwingo, oherwydd
nid merch fach mohoni bellach – ac nid ar chwarae bach
y daeth y ddwy o hyd i ganol llonydd eu perthynas â'i
gilydd.

— *Sori*, mwmiala Carol yn gysglyd, gan rwbio cwr ei
thalcen. Chysgodd hi fawr, ac mae'r llafn o haul sy'n
procio'r llenni yn rhy gryf i'w llygaid. Craffa ar ei
horiawr.

— *Sera, dim ond ugain munud wedi saith ydi hi!*

— *Dw i ar fy ffordd i'r theatr. Os na fyswn i'n ffonio
rŵan, fydd yna ddim amser tan pnawn.*

— *Ond rwyt ti'n dŵad yma pnawn 'ma!*

Ar ei gwaethaf, ni all Carol guddio'r siom o beidio â
gweld ei merch cyn nos.

— *Lung transplant, Mam! A dw i'n cael gwylio.
Fedrwn i ddim gwrthod.*

Oeda Sera. Gall Carol ei dychmygu, yn gyffro i gyd,
yn stwffio'i gwallt tonnog i'r rhwyd o dan ei chap ysbyty.

— *Wel, do'n i ddim isio gwrthod,* meddai Sera wedyn.

Yn yr oedi hwnnw, sylweddola Carol fod rhywbeth bach wedi newid; rhywbeth yn y ffordd mae Sera yn hawlio rheolaeth dros ei bywyd ei hun. Dydi hi ddim wedi byw gartref go iawn ers blynyddoedd, ac nid dyma'r tro cyntaf iddi ddad-wneud trefniadau er ei mwyn ei hun; bu'n penderfynu pethau drosti'i hun er pan oedd hi'n ddim o beth. Ond dyma'r tro cyntaf erioed i Carol deimlo mor bell, mor gorfforol bell, o'r penderfyniadau hynny.

Mae hi'n codi ei phengliniau, a phwyso'i phen yn drwm arnynt. Mae rhimyn o lwydni yn codi fel ewyn blaen llanw uwchben y sgertin gen ochr ei gwely. Sylwodd Carol arno ddoe. Nid ei fod yn ei phoeni. Arwynebol ydi o, a fydd hi ddim yma'n hir. Ond mae ei liw yn gwneud iddi hithau deimlo'n llwyd ac mae'r siom yn dal i dyllu, yn pwnio ar erchwyn ei stumog wag. Eto, gŵyr mai ei thro hi yw siarad nesaf, ei swyddogaeth hi nawr yw tawelu cydwybod ei merch.

— *Wel, paid â phoeni. Ddoi di'n nes mlaen?*

Mae'n dewis ei geiriau'n ofalus.

Yn pwytho'r rhwyg yn y siôl.

— *Fydd 'na ddim trên tan bore fory. Ti'n byw'n rhy bell rŵan,* cellweiriodd Sera. Wedi cael ei sicrwydd, wedi derbyn sêl bendith amodol ei mam, ac eisoes wedi rhyddhau ei meddwl i garlamu i lawr y coridorau, at y sgrwbio a'r gwisgo a holl gynnwrf y theatr.

Mater o bersbectif ydi pellter, meddylia Carol wrth godi ar ei heistedd yn y gwely. Mae hi'n dechrau deffro.

— *Sera, wnest ti ffonio'n gynharach?*

— *Naddo. Pam?*

— *Dim rheswm*, meddai Carol i ddechrau. Ond wedyn, wrth bwy arall y gall hi sôn? *Mi aeth y ffôn, tua*

*dau ac wedyn cyn pedwar. Doedd o ddim yn dangos y
rhif – meddwl ella mai chdi oedd yn ffonio ar ffôn un o'r
genod . . .*

— *Ddim fi. Oedd 'na neb yna?*

— *Roedd o'n mynd yn farw bob tro ro'n i'n ateb.*

— *Spooky!* yw unig sylw Sera, heb fawr o daro.

Oedd, braidd, cyfaddefa Carol wrthi'i hun.

Tawelwch: digon o amser i Sera droi a gwenu ar y
technegydd ifanc sy'n dal drws y lifft yn barod ar ei
chyfer a chodi un bys i ddangos iddo na fydd hi'n hir;
digon o amser i Carol deimlo curiad ei chalon yn
cyflymu drachefn wrth gofio'i phryder yn yr oriau mân.

— *Waeth befo,* meddai, gan roi'r digwyddiad rhyfedd
heibio. *Rhywun wedi cael y rhif anghywir, mae'n rhaid.
Dim ots. Mi fydd y theatr yn ffantastig, Sera. Paid â
phoeni dim. Wela i di fory.*

— *Dwn i ddim faint o'r gloch.*

— *Ffonia, ac mi ddo i i'r stesion.*

— *Ga i dacsi, Mam. Dim prob.*

Ar ôl ei sylw cynt am fyw ym mhen draw'r byd, nid
yw Carol yn mentro atgoffa Sera bod deunaw milltir
rhyngddi a'r stesion agosaf. Ydi gwareiddiad yn medru
bodoli mor bell oddi wrth drên, i ferch ifanc o'r ddinas?
Nid y bydd bywyd yma'n broblem iddi, oherwydd ddaw
hi byth i fyw yma. Dim ond bod Carol eisiau iddi rannu
rhywfaint ar y wefr mae hi'n ei theimlo bob dydd ers
cyrraedd 'nôl.

— *Dw i'n mynd i Laneilian yn y munud, i brisio. Ti'n
fy nghofio fi'n sôn am Laneilian?*

— *Fuon ni'n byw yn rhywle'n fan'no, do?*

— *Do, mi fuon ni. Am dipyn bach.*

8

Wrth gatiau haearn y gwaith, roedd cwlwm tyn o bobl yn archwilio slefren hir o sylffwr ar lawr: ebychnod mawr am bron i ganllath, fel petai'r dyn paentio llinellau wedi mynd am beint a phlentyn wedi mynd ar grwydr ar ganol y ffordd efo'i baent melyn.

— *A lle mae'r blydi dreifar rŵan?*

Roedd Helen yn wallgof.

— *Wedi mynd.*

Gwyddai Kevin, rheolwr y shifft, fod gwaeth i ddod.

— *Wedi mynd? A'i lori fo'n gollwng y . . . y cachu yma ar hyd y ffordd?*

Roedd Kevin yn ei chael hi'n anodd peidio â syllu ar y bronnau oedd yn codi a gostwng yn y fest fechan o fewn modfeddi i'w drwyn. Nid dyma'r amser i'w hatgoffa y dylai hi eisoes fod wedi newid i'w hoferôls.

— *Rhy hwyr rŵan, tydi,* meddai wrthi. *Mae'r tanc yn wag.*

— *Shit,* meddai Helen, yn fwy wrthi'i hun nag wrth neb arall, a'i meddwl yn gwibio o un rheol i'r llall yn y ffeiliau trwchus o weithdrefnau argyfwng ar ei desg. *Reit, pwy arall wyt ti wedi'i ffonio?*

— *Mae Idris ar ei ffordd i mewn,* meddai Cyril, ceidwad y porth (a sut gebyst na sylwodd o ar hyn nes bod y tancer wedi diflannu?).

Idris, y Rheolwr Gweithredol. Ail i Simon. Yno ers oes yr arth a'r blaidd. Mi gâi hi bregeth am sut na ddigwyddodd peth fel hyn erioed o'r blaen 'ddim tra oeddwn i yng ngofal cyflenwadau', cyn gynted ag y deuai i'r fei. Damia.

— *Simon?*

— *Golffio ers ben bore* . . .

A chofiodd Helen yn sydyn am y ddau gyfarwyddwr a gyrhaeddodd y noson cynt, i ddangos wyneb yn y dathliadau heddiw'r prynhawn. Heddiw. Rhaid oedd iddi gau ei llygaid i gael meddwl.

— *Mae'n anodd cael drwodd,* aeth Kevin yn ei flaen. *Signal gwael sy ar y lincs. Dw i'n cofio unwaith, oedd y mab 'cw isio handan efo newid teiar* . . .

Roedd Cyril eisoes wedi dechrau porthi pan dorrodd Helen ar eu traws a'r cwestiynau'n tasgu.

— *Yn lle mae 'na sylffwr?*

— *Ar bob allt o fan'ma i Bont Borth.*

— *Gymaint â hyn?*

— *Mwy ym Mhentraeth, rhywbeth tebyg yn y lleill.*

— *Gasget?*

— *Ia, y gasget wedi gweithio'n rhydd, medda fo. Ffoniodd o* . . .

— *O le?*

— . . . *o'r tu allan i Lanfairfechan.*

— *Y cachwr,* meddai Helen dan ei gwynt. Mi basiodd y sylffwr ar bob un o'r gelltydd ar ei ffordd yn ôl, a wnaeth o ddim ffonio nes ei fod o wedi croesi'r bont ac ar ei ffordd am adra. *Y cachwr bach,* meddai wedyn, yn uwch.

— *O leia neith o ddim gneud dim drwg,* meddai Cyril yn bwyllog. *Dydi o ddim yn riactio efo dim byd, sylffwr fel'na, nac'di?*

Am rai eiliadau, llwyddodd Helen i ymatal rhag ymateb. Syllodd yn hir i'w gyfeiriad, heb edrych arno'n union ond gan graffu y mymryn lleiaf heibio iddo; dim digon agos i syllu i fyw ei lygaid, ond yn ddigon agos i wneud iddo deimlo'n anghyfforddus.

Roedd o'n iawn, wrth gwrs, ond nid dyna'r pwynt.

— *Dydi pobl gyffredin ddim yn gwybod hynny, yn nac ydyn, Cyril? Y cyfan maen nhw'n ei weld ydi'r ffatri yma'n gollwng rhyw bibo gwenwynig ar hyd eu ffyrdd nhw. A tasach chi'n gneud eich gwaith yn lle hepian cysgu yn y stafell gefn yna, ella y bysan ni o leiaf wedi medru dal gafael ar y tancar wnaeth hyn a'i chadw hi yma er mwyn i'r gyrrwr gael ateb i bennaeth y lle 'ma, yn lle paldaruo efo ryw mici mows o wyliwr nos ar y ffôn o Benmaen-mawr!*

Roedd ar Cyril isio'i chywiro – Llanfairfechan – ond nid dyma'r amser. Ac roedd y cyhuddiadau'n annheg. Roedd hi'n dywyll ar y pryd, a ph'run bynnag, erbyn i'r tancer gyrraedd yma, roedd y niwed wedi'i wneud. Codi pais ar ôl piso go iawn fyddai dal y lori'n ôl.

Roedd y chwys wedi socian drwy gefn ei chrys rhedeg, ac yn y croeswynt oedd yn gyrru ar draws y safle, yn uchel uwchlaw'r môr, roedd ei breichiau wedi troi'n groen gŵydd trostynt. Bu Kevin yn ei gwylio'n ofalus gydol hyn i gyd; gwelodd y manflew yn codi. Roedd ymchwydd y bronnau wedi llonyddu, ond o dan y crys gallai ddychmygu'r tethi tywyll yn oeri hefyd, yn caledu a chyfangu. Iesu, mae hi'n hogan ddel, meddyliodd eto fyth; dim ond bod yna rywbeth dyrys amdani. Fyddai Kevin ddim yn lecio mynd i'r afael â hi – ddim o gofio rhai o'r pethau glywodd o. Ac wrth gwrs, nid ebol dwyflwydd mohoni bellach. A neb wedi'i bachu byth. Erbyn meddwl, ella fod ganddo fo ychydig bach o bechod drosti.

Yn y cyfamser, roedd meddwl am y pennaeth a'r cyfarwyddwyr gwadd wedi gwneud i Helen ymysgwyd o'i gwyllt. Peidio â ffonio Simon eto oedd yr ateb, gadael iddyn nhw gael bore da yn y golff. Fe roddai hynny amser iddi hi a Kevin, ac Ian ella – ffonio Ian a gofyn iddo fo ddod i mewn – i sortio'r cyfan, cysylltu efo'r awdurdodau i gyd. Ffonio'r blydi cwmni cario – cael y pen dyn i lawr ddydd Llun – mi fyddai ganddo fo dipyn o waith esbonio. Ond cadw Simon allan o hyn . . . am dipyn beth bynnag. Rheolaeth. Dyna oedd ei angen. Dal gafael yn y peth.

— *Cyril, ffeindiwch hospeip neu rywbeth i olchi'r lôn 'ma.*

— *'Swn i'n deud 'i fod o wedi hen sychu.*

— *Wel ffoniwch yr injan dân 'ta.*

— *Ia'n duw,* meddai Kevin, *mi symudan nhw fo.*

— *Dim ond yr hogia lleol,* rhybuddiodd Helen, *a dudwch wrthyn nhw – dim seiren.*

Heb frecwast, heb hyd yn oed baned, roedd gwayw'n ymledu ar draws ei thalcen, o'r ddwy ochr, fel petai rhywun yn rhywle yn cau'r llenni, yn araf, araf bach. Fel petai'r sioe ar fin darfod.

— *Kevin, ffonia di Ian, a phan ddaw Idris i'r golwg, cadwa fo oddi wrtha i.*

— *Lle fyddi di?*

— *Dw i'n mynd i newid,* gwgodd Helen. *Rhag i chdi gael ll'gada croes yn edrych lawr fy nghrys i.*

9

9.00 a.m.

Safai Carol yn y maes parcio caregog ar ben y mynydd â drws agored ei char yn dal ei phwysau. Bu'n sefyll yno ers tro, ei hwyneb at y copa. I unrhyw un a âi heibio ar frys, ar wib i gyrraedd y gwaith neu'r siopau yn y strydoedd tawel ar i waered, fe daerech mai newydd godi o'i sedd yr oedd hi, newydd gamu o'r car a rhywbeth oddi fry wedi dal ei sylw. Gwyddai Luc yn wahanol.

Fe'i gwelodd hi y munud y trodd flaen ei Land Rover oddi ar lôn y mynydd. Ei hadnabod ar unwaith. Parciodd gen ochr bellaf y car bach glas tywyll, ac am ychydig wnaeth o ddim byd ond edrych arni. Ciledrych, o'i sedd uchel. Roedd yn rhyfedd iawn ei gweld.

Pwysai ei gên ar lawes côt law ysgafn, a gwelai Luc hynny'n beth rhyfedd, oherwydd doedd dim sôn am law y bore hwnnw. O dan y gôt, tybiai iddo weld cornel siaced arall, a denim ei jîns. Nid dillad gwaith, beth bynnag. Ond roedd hi'n edrych yn gyfforddus, yn gyfforddus efo hi ei hun.

Doedd hi ddim yn ferch – cywirodd Luc ei hun – ddim yn ddynes arbennig o brydferth. Fuo hi erioed. Ond roedd yna rywbeth cadarn amdani; tlws a ffeind – o leiaf, un felly oedd hi ers talwm. Ac roedd hi'n dal yn y cyfnod hwnnw o'i bywyd pan mae merched yn edrych yn well na dynion o'r un oed â nhw, yn dal gafael yn ei hieuenctid, ei chroen yn llyfn a chefn ei dwylo'n llawn. Eto, tybed nad oedd ei gwedd heddiw yn fwy esgyrnog nag y bu, fel petai'r blynyddoedd wedi ei threulio'r mymryn lleiaf; codi ei rhuddin yn nes i'r wyneb?

Roedd o wedi clywed ei bod hi'n ôl.

Ac nid oedd yn sicr o'i ymateb.

Nid oedd, chwaith, yn sicr o'r cam nesaf, nawr. Ni allai beidio â theimlo ei fod yn tarfu, dim ond trwy eistedd yno'n edrych arni. Ar y llaw arall, roedd Carol yn bell iawn i ffwrdd yn rhywle. Pan drodd ei gerbyd i'w chyfeiriad a chrensian dros y cerrig tuag ati, ni sylwodd arno. Yr ennyd hir y bu'n ei gwylio, ni symudodd.

Ni wyddai Luc beth i'w wneud, yn iawn. Petai'n agor y drws, byddai hynny'n siŵr o dynnu ei sylw, ond byddai'n amlwg wedyn iddo fod yno'n eistedd ac yn edrych arni. Neu'n osgoi agor y drws i'w chyfarfod, man lleiaf. Efallai mai'r peth gorau fyddai gadael y lle yn llwyr: anelu am y môr, mynd am dro, prynu papur. Hanner awr, yna byddai'r lleill yn dechrau cyrraedd hefyd, a gallai yntau ddod yn ôl.

Teimlodd wrid anghynefin yn cynhesu ei fochau, a mygodd awydd i glirio rhyw grygni yn ei wddf. Dyma beth cas: eisiau ei gweld, ac eto, eisiau ei gweld yn iawn. Eisiau tarfu arni ond ddim eisiau tarfu arni nawr.

Daliodd i syllu'n dawel.

Carol.

Lle'r oedd ei meddwl, tybed?

Hyd pa lwybrau'r oedd hi'n cerdded?

Gollyngodd Luc ei anadl yn drwm drwy'i drwyn a gostwng ei olygon at ei ddwylo ar y llyw ac fe'i synnwyd. Roedd ei figyrnau'n densiwn gwyn. Wrth iddo lacio'i afael, pwmpiodd y gwaed yn ôl i'w fysedd a lliwio'i groen nes nad oedd ond y graith yn welw mwyach.

Carol.

Mor agos.

Lled car. Dwy ffenestr, dau ddrws. Eto, ar y funud, un cam yn ormod.

Gwenodd. Doedd dim angen edrych arni: fe'i gwelai o hyd, o goron gopr ei gwallt i'w sawdl synhwyrol. Fe'i gwelai i gyd; ond doedd o'n adnabod dim arni. Bellach, wyddai o ddim am y Carol y tu hwnt i'r llun.

Gwasgodd Luc ei law yn gwlwm. Roedd y graith yn cosi – roedd hi'n gwneud hynny weithiau, a'r cosi bob tro yn ei atgoffa am ers talwm; y pethau gwirion roedden nhw'n eu gwneud bryd hynny.

Cofio beth roedd Carol, nawr? Meddwl am bwy?

Diawl lwcus, anobeithiodd Luc, gan dynnu ei ewinedd dros gefn ei law er mwyn crafu'n iawn. Pa iws oedi? Allai o ddim agor y drws a cherdded allan ati, ddim wedi'r holl flynyddoedd a aeth heibio. A phenderfynodd.

Trodd yr allwedd a thanio'r peiriant.

Wnaeth hi stwyrian at y sŵn?

Bagiodd Luc: tro pedol blêr mewn graean.

A edrychodd hi i'w gyfeiriad?

Tynnodd i'r lôn rhwng dau gar llwyd a bws Arriva.

Wnaeth hi wenu arno?

Doedd o ddim yn siŵr.

10

9.45 a.m.

Eisteddo Helen ar ris uchaf y grisiau. Mae'r bloc cyfan fel y bedd. Yn yr ystafell ymolchi gynnau, bu'n dal ei phen uwchben y sinc yn disgwyl am y dŵr poeth am oesoedd, nes cofio nad oedd y bwyleri ymlaen o gwbl fwrw'r Sul, ddim yn y swyddfeydd beth bynnag. Ambell dro, yn ystod yr wythnos, fe fyddai hi'n mynd i redeg cyn dod i'r gwaith, a byddai'n defnyddio'r gawod ar y llawr gwaelod cyn newid, ond doedd yna neb yn rhedeg i'r gwaith fwrw'r Sul. Neb ond y hi.

Gydag un llaw, mae hi'n dal ei gafael yn rheilen isaf y canllaw, tra bod y llall yn rhwbio'r rwber rhychiog ar ymyl eithaf y stepen. Theimlodd hi ddim fel hyn ers tro, ac er bod eistedd ar y grisiau llwyd yn helpu, ers yr alwad, mae ei phen yn dal i droi.

— *Mam?* Codwyd y ffôn, yn ôl yr arfer, cyn iddo ganu bron. *Mami, dw i yn y gwaith a dw i isio dillad.* Ac wedi ymwared o'i chyfarwyddiadau, roedd hi ar fin troi'n ôl at y ffurflenni anghyfarwydd ar ei desg pan ddywedodd ei mam,

— *Cymer air efo dy dad.*

Pam? Beth oedd yna i'w ddweud? Beth oedd yna i'w ddweud heddiw y tu hwnt i'r tuchan arferol – go lew, neis iawn, am law. Roedd Dad yn rhannu ei ddoethinebau efo pawb drwy'r dydd. Erbyn gyda'r nos, doedd yna ddim ar ôl.

— *'Sgin i ddim amser, dw i ar ganol argyfwng.* A chlyw ei mam yn llyncu ei phoer mewn braw. Gwasga arni. *Fuon ni'n lwcus – y tro yma – lwcus iawn.*

Mae llaw ei mam yn fwgwd dros y ffôn, ond mae Helen yn ei chlywed. Gwrandawa ar ei mam yn trosglwyddo'i gofid, yn ildio'i chyfrifoldebau, yn gosod ei hymatebion fel ag erioed yng ngheg ei gŵr. I ddechrau, mae Helen yn mwynhau'r rhwydo. *Mae 'na ryw ddamwain wedi bod yn y gwaith, Hywel.* Dwndwr llais ei thad yn y pellter wedyn. Yna'i mam. *Wel, dw i ddim yn gwybod, yn nac ydw.* Temtir Helen i ychwanegu at ei stori: manylion dethol, posibiliadau dychrynllyd, achubiaeth ffodus. Ond ar ben arall y ffôn, mae'r gwynt yn troi. *Wel, fedri di ddim deud wrthi hi rŵan, yn na fedri di, Hywel?* Dweud beth?

— *Deud be, Mam?*

— *Welwn ni chdi eto, 'mach i.*

— *Mami, be sy'n bod?*

— *Ofala i am y dillad, paid â phoeni. Hywel, mae Helen isio i ni fynd i nôl dillad o'r fflat.*

A chyda hynny, roedd ei mam wedi mynd.

Roedd gan ei mam allwedd i ddrws y fflat, ffrynt a chefn. Byddai'n picio yno'n aml, i wneud hyn a'r llall. Dim byd mawr: rhyw godi tywelion gwlyb oddi ar y lloriau, sgubo, gwagio'r bin. Pethau na fyddai Helen yn meddwl eu gwneud ei hun; pethau nad oedd Helen prin yn sylweddoli eu bod yn cael eu gwneud. Ond fe wyddai pan fyddai ei mam wedi bod yno: byddai'r oglau wedi newid.

Roedd hi'n hoffi cwrlid syth y gwely, yn hoffi gweld y glendid, ond roedd hi'n casáu'r arogl. Ac arogl Mam oedd o. Byth arogl Dad. A bod yn onest, wyddai Helen ddim a fu hi'n ddigon agos at ei thad ers blynyddoedd i wybod sut arogl oedd yn stelcian dan siaced ei siwt.

Oglau Mam fel cwmwl am y tri ohonyn nhw. Sent drud. Yn drewi.

Roedd hi'n rhyfedd meddwl y gallasai Dad fod wedi bod yn y fflat yn ddiarwybod iddi, felly. Fyddai yno ddim o'i ôl. Doedd hi ddim yn siŵr oedd hi'n hoffi'r syniad hwnnw ai peidio.

Bu yno ddigon ar y dechrau. Trwsio a phaentio, codi silffoedd, gosod lloriau. O edrych yn ôl, mae'n siŵr ei fod yn falch o ddod o hyd i rywbeth saff y medrai ei wneud. Oherwydd tir peryglus iawn fu rhwng y ddau ohonynt cyn hynny, ers blynyddoedd; tir tawedog ers cyn iddi fynd i'r coleg; tir simsan tad wedi'i siomi.

Pan oedd hi'n disgwyl y babi, dywedodd ei thad wrthi fod trefnu'r erthyliad fel trefnu angladd ei ferch ei hun.

Nawr, mae hi'n llwgu. Yn llwgu, llwgu, llwgu. Ar waelod y grisiau mae peiriant pethau da. Wrth ollwng y papur siocled cyntaf i'r bwced blastig a phwnio'r botymau am yr eildro, daw awydd drosti i ffonio Luc. Dim ond i ddiolch iddo am ei gwmpeini'r noson cynt, dweud helo. Dim byd mwy.

Tynna'r ffôn o'i phoced, cyn sylweddoli mai ffôn bach y gwaith sydd ganddi. Mae ei ffôn hi gartref yn y fflat, fydd hi byth yn ei gario wrth redeg. Yn hwnnw y mae rhif Luc.

Craffa Helen ar ei hadlewyrchiad yng ngwydr y peiriant bwyd a rhwbia ryw frycheuyn dychmygol oddi ar berffeithrwydd ei boch. Yn ffodus, mae hi'n gwybod ei rif.

Ar lech ei chalon.

11

Petai o wedi cofio diffodd ei ffôn, byddai wedi osgoi'r alwad yn gyfan gwbl. Dyna'r ail beth a drawodd Luc. Y peth cyntaf oedd teimlo'n rêl ffŵl fod ei ffôn wedi trydar mor amlwg ar draws cyfweliad yr oedd y cyfarwyddwr ar ganol ei ffilmio efo rhyw ddynes leol yn sôn am y Copor Ladis – y merched oedd yn arfer gweithio ar fynydd Parys. Nawr byddai'n rhaid iddynt ddechrau o'r dechrau a cholli mwy o amser. Ac amser yn brin yn barod.

O leiaf fyddai hi ddim yn sgwrs hir ar y ffôn: Helen wedi bod yn meddwl am y pethau y buon nhw'n eu trafod yn y dafarn neithiwr, wedi cael syniad ac eisiau gwybod ei farn.

Edrychodd draw i gyfeiriad y criw ffilmio. Er nad oedd y camera yn recordio, roedd y ddynes yn dal i siarad, yn plygu yn ei phwyslais, yn gwmwl o gyrls gwyn uwch dau lygad tanbaid. Roedd hi'n dda: dim byd yn newydd yn yr hyn roedd hi'n ei ddweud, ddim i Luc beth bynnag, ac yntau wedi gwneud ei waith cartref ar gyfer y rhaglen. Ond roedd hi'n fywiog a brwdfrydig, a hanes y merched yn ddigon diddorol.

Roedd hi hefyd yn hynod o hirwyntog.

Roedd o eisoes wedi sylweddoli na chollai neb mohono petai'n sleifio oddi yno am ychydig bach. Awr, yn hawdd, cyn y byddai ei angen. Y Copor Ladis, yna dau bwt arall i'w recordio wedyn: un efo warden newydd y mynydd, y llall efo rhyw ddyn ar gyngor y dref. Ond nid gwaith Luc oedd hynny; y gyflwynwraig bert fyddai'n gwneud hynny – y wên ar y sgrin. Rhoi dilysrwydd i'w chyfraniadau tlws oedd ei waith yntau: y darlithydd, eu harbenigwr lleol, yr archeolegydd brwd.

Bu bron i hynny â'i landio mewn picil neithiwr yn y dafarn. Daeth dau neu dri o'r pwyllgor draw i eistedd wrth eu hymyl, er rhyddhad iddo, er nad oedd Helen i'w gweld lawn mor falch o'u gweld. Dafydd ac Adrian, a rhyw foi bychan, gwyllt yr olwg o'r enw Gwil. Roedd gan hwnnw ddau gopi o'r papur newydd dan ei gesail.

'Local Boy Leads Mountain Men.'

Doedd o ddim y pennawd mwyaf diplomatig fu erioed yn y *Daily Post*, a phrysurodd Luc i'w sicrhau mai creadigaeth y newyddiadurwr oedd y teitl, nid ffrwyth ei ego ef ei hun.

— *Llun da*, meddai Gwil yn goeglyd, a gallai Luc ei ddychmygu yn crechwenu uwch y ffotograff ohono yntau a'r gyflwynwraig ar eu cwrcwd yng nghanol llwyth o gerrig mân. *Lle oeddach chi – yn iard goed Huws Gray yn prynu graean?* Rhyw biffian rhwng ei ddannedd wedyn, a gwirioni at ei ffraethineb ei hun o flaen dyn dieithr.

— *Niwl dopyn oedd hi*, meddai Luc heb godi at yr abwyd. *Ddewison nhw ddiwrnod gwael.*

— *Welat ti ddim gwaelod yr opencast; niwl swp pys go iawn.*

Helen oedd hon, wedi dod i'w achub.

— *Bechod na fysan nhw wedi rhoi llun y felin ar y top, neu rwbath*, gresynodd Dafydd. *O leia mae pobol yn nabod honno, tydyn?*

— *Lle wyt ti'n dechra tynnu llun mynydd wedyn 'de?*

Gan weld Luc yn ceisio'i orau i fygu gwên, daeth Helen i'r adwy eto.

— *Erthygl werth chweil, tydi?*

— *Sut?* holodd Gwil.

— *Stori dda*, eglurodd Dafydd, *wedi'i sgwennu'n dda.*

Dal i edrych ar y lluniau yr oedd Gwil.

— *Maen nhw'n sôn amdanat ti, Gwil*, meddai Helen gan agor ei llygaid yn fawr wrth edrych arno.

— *Ydyn nhw?*

Sganio'r papur wedyn, a throi tudalennau'n ffrwcslyd, a phasio'r ail gopi i Dafydd. Hwnnw'n troi ato a'i gael yn syth bìn.

— *Fan'ma, yli*, meddai Dafydd yn amyneddgar, gan dynnu sylw at y paragraffau perthnasol a'u dangos yn glir fel y gallai yntau ddangos ei hanes i rywun arall, maes o law.

Gwyliodd Luc y cyfan heb ddweud yr un gair. Teimlai'n wylaidd tu hwnt: dynion o anian hwn oedd llawer iawn o hogiau'r mynydd – a dysgu ganddyn nhw fyddai Luc, nid eu harwain.

Roedd Dafydd nawr yn darllen ambell bwt ar goedd, i bwy bynnag a fynnai wrando, yn ôl pob golwg, ond gwyddai Luc mai clust Gwil oedd yn llyncu'r geiriau a'i fod, yn dawel bach, yn cael goleuni ar y dryswch du a gwyn bob ochr i'r lluniau yn ei bapur dyddiol.

— *Pam mae gen ti ddau gopi, Gwil?* holodd Luc.

Cythrodd hwnnw am un papur yn ei ôl a'i blygu'n rholyn twt.

— *Un i Mam.*

— *Ond mi fydd hi'n fory arni hi'n ei ddarllen o!* chwarddodd Luc.

— *Hanes ddoe sy'n y papur eniwe, medda Mam*, poerodd Gwil i gyfeiriad y lle tân.

— *Ia, tad,* ameniodd Adrian. *Ia, tad,* a'i dawelu.

Am eiliad, meddyliai Luc fod y cymod bregus rhyngddo a'r criw ar fin chwalu. Ond roedd Helen yn eu hadnabod.

— *Peint, hogia?* cynigiodd, a siriolodd pawb.

Am yr eildro y noson honno, aeth Luc at y bar yn faw trosto, ac wedyn buan yr ymlaciodd pawb. Dechreuodd brwdfrydedd y criw eu cario ar hyd pob math o lwybrau, ar hyd a lled y llethrau, heibio i gartref yr hwn a'r llall, hyd strydoedd culion achau ambell un, i'r porthladd, i'r pentrefi, at y bar, rownd y bwrdd, ac yn araf, araf bach, yn nes ato. Gwelai Luc y gofynodau, fel bachau, yn dŵad o bell.

Yn naturiol, roedd pawb ar bigau eisiau clywed mwy amdano: y *'local boy'* nad oedd neb yn ei adnabod. Ond pobl oedd y rhain a arbenigai ar gloddio a chwilio pob math o gorneli tywyll, ac nid oedd Luc yn barod amdanynt. Ddim heno.

Er mwyn dargyfeirio'r sgwrs, dewisodd drywydd – un hynod ddifyr, fel mae'n digwydd, ond un a'i tywysodd ar ei ben i ddŵr poeth o fath gwahanol. Gafaelodd mewn copi o daflen sgleiniog yr ŵyl; y daflen oedd yn llawn cefndir a chyfarwyddiadau, amserlen y gweithgareddau, mapiau, posau i'r plant, a'r hysbysebion i dalu am ei hargraffu. Y gwaith bromin oedd yn talu eleni, a chofnodid hynny'n amlwg mewn llythrennau breision ar y clawr. Roedd yno hyd yn oed lun o Simon yn trio gwenu, a'r pennawd oddi tano'n dweud 'Mr Simon Heuston, cyfarwyddwr Dectel, yn croesawu pawb i ddathlu Gŵyl y Llychlynwyr a record ddiogelwch ardderchog y cwmni yn y pafiliwn ar dir y gwaith.' Digon cyndyn fu'r pennaeth i gael cynnwys ei lun, meddai Helen.

Yn nes at y cefn, roedd manylion y seremoni yn y porthladd ar y nos Sul, ac i'r gors honno y neidiodd Luc er mwyn dianc rhag y cwestiynau a welai'n corddi.

— *Bechod am y dyfyniad 'ma, hefyd.*

Doedd yr un o'r criw yn deall, ond Gwil oedd lacaf ei dafod.

— *Be sy haru fo?*

— *Wel, amherthnasol ydi o, 'de?*

Syllodd Helen arno'n llawn chwilfrydedd. Beth oedd yn bod ar y darn o 'Beowulf'? Dyfyniad o'r gerdd yn sôn am losgi corff Beowulf oedd o, wedi'i ddewis gan ffrind i rywun ar y pwyllgor, rhywun oedd yn aelod o'r Sealed Knot ac yn gwybod am bethau felly. Roedd o yno yn y gwreiddiol ac roedden nhw hyd yn oed wedi cael caniatâd y wasg i gynnwys cyfieithiad Saesneg newydd Seamus Heaney. Roedden nhw'n falch iawn o'u cerdd. Roedden nhw wedi mynd i'r drafferth wedyn i ofyn i ryw gyfieithydd ei throsi hi i'r Gymraeg, ac roedd hi'n eithaf da; roedden nhw wedi penderfynu darllen y dyfyniad yn y ddwy iaith nos Sul, gyda'r nos, o flaen y cwch.

— *Pam mae o'n amherthnasol?*

Helen oedd yn holi, yn siriol, er mwyn ceisio llonyddu rhywfaint ar lygaid tanllyd Gwil. Ond tynnodd Luc nyth cacwn i'w ben wrth egluro'r amlwg – mai sôn am losgi corff mewn coelcerth ar benrhyn yr oedd cerdd Beowulf, tra oedd pwyllgor yr Ŵyl yn llosgi eu 'corff' mewn cwch, sef arferiad Llychlynnaidd digon dilys, mae'n wir, ond arferiad gwahanol iawn, serch hynny.

Ymddengys bod y gwahaniaethau hyn mor amlwg fel na chliriodd yr un o'r criw ei wddf i'w hamddiffyn (yn dawel bach, amheuai Luc a oedden nhw'n debygol o fod wedi darllen y dyfyniad o gwbl) ond fe gyflawnodd ei amcan – fe godwyd ysgyfarnog a rhedodd y sgwrs ar ei hôl.

Gwenodd ei ryddhad ar Helen, gan lwyr ddisgwyl y

byddai hithau'n gwenu'n ôl: roedd hi wedi gwenu digon eisoes, gydol y noson. Ond pell oedd hi, fel petai ei meddwl yn rhywle arall ac roedd hi'n edrych ar rywun draw y tu hwnt i'r bar, yn y bar pellaf lle'r oedd y bwrdd pŵl a mwg y selogion.

— *Waeth befo*, meddai Luc yn wên-deg wrth gefn pen Helen. *Sylwith neb arall ond fi, mae'n siŵr. Mi fydd yno gymaint o sŵn, chlywith neb y geiriau beth bynnag!*

A chwarddodd yn uchel.

Erbyn gweld, roedd Helen *yn* gwrando – ddim yn edrych arno ar y pryd, ond yn gwrando – a doedd hyn ddim yn ei phlesio o gwbl. Hi drefnodd y system sain. Dim ond i bobl wrando, byddai pawb yn deall y cyfan. Mi aeth hi fymryn bach yn bigog efo pawb. Arhosodd Luc ddim yn hir wedyn.

Ond erbyn heddiw ar y ffôn, roedd Helen yn fêl i gyd unwaith yn rhagor; wedi bod yn meddwl am Beowulf ac wedi bod yn darllen y gerdd. Roedd y syniad o godi cofeb wedi cydio ynddi, fel carnedd Beowulf, ar benrhyn uwch y môr.

— *Ella y bysan ninnau'n medru codi twmpath i gofio . . . wedyn, ar ôl llosgi'r cwch . . .* Genweirio roedd hi, yn y gobaith o wneud argraff arno.

— *Ia, ella.*

— *Prosiect i'r hogia.*

— *Ia, rhaid i ti sôn.*

— *Yr hogia fenga, 'run fath ag yn y gerdd.*

— *Mm.*

— *Goda i o'n y pwyllgor nesa.*

— *Ia, rhaid i ti neud.*

Roedd Luc ar binnau eisiau ymadael â'r sgwrs, ond

roedd Helen wedi bwrw'i rhwyd ac eisiau dal. Saib ddaeth wedyn; sŵn meddwl.

— *Dr Luc? Mae'r criw yn barod.*

Roedden nhw am roi cynnig arall ar y cyfweliad. Eisiau tawelwch yr oedden nhw, nid eisiau Luc, ond pam y dylai o egluro hynny wrth Helen?

Gollyngdod. — *Gwaith yn galw.*

— *Wela i di wedyn?*

Yn y saib nesaf hwn, gallai Helen ddychmygu Luc yn aildrefnu ei ddiwrnod, yn gwagio'i ddyddiadur er ei mwyn hi. Siom, felly, oedd ei glywed yn hercio ateb:

— *Mae'n dibynnu. Ella. Pryd fyddi di a Carol yn ôl?*

Pysgota amdani *hi* eto, fel roedd o ganol yr wythnos?

— *Tua tri,* medd Helen yn ofalus. *Pam?*

— *Dewch heibio'r adeg hynny. Iard Charlotte. Helen, rhaid i fi fynd.*

Gwgodd hithau. Hen sgwrs fratiog, ddi-fudd, ond fe fyddai'n rhaid iddi wneud y tro. Am nawr.

Tri o'r gloch.

Iard Charlotte.

A doedd dim rhaid iddi sôn wrth Carol.

— *Luc?* Un bachyn olaf, ond roedd hi'n ymbalfalu. *Ym, be ti'n neud am ginio fory?* Yr eiliad y gofynnodd, roedd hi'n ei chicio ei hun. Syniad dwl. Cinio Sul. Tŷ Mam. Fel pader.

— *Wel . . .*

Daeth bloedd arall o gyffiniau'r camerâu, a gwelodd hithau ei chyfle i encilio rhag y cynnig.

— *'Sdim raid i chdi ddeud rŵan . . .*

Roedd y criw yn anesmwytho a'r cyfarwyddwr yn gwgu ar strimyn o ewyn siafio budr oedd yn hofran uwch Eryri.

Os daw yna law o gwbl, nid o'r cyfeiriad hwnnw y daw o, meddyliodd Luc.

— *Tâp yn troi, Dr Luc ...*

Amneidiodd ar y ferch oedd yn galw. Roedd o wedi darfod. Sori. Tarfu ar y tîm. Anfaddeuol. Sori, meddai ei wefusau eto, wrth y cyfarwyddwr, wrth y dyn camera, cefn y dyn sain. Codi'i fawd wedyn ar y ferch liwgar oedd yn groen gŵydd i gyd yn ei siorts yng ngwynt y copa a rhoi mymryn o winc i'w hannog hefyd. Dim byd yn hyll; dyna'i ffordd. Dyn didwyll yn dangos ei deimladau.

I fyny'r lôn dyllog â fo i gyfeiriad y maes parcio, a throi ei gefn am gyfnod ar y crafiadau ffres ar groen y tir. Ond roedd Helen yn dal ar ben arall y ffôn. Roedd hi'n cynnig cinio, a hyd yma beth bynnag, doedd ganddo ddim trefniadau pendant at y Sul.

— *Iawn, Helen ... fory ... am wn i.*

Eto doedd hi ddim yn fodlon. Roedd hi'n sefyll yn nhawelwch y coridor llwyd â chledr ei llaw yn pwyso ar ddrws y peiriant bwyd, ei bysedd yn curo patrwm carnau ceffyl ar y gwydr oer.

Roedden nhw wedi symud y creision pinc o C2 i E4.

Bechod.

12

10.15 a.m.

Ychydig filltiroedd i lawr y lôn mae Carol wedi cyrraedd y tŷ ac yn barod i brisio. Yno, ar ben mynydd Eilian, caeodd y drws y tu ôl iddi, cau'r gadwyn yn ôl ei harfer, ac ymgolli.

Mae hi'n ceisio dygymod â'r teimlad cyfarwydd, anghyfarwydd hwnnw sy'n dod o gerdded i mewn i rywle sy'n rhan o'ch hanes: y dryswch o oedi yn ail natur ar y rhiniog gan ddisgwyl i'r garreg rydd symud, cyn sylweddoli bod yr hen lechi i gyd wedi'u codi a theils newydd, sad yn eu lle; yr ymwybyddiaeth eich bod ar fin gwyro er mwyn osgoi cornel, ond y chwithdod o sylweddoli bod lliw y paent yn wahanol ac mai wal ddieithr sy'n prysuro i'ch cyfeiriad.

Mae hi newydd gerdded i mewn i Gaswallon ac mae meddwl am geisio gwerthu'r tŷ hwn yn ei brifo. Pam? Oherwydd, mewn rhyw ffordd ryfedd, ei bod hi wedi dal gafael bregus arno, wedi cadw'r profiadau a'r pethau a ddysgodd hi yma yn ddwfn y tu mewn iddi ers blynyddoedd. Rhywbeth yn debyg i gadw bwthyn ar ôl rhyw hen fodryb ar lan llyn llonydd – er ei fod yn cael ei osod i bobl ddieithr, rydych chi'n gwybod ei fod o'n dal yno, yn perthyn i chi, yn rhan ohonoch, yno ar eich cyfer petai raid. Nid bod fan hyn yn perthyn iddi hi, ac ymhell o fod yn eiddo iddi, ond roedd ei ddylanwad arni cyn gadarned â waliau brics a morter, y sylfaen a roddodd iddi cyn sicred â seiliau unrhyw blasty a'r pethau y dysgodd eu gweld drwy ei ffenestri'n dal i befrio drwyddi.

Eironi fydd ymlafnio i'w werthu.

Brysia yn ei blaen drwy gyntedd llydan yr hen dŷ, drwy'r ystafell fwyta eang â'i ffenestri bychan at yr ardd a'r mynydd, yn ei blaen ar fwy a mwy o wib, yn dawnsio cylch yr ystafelloedd i gyfeiriad y goleuni o'i blaen. Oeda wrth y drysau pren a gwydr sy'n arwain i'r ystafell haul, yna ochneidia'n ddwfn, cydio mewn bwlyn ym mhob llaw, a'u hagor led y pen.

Un, dwy, tair . . . ar y soffa fawr, â'i chefn at yr olygfa sy'n agor fel tudalennau atlas ymhell oddi tani, mae Carol yn cyfri'r llofftydd . . . pedair . . . pump . . . chwech. Bu'n eistedd yma yn yr haul am yn hir a'i meddwl yn crwydro ymhellach ac ymhellach yn ôl, cyn sylweddoli bod amser ar y llaw arall yn cropian yn ei flaen a'i bod hithau ymhell o ddechrau ar ei gwaith.

Chwe llofft. Dwy ystafell ymolchi: un i fyny, un i lawr. Y gegin fawr, y gegin fach, ystafell y bwrdd mawr, yr ystafell braf, y lle bach dan grisiau, a hon. Doedd dim angen iddi symud o'i sedd i'w synhwyro. Sylweddola hefyd mai enwau Sera a roddodd i'r ystafelloedd; yr enwau a ddefnyddiai'r ddwy ohonynt yr holl flynyddoedd yn ôl. Yr unig wahaniaeth oedd hon, yr ystafell haul. Dechrau'r flwyddyn oedd hi bryd hynny a fawr o heulwen, dim ond cwyn y gwynt a gafael y gaeaf; doedd Sera byth yn mynd i'r 'lle sŵn oer'.

Ond diogi y mae hi nawr. Gadael i'w hatgofion wneud y gwaith. Cyfri llofftydd y gorffennol yn lle esgyn grisiau heddiw. Diogi. Ynteu osgoi?

Pan gasglodd hi'r ffeil o'r swyddfa y bore hwnnw, bu bron iddi â ffonio Linor a gwrthod mynd i Gaswallon; ond fod honno wedi mynd yn barod, ar y bws efo'r plant, am y dydd.

Yn y ffeil, roedd goriad. Hen oriad, yn disgwyl iddi hi ei droi.

Yn yr ardd y cofiai Carol am Sera yng Nghaswallon orau – oedd yn annisgwyl o gofio mor oer oedd hi'r adeg honno o'r flwyddyn ac mor agored oedd llethrau mynydd Eilian, Ionawr, Chwefror, Mawrth. Plentyn bach yn ysu am yr eangderau, tra oedd Carol hithau yn hapusach o'r golwg, rhag ofn.

Llai na dwyflwydd oedd Sera ar y pryd. Rhy ifanc i ddeall beth oedd yn digwydd, heb amheuaeth. Ond digon call i sylweddoli bod hwn yn wyliau hir, hir ac er nad oedd Dad yno, fod Mam a Nana Till yn siarad lot fawr, fawr amdano. Fe fu hi'n angel fach yno, dan yr amgylchiadau. Sofren aur y gaeaf llwyd. Erbyn hyn, doedd hi'n cofio dim amdano.

Un o resymau pennaf Carol dros ddod yn ôl i'r ardal nawr oedd sylweddoli mai, i Sera, ym Manceinion yr oedd y byd yn dechrau bodoli. Roedd angen iddi ddeall mwy na hynny: roedd fan hyn yn bwysig hefyd. Ond fel yr âi Sera yn hŷn, teimlai Carol fod yr amser a oedd ganddi i gyfleu hynny'n prinhau.

Un diwrnod yn ystod y misoedd oer hynny, cofiodd, fe ddaeth Sera a hithau o hyd i'r berllan – yn yr ardd isaf, y tu hwnt i'r wal uchel a gysgodai'r terasau rhag bryntni gwynt y dwyrain; heibio i lygaid pŵl yr hanner tŷ gwydr a bwysai yn erbyn y meini llwydion, a thrwodd wedyn ar i lawr, yn dilyn tynfa naturiol y llethr ar i waered, drwy'r adwy yn y wal gerrig mwsog, at y porthladd perthi, lle'r oedd coed afalau yn eu cwman ac ysgyrion eira'n glynu rhwng hen resi tatw.

Dridiau ynghynt fe fuon nhw ill dwy yn helpu Nana

Till i blannu nionod cynnar mewn hen gafn wrth dalcen y tŷ. Y diwrnod hwnnw, Sera ei hun fyddai'r garddwr. Crwydrodd Carol rhwng coed y berllan, ar goll yn ei meddyliau, yn gwylio'r dref islaw, y môr, y gorwel . . . Pan gofiodd am y fechan a throi i chwilio amdani, cyrcydai Sera â'i chefn ati, yn syllu ar rywbeth.

O'i chwmpas, ceisiai'r flwyddyn freuo pridd llwm y llethrau: haul egwan gwanwyn cynnar yn bwrw'i gysgodion tryloyw hyd y llawr a'r ymdrech fel ochenaid yn arafu treigl y prynhawn.

Roedd ei gwallt fel aur. Siafins siop saer. Rhubanau o daffi triog melyn yn dylifo o gwmpas ei hwyneb. Welai hi neb na dim; dim ond y ddaear agosaf ati. Mor agos nes y gallai ei gyffwrdd â'i bysedd oer.

— *Sera?* sibrydodd ei mam. Ofnai sŵn ei llais ei hun y dyddiau hynny. Sibrwd rhag i'w chytseiniaid gynhyrfu'r aer, rhag i'w geiriau rolio'n beli i lawr y mynydd a chario ôl ei throed i eira'r dref.

— *Sera?*

Fel siffrwd deilen.

Cododd Sera ar ei thraed a gwthio darn o'r haul o'i llygaid. Trodd i wynebu'r unig un ar ôl yn ei bydysawd bach, a daliodd ei thrysor aflonydd yn uchel ar gledr ei llaw.

— *Sbia, Mam . . .*

Llyngyren ddaear.

— *Ffrindia fi!*

Gwenodd Carol. Yna daeth y dagrau.

I ganol llonyddwch y gwanwyn pell hwnnw, mwyaf sydyn, daw sŵn y ffôn ym mhoced Carol i'w dychryn; torri'r tawelwch nes bod ei gwythiennau'n gwasgu;

llenwi'r tŷ â'r sŵn a'i dychrynodd yn y bore bach. Rhif arall dieithr: ond rhif lleol. Mae ei chalon yn ei gwddf wrth bwyso'r botwm derbyn.

— *Helo?*

— *Carol? Dw i ar ei hôl hi. 'Sgin i ddim gobaith bod yn barod cyn dau.*

Mae hi mor falch mai llais Helen sydd yno, nes anghofio'n llwyr am ei phenderfyniad yn y maes parcio ar ben mynydd Parys na fyddai hi fyth, bythoedd yn cytuno i fentro i'w grombil du.

— *Ym, iawn . . . ia, iawn.*

— *Mae hi'n shambyls yma.*

Saif Carol ar ei thraed gan droi i wynebu amlinell yr arfordir a'r môr ymhell oddi tani. Tua hanner ffordd rhyngddi a'r gorwel, mae'r dref. I'r dde o bigyn tŵr yr eglwys, tua chwarter milltir i gyfeiriad y môr, mae tanc dŵr y gwaith.

— *Lle mae dy swyddfa di?*

Cwestiwn annisgwyl, sy'n llorio Helen cyn iddi ddechrau mynd i hwyl yn egluro'r drafferth yn y gwaith.

— *Yn y bloc mawr llwyd, agosaf at y giât. Cyn y siediau mawr – wel, hynny sy ar ôl ohonyn nhw. Pam?*

— *Wela i o.*

— *Lle yn y byd wyt ti?*

— *Yn edrych i lawr arnat ti o bell.*

Ac yn gwenu; yn dechrau dygymod â bod yn ôl yma yng Nghaswallon, lle cafodd hi noddfa mor annisgwyl wedi gadael Bryn ddeuddydd ar ôl un Nadolig; yn dechrau teimlo na fydd codi hen grachod yn gymaint o groes wedi'r cyfan.

— *Yn Llaneilian ydw i, yn y topiau. Yn edrych ar dŷ.*

— *Fyddi di'n hir?*

Sy'n gwestiwn od ofnadwy, o feddwl ei bod hi newydd ddweud y bydd hi'n hwyr ei hun. Ac yn rhywle, mae Carol yn sylweddoli y bydd hi, bydd, yn hir; fod yna lawer iawn i'w wneud o hyd a bod tŷ mor fawr ac mor drawiadol – hanesyddol, hyd yn oed – yn gofyn tipyn mwy o amser nag ugain munud sydyn efo pensel a thâp mesur.

— Helen, wnest ti fy ffonio i'n gynharach?

Ac mae'r newid cyfeiriad eto yn peri dryswch, oedi bychan, ar ben arall y ffôn.

— . . . Naddo. Pam?

— Dim ots. Rhywun ffoniodd.

Yr un mor rhesymol â Sera, hola Helen yn araf a bwriadus:

— Wel, pam na fysat ti'n ffonio'n ôl?

Ond mae'n ormod o waith esbonio, ac mae ei phryder am y galwadau wedi'i hatgoffa am y daith i mewn i'r mynydd. Mae hi eisiau peidio â mynd. Ond am ryw reswm dydi hi ddim eisiau dweud hynny.

Yno, yn ffrâm y ffenestr, yn gweld y lluniau glân sy'n cael eu chwipio i mewn o'r môr, mae Carol yn cofio eto sut roedd hi rhyngddyn nhw ers talwm, ac yn styfnigo.

Roedd y ddwy wedi trefnu i gyfarfod eisoes ers i Carol gyrraedd yn ôl – ganol yr wythnos, yng nghaffi'r criw treftadaeth wrth y dŵr. Wedi cyrraedd y dref, penderfynodd Carol y byddai'n cysylltu â'i hen griw ysgol – pwy bynnag oedd yn dal i fyw yn yr ardal. O holi, Helen oedd un o'r ychydig rai amlwg oedd ar ôl. Tro Helen oedd hi i wirfoddoli y tu ôl i'r cownter yn y caffi, felly fu yna fawr o gyfle am sgwrs, a dweud y gwir.

Dwy iâr oedden nhw'r noson honno: dwy iâr yn

cylchu, cylchu; yn mingamu i ddod o hyd i ffiniau'r
domen; pigo'r newyddion ar eu platiau; rhannu briwsion
eu hanesion, a methu maddau rhag taflu llyngyrod
blasus eu balchder bob yn hyn a hyn ar draws y bwrdd.

— *Fyddi di'n gorfod gweithio yma'n aml?*

— *Dw i ddim yn gorfod. Dewis gwneud ydw i.*

— *Ia, ond . . .*

— *Mae o fel ail gartra: rhwng y caffi a'r cyfarfodydd,
prin bydda i adra.*

— *Roedd dy fam yn deud dy fod ti'n brysur.*

— *Lwcus 'nal i heno, deud y gwir.*

Ar y wal o'i blaen, roedd silff yn llawn bocsys plastig
yn dal rhaglenni fideo ac ar y rheiny y canolbwyntiodd
Carol, am funud bach. Fideos hanes cloddio copr ac
adeiladu llongau; llieiniau sychu llestri, breichledi
iachusol a grisialau pyrit, aur y ffŵl.

Ai meddwl yr oedd hi, ynteu a oedd Helen yn fwy
piwis hyd yn oed na'r disgwyl? Oedd angen ei thrin efo
cyllell a fforc fel hyn yn yr ysgol ers talwm? Ac os oedd,
ai dyma'r gêm y gorfodid Carol i'w chwarae 'nôl bryd
hynny – yr un gêm ag yr oedd Helen yn ei gwthio arni
nawr? Y dwyn sylw 'diniwed', y cyllyll cynnil, y si-so slei
am statws . . . Os hynny, roedd pethau wedi newid.
Efallai mai'r un llong oedd hon a hwyliodd 'nôl i'r
porthladd ond, bron i ugain mlynedd yn ddiweddarach,
roedd y cargo yn un tra gwahanol.

Gwytnodd Carol. Y dyddiau hyn, doedd hi ddim yn
malio. Roedd hi wedi hen arfer delio efo pobl chwithig; yn
anad dim arall, roedd y blynyddoedd cynnar a dreuliodd y
tu ôl i gownter y gymdeithas adeiladu wedi'i dysgu sut i'w
trin. Felly dyma gychwyn eto, heb falais, o'r newydd.

— *Dw i'n lecio'r arddangosfa. Diddorol ofnadwy.*

— *Ydi mae hi.*

— *I gyd lot yn fwy diddorol na'r disgwyl.*

— *Ydi mae o.*

— *Chdi fuo wrthi?*

— *Mm . . . efo un neu ddau o'r hogia – hogia'r clwb, ti'n gwybod.*

A dyna'r sgwrs yn dechrau sadio, fel cwch bach â'i drwyn ar dywod.

— *Drefnais i arddangosfa ym Manceinion llynedd.*

— *Wnest ti?*

— *Lot o waith.*

— *Ydi mae o.*

— *Gwaith cofio bob dim.*

— *Ydi.*

Ond roedd meddwl Helen wedi dechrau crwydro.

— *Yswiriant a ballu.*

— *Drud.*

Roedd pen Helen yn nodio i gytuno â'r ferch oedd yn eistedd gyferbyn â hi, y ferch gyfarwydd oedd yn dal i fynnu siarad, yn mynd â'i sylw, yn llenwi, llenwi ei lle hi; ond roedd ei llygaid yn gwibio o un ffenestr i'r llall yn yr hen lofft hwyliau, fel 'tai hi'n chwilio am rywbeth neu rywun yr ochr draw i'r cei.

Meddwl am y penwythnos i ddod yr oedd hi; mynd dros y trefniadau, eto, eto, yn ei phen. Ond wyddai Carol mo hynny. Hyd yma, wyddai hi fawr ddim am yr ŵyl.

Yna, i Helen, daeth ysbrydoliaeth: cyfle i greu argraff.

— *A' i â chdi i lawr, os wyt ti isio.*

— *Lawr i le?*

— *I mewn i'r mynydd.*

— *Mynydd Parys?*

— *Dydd Sadwrn – mae 'na drip.*

Dyma'r cynnig lleiaf atyniadol gafodd Carol ers tro byd, felly pam roedd hi'n ei chlywed ei hun yn cloffi wrth ymateb?

— *Wel, dw i'm yn gwybod . . .*

— *Mi ryfeddi di.*

— *Fysa gen i ormod o ofn . . .*

— *Na fysa!*

— *Tywyll . . .*

— *Ddim efo'r lampau. Mae o'n grêt. Fyddi di wrth dy fodd. Dduda i wrth Arthur – un arall ar y rhestr – dduda i wrtho fo wedyn. Fydd hi'n grêt.*

Beth bynnag a ddywedai Carol wedi hynny, byddai'n ddibwrpas. Roedd y cwch bach wedi mynd ymhell tu hwnt i'r bae. Roedd Helen wedi mynd i lesmair: ei llygaid yn disgleirio a golwg pell arni, fel 'tai hi yno'r eiliad honno, yn y twneli a'r siafftiau tywyll, yng nghrombil dyrys y mwynglawdd, yng nghledr llaw y lle.

Trawyd Carol nad oedd hi'n ymddangos yn berffaith iawn, rywsut. Roedd yn anodd ei ddirnad, ond roedd yna'n sicr rywbeth bach o'i le.

— *Ti'n amlwg wedi gwirioni.*

— *Mae Dad yn deud ei fod o wedi mynd i ngwaed i.*

Dim ond symud ei llygaid i'r chwith yn yr ystafell haul uchel, draw oddi wrth y môr a'r gwaith bromin, tua'r tir, a gwêl Carol gleisiau'r hen waith copr, yn felyn rhydlyd, yn borffor briw. Mae'n rhaid iddi ddweud.

— *Yli, Helen, 'sgin i ddim . . .* Ond cyn iddi gael cyfle i orffen ei brawddeg (dim dillad addas? dim awydd?) mae rhywun yn powndio dôr fawr Caswallon, yn curo a churo'r drws du.

— *. . . aros funud, mae 'na rywun yma.*

— *Ti'n disgwyl rhywun?*

— *Nac'dw.*

— *Paid ti â gadael rhywun rywun i fewn.*

— *Hyd yn oed yn fan'ma?* Mae Carol yn chwerthin, wrth groesi llechi llyfn y cyntedd.

— *Ti byth yn gwybod.*

A gŵyr Carol ei bod hi'n berffaith iawn. Hyd yn oed yma. Eto, mae'r gadwyn yn ei lle, ac o bosib fod cocŵn y tŷ cyfarwydd yn llywio rhywfaint ar ei hymatebion, ond does arni ddim ofn o gwbl. Wedi dweud hynny, does arni chwaith ddim eisiau gwybod pwy sydd yno'n curo. Mae hi'n teimlo'n amddiffynnol tuag at yr hen dŷ; yn teimlo fel petai'n cuddio mewn cyfrol o'i dyddiadur ac yn milwriaethu yn erbyn agor y cloriau i unrhyw un o'r tu allan.

Fyddai dim rhaid iddi agor.

Mae ei char ar y lôn o flaen y tŷ, ond does yna ddim i ddangos bod unrhyw un gartref.

Does yna neb i fod gartref.

Pendilia rhwng agor a chau agor.

Yna, mae'r sawl a fu'n curo yn peidio. Ond, yn sydyn, dychryna Carol wrth weld ei fod bellach yn ceisio agor y drws – wedi agor y glicied ac wrthi nawr yn brwydro â'r gadwyn. Sylla ar y llaw sy'n crafangu am ffrâm y drws – yn figyrnau i gyd, yn groen bras ac ewinedd byrion, budr. Am eiliad fer, ystyria'i hyrddio ei hun yn erbyn y pren a'i wasgu: malu'r esgyrn rhwng y drws a'r ffrâm. Ond mae rhywbeth yn ei hatal, mae rhywbeth yn ei dal yn ôl. Dyna pryd mae hi'n sylwi.

Dyna pryd mae hi'n ei weld: y graith.

— *Rhaid i fi fynd.* Nawr mae hi'n ffwndro, yn ceisio datod y gadwyn heb gau'r drws yn gyntaf, *Aros . . .* a'i chael hi'n rhy anodd beth bynnag efo'r ffôn yn un llaw a dim ond y llall yn rhydd.

— *Carol?*

Ond mae drws Caswallon eisoes ar agor a Carol yn dilyn yr ymwelydd i mewn i'r cyntedd hael. Mae o'n trampio fel 'tai o wedi cyrraedd gartref.

— *Helen?* Mae ei llais yn llinyn tyn, yn dant ffidil dan densiwn. *Ffonia i di'n ôl. Luc ydi o.*

Diflanna Luc drwy'r cyntedd ac i'r chwith, i'r hanner ystafell sydd wrth droed y grisiau. O glywed Carol yn dynesu, saif wrth yr aelwyd yn yr hanner gwyll o'i blaen. Sylla Carol yn llawn chwilfrydedd arno a chymer yntau un cam bychan arall, tuag yn ôl.

— *Ddylwn i fod wedi stopio yn y maes parcio gynnau,* cychwynna Luc, *ond do'n i ddim yn . . .* ac wedyn ddaw yna ddim mwy.

— *Welais i ti.*

— *O'n i'n amau.*

Yna'n dawel, dawel heb angen anadl, meddai Carol,

— *Roedd o fel gweld ddoe.*

Ar hynny, cyfyd ei ben a gwena arni.

Deil ei llygaid llonydd i edrych arno'n ôl.

Rhydd yntau gynnig arall arni.

— *Roeddet ti i weld mor . . . bell i ffwrdd . . .*

— *Ar fy ffordd yma oeddwn i.* Plyga Carol i godi ei swp papurau oddi ar ris isaf y grisiau. *Angen clirio mhen.*

— *Be wyt ti'n ei feddwl?* hola Luc gan amneidio o'i gwmpas, yn sydyn eiddgar.

— *Tŷ braf . . .* Dechreua Carol gasglu'r nodiadau yn bentwr twt a'u gosod yn drefnus, yn ofalus, yn ei bag. *Luc, pwy sy'n byw yma? Ddim chdi, naci?*

Ysgwyd ei ben y mae o; talcen o rychau dyfnion a gwallt tywyll wedi'i dorri'n gwta, gwta yn siglo o'i blaen.

— *Be wyt ti'n da yma, ta?*

Fel croesholi ei merch ar ôl rhyw gam gwag ers talwm.

Am eiliad, ddaw yna ddim ateb.

Erbyn deall, mae yna sawl dewis.

— *Isio dy weld ti o'n i.*

Mae clychau'r oriau mân yn canu eto, ym mhellafion eithaf ei meddwl. O flaen y lle tân mawr, mae Luc yn dechrau camu o un droed i'r llall, yn symud ei bwysau'r mymryn lleiaf, fel rhedwr ar gychwyn ras, fel anifail ar neidio. Mae'n od mor ddigyffro y mae Carol yn teimlo yng nghanol hyn i gyd. Y cyfarwydd, anghyfarwydd. Y cynefin, dieithr. Eto, nid bygythiad sydd yma, fe ŵyr hi hynny. Dydi o'n bygwth dim. Yr hyn sydd rhyngddynt, yn hytrach, yw rhwystr, ac mae hi'n teimlo'n syndod o saff; fel petai rhywun wedi codi mur cadarn, anweledig rhyngddynt, yno ar y carped Persiaidd coch.

Cymer ei hamser.

— *Fy nilyn i wnest ti?*

— *Ddim yn union.*

Ar ei gwaethaf, mae gafael Carol ar ei bag yn tynhau: mae'n ei dynnu'r mymryn lleiaf yn nes at ei chorff, yn darian. Mae ei chefn at y grisiau; mae hi'n gwybod lle mae'r drws. Mae yna sawl dewis, ond dim ond un sy'n gwneud synnwyr.

— *Fysa'n well i ni fynd, dw i'n meddwl.* Mae hi'n cerdded yn benderfynol at y ddôr agored, heb oedi a heb droi'n ôl. Yn dal ei hanadl yn dynn. *Rhaid* iddo ei dilyn. Yn yr awyr iach, mae hi eisiau dal ymlaen i gerdded, at ei char, tanio'r peiriant, mynd. Ond does ganddi ddim dewis ond disgwyl amdano. Yn ei llaw hi y mae'r allwedd.

Â Luc heibio iddi'n ffwdanus, gan ochrgamu'r mymryn lleiaf rhag i lawes ei grys ddigwydd rhwbio yn erbyn ei chôt. Nid fel hyn roedd pethau i fod: fe drefnodd y cyfan mor ofalus, *rhag* i bethau fynd o chwith. Mae angen iddo ddechrau esbonio.

— *Do'n i ddim yn bwriadu dy ddychryn di.*

— *Wnest ti ddim.* Mae hi'n troi ei chefn arno. Rhaid iddi gau'r drws yn dynn. Cloi.

— *Ti 'di gorffen yma'n barod?*

— *Ddo' i'n ôl rywbryd eto.* Pam mae o'n glynu mor agos ati? *Symud.* Ac mae hi'n camu tuag ato; mae o rhyngddi hi a'r car. Ond saif Luc yn llonydd a gwelw, yn llwyd fel maen hir ar drugaredd drycin. Mae'n rhaid iddo ofyn.

— *Fuest ti yn yr ardd?*

— *Naddo. A' i tro nesa.*

— *Rhaid i mi ddangos rhywbeth i ti.* Ac mae'n cyffwrdd â'i phenelin, i'w symud i'r cyfeiriad iawn. Yr eiliad y mae o'n gwneud hynny, mae Carol yn gwybod ei fod o wedi gwneud camgymeriad: bod cyffwrdd ynddi yn gamgymeriad. A'i fod o'n sylweddoli hynny.

Does neb yn symud.

— *Sori.*

Cymaint y mae arni hi eisiau peidio ag adweithio; eisiau dweud 'pob dim yn iawn', dod o hyd i wên. Mor braf fyddai llithro'n ôl i'r ddealltwriaeth rwydd oedd rhyngddynt ill dau ar un adeg . . . Ond pwy ydi o erbyn hyn? Mae ei ddoe yn ddirgelwch iddi. Ym mhrysurdeb ei bywyd dros y blynyddoedd, bu bron iddo beidio â bod.

Mae hi'n codi'i phen i edrych arno ond ni ddaw ei lygaid i'w chyfarfod, felly mae pethau'n haws.

— *Rhaid i fi fynd.* A chan gofio'r lonydd culion, unig sydd o'i blaen, mae hi'n ychwanegu'n frysiog. *I'r dre.* At brysurdeb strydoedd a siopau a phobl. *Adra.*

13

Arhosodd y cerbyd wrth byrth y gwaith, o flaen y rhwystr coch a gwyn ar ganol y ffordd. Ni thrafferthodd y gyrrwr agor y ffenestr; roedd ei gar a'i wyneb yn gyfarwydd. Agorodd ei ddrws a chododd yn osgeiddig o'i sedd, ond cyn cerdded at y getws trodd a phlygu i mewn i'r car i gasglu'r parsel. Sythodd wedyn, a thywyllodd ei sbectol rhimyn aur wrth iddo symud o gysgodion cyfforddus y cerbyd i noethni'r haul.

— *Cyril*, cyfarchodd, wrth godi'r bag ar fwrdd y porthor.

— *Helen?* meddai hwnnw.

— *Ddaw hi lawr i'w nôl nhw.*

A chan amneidio'n swta unwaith yn rhagor, trodd Hywel Parry a gadael y caban poeth o'i ôl.

Tua hanner ffordd at ei ddrws agored, arafodd yn ddisymwth fel petai rhywbeth wedi'i daro. Daliodd i gerdded, ond yn arafach nes, dow dow, y daeth i stop.

Safodd yno am ychydig, ei adlewyrchiad yn llwyd a glas yn sglein y bonet; ei law dde, o hen arferiad, wedi'i gwthio i ddyfnderoedd ei boced a'i fysedd yn clincian yr arian mân, yn dincial dŵr ffynnon, sŵn ceiniogau cysur.

Safodd a disgwyliodd ac edrychodd i'r naill du yna'r llall; edrych yn ddigyfeiriad, fel petai'n disgwyl gweld rhywun, neu ddod i ddeall rhywbeth; sefyll ac edrych a meddwl, fel rhywun yn ceisio penderfynu beth i'w wneud, neu beth i'w ddweud; fel dyn dieithr mewn angladd.

Ymhen hir a hwyr, cododd ei ben a chwilio'r awyr – fel petai'r ateb yno yn rhywle – sganio hyd y gorwel fel 'tai o wedi colli cwmwl. Craffu at yr haul didostur nes bod ei lygaid yn dyfrio. A'r awyr wag mor orlawn o oleuni.

Aeth rhywun heibio iddo ar gefn beic a sgimio heibio i'r rhwystr coch a gwyn ar ei ffordd i'r gwaith.

— *S'mae, Mr Parry?*

Ian, o Laneilian. Hen hogyn iawn.

Cliriodd ei wddw.

— *Reit.*

Reit bwriadus, pwrpasol, wrth neb yn arbennig . . . cyn troi ar ei sawdl, anelu am ddrws y gyrrwr a bwrw yn ei flaen â'r dydd.

Symudodd Mrs Parry ddim o'i sedd yn nhu blaen yr hers.

14

11.30 a.m.

— Pasia'r ffeil, Helen!

Mae Mervyn, un o dechnegwyr y gwaith bromin, yn gweithio bymtheg troedfedd oddi tani, ond er ei fod o'n gweiddi nerth ei ben prin y mae hi'n ei glywed. Anaml y bydd angen i Helen ddod i gwt y pympiau. Does dim angen iddi fod yno nawr. Eto yno y mae hi. A bob tro y bydd hi yno, fe fydd hi'n cofio o'r newydd gymaint y mae hi'n lecio'r lle

Y sŵn. Mae'n dechrau cyrraedd eich clustiau o bell, ac wrth i chi ddod yn nes at y cwt maen nhw'n dechrau dirgrynu; eich clustiau, yna eich gwefusau – fel 'taech chi'n gallu blasu'r sŵn – wedyn mae'r chwyrnu yn gafael yn eich tu mewn chi: ddim yn eich coluddion, ond fymryn yn uwch na hynny. Efallai mai ceudod eich asennau sy'n crynu, erbyn meddwl, ond yn is na hynny y mae hi'n ei deimlo, yn lle mae hi'n dychmygu mae ei stumog. Lle mae hi'n teimlo'n llawn ar ôl cael bwyd.

Nid bod angen iddi ddychmygu lle mae ei stumog; mae hi'n gwybod hynny. Mae pawb sydd wedi gwneud bioleg yn gwybod hynny, ac fe wnaeth hi dair blynedd a hanner o gwrs meddygaeth, felly fe ddylai hi, yn sicr, wybod.

Fe welodd hi stumog unwaith, beth bynnag; llawer llai na'r disgwyl – fel hosan wag.

Tair blynedd a hanner, er mwyn y dyn, a phethau'n mynd yn ddigon del. Tan y busnes efo Kathy.

— Helen! Y ffeil? Mae Mervyn yn dal i ddisgwyl amdani, er mwyn llofnodi'r lòg cynnal a chadw sy'n cael ei lenwi ar bob shifft.

Gwena Helen yn benchwiban arno a chodi'i bawd wrth droi a chodi'r ffeil goch oddi ar ei bachyn wrth y drws. Penlinia wedyn ar y distiau geirwon ac ymestyn nes bod y ffeil bron yn ei law agored, cyn ei gollwng. Wnâi hi ddim i'w thaflu rywsut rywsut: peth peryglus ydi ffeil – trwm, a'r corneli'n bigog. Gwnaeth nodyn yn ei meddwl i gynnal arolwg cyn bo hir: lleoliadau cadw ffeiliau lòg – asesiad risg. Cyn bo hir.

Wrth blygu ar ei phen-gliniau fel hyn, mae'r pympiau hyd yn oed yn nes a'r sŵn nawr yn fwy na thonnau sain, yn gynnwrf go iawn, yn gafael ynddi a'i goglais.

Gwylia Mervyn yn croesi'r pwyntiau ar ei restr fesul un: dŵr oeri'r gerbocs, olew iro'r motor a siafft y rotor tynnu; yna'r panel rheoli: faint mae'r pwmp yn ei dynnu heddiw, cilowat ac amp.

Mae'r distiau dan ei thraed yn hymian, yn cosi gwadnau ei thraed, yn tylino cyhyrau ei chrimogau. Ond mae'r sŵn yn gwneud mwy na hynny hefyd: mae dadwrdd y pympiau yn boddi'r dwndwr y tu mewn iddi. Fel trin tinitws, meddylia. Sŵn yn lladd sŵn.

Erbyn hyn mae Mervyn yn astudio'r mesurydd llif – llif y dŵr o'r môr drwy'r pwmp yn codi a gostwng yn ôl y llanw, a'r pwysau ar y pwlsadur yn newid yn ei dro.

Mynd a dod mae'r dwndwr hefyd. Fel pobl. Mynd a dod. A dod a mynd. Ond mai yn ei ôl eto y daeth Luc.

Mae'r môr nawr ar drai, bron ar farc y distyll, a'r pympiau'n gweithio i'w heithaf; arogl olew poeth ar fetel yn codi o'r pydew islaw, yr amledd yn uwch, y sŵn yn fwy taer.

Heblaw bod Luc yn Llaneilian y bore 'ma, ac yntau i fod ar y mynydd yn ffilmio. Piga Helen gornel o groen sych gen ymyl ei bawd. Celwyddgi.

Gwylia Mervyn yn agor caeadau'r berynnau yn y gwaelod a gwneud yn siŵr fod iriad olew yn saim du dros bob un.

Bratha'r croen yn rhydd ac astudio'r ewin drachefn.

Brysur yn ffilmio, i fod. Bastad.

A dyna ragofalon Mervyn yn gyflawn; y tri phwmp yn glir – pwmp rhif dau yn rhy swnllyd, ond roedd o eisoes wedi riportio hynny; cyfrifoldeb y criw cynnal a chadw oedd hynny bellach.

Poera Helen ar ei bawd a rhwbio'r poer i wlychu'r ewin.

Fe fyddai hi'n poeni mwy am Luc, heblaw ei bod hi'n gwybod ei fod o'n mynd i Laneilian o bryd i'w gilydd. Yn gorfod mynd i Gaswallon bob yn hyn a hyn, achos Kathy, debyg. A dyna ddigwyddodd y bore 'ma, mae'n siŵr, galwad sydyn a gorfod gollwng y cyfan a brysio draw i wneud rhywbeth ynghylch y tŷ.

Rhwbia'r ewin yn sglein cyn lledu ei bysedd a dal ei llaw gyfan o'i blaen. Croen brown braf a phob ewin hir yn lân, ddilychwin.

Ac yn sydyn, mae hi'n teimlo'n llawer gwell. Fel petai'r sŵn wedi gogrwn drwyddi a'i golchi; y cryndod wedi'i chorddi a'i channu; chwyrnu'r peiriannau wedi'i chyffroi a'i chodi a'i gadael yn gyseinedd i gyd.

O dan eu traed dalia'r tri phwmp cryf i sugno; tynnu dŵr y môr i mewn yr ochr yma i'r penrhyn, er mwyn iddo gael ei hidlo a'i buro, ei asidio, a'i boeri i wactod y tyrau chwythu. Yno, byddai'r aer yn gwneud y gwaith – dwyn y bromin – cyn gollwng gweddill yr heli yn ei ôl i'r môr, yr ochr draw, wrth aber rhydlyd afon Goch.

Peipiau a pheiriannau, technegau a phrosesau; gwaith gwerth miliynau, a'r cyfan yn dibynnu ar y dŵr.

— *Hon bron â darfod*, gwaedda Mervyn wrth ddringo'r ysgol haearn at y platfform a rhoi cic i'r rhwd ar y ffyn uchaf.

Heli, meddylia Helen.

Bwyta bob dim yn y diwedd.

Ac wrth edrych allan drwy ddrws y cwt pympiau a gweld silwét y gwaith yn gryndod yng ngwres glân y bore, rhyfedda Helen, unwaith yn rhagor, cystal y mae'r cyfan yn gweithio, er gwaetha'r dŵr.

15

Parciodd Carol o flaen y bwthyn uwch y cei, ond gwyddai cyn dod o'r car na fyddai'n mynd i mewn. Roedd cyfarfod Luc wedi'i hysgwyd; doedd hi ddim yn siŵr beth i'w wneud. Roedd gweld Bryn neithiwr wedi'i hysgwyd hefyd, fwy nag a feddyliai. Ac efallai mai Bryn oedd yn ei phoeni nawr, nid Luc. Bryn, neu'r galwadau ffôn.

Yn sicr, doedd arni ddim awydd bod ar ei phen ei hun. A'r gwirionedd oedd fod yna rywbeth arall hefyd yn ei chnoi.

Roedd yn anodd disgrifio'r cyffro a deimlodd wrth adnabod y graith ar law Luc. Daliai i gofio arogl y croen a'r cnawd. Roedd criw ohonynt wedi cynnau coelcerth yng ngardd gefn un o'r tai cyngor, a bechgyn y bumed yn herio'i gilydd i godi stanciau llosg o'r tân. Cydiodd Luc mewn darn o bren heb sylweddoli bod potyn plastig wedi dechrau toddi ar ei flaen. Cododd y planc yn faner uwch ei ben, ac wrth iddo wneud hynny, diferodd y plastig poeth fel lafa i lawr y coedyn a rhwng ei figyrnau; triagl o blastig tawdd yn glynu yn ei groen. Rhoddodd ei sgrech ddiwedd ar eu hwyl.

Bu'n rhaid iddo fynd i'r ysbyty ac yna at y nyrs am wythnosau (lwcus na fu'n rhaid iddo gael croen newydd, meddai hi). Bu'r graith yn goch am fisoedd. Wedyn roedd hi'n cosi.

Arferai ei rhwbio y tu ôl i'w gefn yn y dosbarth mathemateg, lle'r eisteddai wrth y bwrdd o'i blaen. Daliai ei law y tu ôl i'w gefn a'i rhwbio yn erbyn belt ei drowsus, yn ôl a blaen, â'i gledr at allan. Weithiau, pan fyddai'r wers yn ddiflas neu'r prynhawn yn hir, byddai

Carol yn dal pensel bigfain ar draws y ddesg, o flaen ei
law. Weithiau, fe fyddai hi'n pigo'i gledr efo'r bensel a
byddai yntau'n troi rownd a gwenu.

Ond fe gafodd sioc o weld ei law y bore yma. Hen
graith. Gwres haul. Arogl croen.

A doedd hi ddim yn disgwyl gweld y fodrwy.

16

Erbyn hyn, roedd Helen a Mervyn wedi troi'r gornel gan adael sŵn y pympiau y tu ôl iddynt: waliau trwchus yr adeilad wedi amsugno rhu'r peiriannau nes gadael dim ond grwndi. Roedd hi'n boeth wrth waelod y pympiau, ac allan nawr yn yr awyr iach agorodd Mervyn fotymau uchaf ei oferôl; gan daflu cipolwg sydyn ar Helen, tynnodd ei helmed hefyd, yn herfeiddiol. Heb feddwl ddwywaith, pwysodd yn ei ôl yn erbyn y ffens bren oedd yn eu hatal rhag mynd dim pellach i gyfeiriad y dŵr.

— *Rown i rwbath am smôc.*

Byddai Helen wedi ysgwyd y ffens, man lleiaf, cyn rhoi ei phwysau arni.

— *'Sgin ti'm ofn?*

— *'Di arfer*, meddai Mervyn, gan droi rownd wrth iddi ddod yn nes ato a phwyso wrth ei ymyl, uwchben y dŵr. *'Sgin ti?*

Petai o'n unrhyw un arall, mae'n debyg na fyddai Helen yn datgelu dim. Ond roedd Mervyn, â'i wallt coch wedi hen fritho a'r brychni parhaol ar ei groen gwyn, yn ffeind. A saff. Un o'r hen griw; yr hen deip, yn adnabod eu gwaith yn well na'u gwragedd. Yn y mynydd, roedd hi wedi treulio oriau yn ei gwmni.

— *Uchel ydi o, 'de*, eglurodd Helen.

— *Ond does gen ti ddim ofn uchder* . . .

Meddyliodd Helen am y gagendorau roedden nhw'n eu croesi ar yr ysgolion culion o dan ddaear.

— *Ddim ynddo'i hun, nac oes.* Syllodd eto i lawr y waliau concrit llyfn a blymiai dros ddeugain troedfedd oddi tanynt at y môr. *Ddim yn lecio'i weld o fel hyn, chwaith.*

— *Taw!*

Llonydd oedd y dŵr islaw; llonydd a phell, fel llawr llechen.

Y tu hwnt i'r gilfach goncrit roedd mwy o awel, a dwy neu dair o gychod hwylio ar y môr agored yn tacio rownd y trwyn, yn rhy bell iddi hi eu hadnabod. Roedd yr hogyn newydd yn y gwaith, Huw, wedi symud ei gwch yma i'r porthladd ers tridiau. Byrstio isio'i ddangos i bawb; dim pall ar ei frwdfrydedd. Addawodd Helen fynd i weld y cwch ond pan alwodd hi heibio, ar ei ffordd i helpu yn y caffi, roedd ei thad yno. Gwnaeth hithau ei hesgusodion. Cwch bach oedd o. Dim lle i dri. Cwch bach Huw. Cwch Huw bach. A nawr, doedd hi ddim hyd yn oed yn cofio lliw nac enw'r cwch. Fyddai hi ddim yn ei adnabod 'tai o'n cyrraedd i'w hachub o'r dŵr.

— *Fysa hwn yn lle da i neidio, yn bysa?* meddai Helen yn sydyn, nes i Mervyn godi'i ben i sbio arni, â'i lygaid yn bigau pryder.

— *Neidio?*

— *Fatha maen nhw'n neud oddi ar bont Betws yn yr haf.*

Yna roedd o'n deall.

— *Deifio, ti'n feddwl.*

— *Neidio . . . deifio . . . Dw i'n synnu nad oes 'na fwy o hogia'n hel yma.*

Chwiliodd Mervyn o'i gwmpas am y camerâu diogelwch.

— *Seciwriti?*

— *Na*, meddai Helen. *Maen nhw'n neidio'r creigiau'r ochr allan – dringo bron i'r top. Neb yn eu stopio nhw.*

— *Mae'r lan môr 'cw'n brysur iawn yn yr haf,* cytunodd Mervyn, gan edrych ar y traeth caregog gen ochr y gwaith. *Ella nad ydyn nhw'n gwybod am y cwymp y tu ôl i'r waliau 'ma.*

— *Na. Maen nhw'n gwybod.* Gwybod am y muriau llyfnion; gwybod am y lle. *Ond does 'na ddim cynulleidfa'r ochr yma, nac oes?* Dim aderyn nac un dim byw; dim ond llechen lwyd, lonydd ymhell oddi tanynt. *Neb i dy weld ti yn fan'ma – dyna i ti pam. Waeth i ti heb â neidio dy hun.*

Rhedodd ias i lawr cefn Mervyn wrth i chwa o wynt sgowlio heibio i gornel cwt y pympiau; bysedd gwynt haerllug yn busnesa dan ei ddillad. Yr un eiliad yn union, ymhell islaw iddynt, trawodd atomau'r aer rwystr croen yr heli a gwyliodd Mervyn wyneb y dŵr yn gwingo. Sythodd wrth i gryndod gerdded ei gorff.

— *Ddim rhy uchel i neidio?* holodd braidd yn fflat, fel petai'r sgwrs, iddo fo, wedi newid trywydd. Ysgwyd ei phen yr oedd Helen.

— *Ucha'n y byd, gorau'n y byd.*

Brathodd Mervyn gornel ei wefus.

— *Fysa ti'n gneud?*

— *Ddudish i 'ndo – rhy uchel o'r hanner i fi.*

— *Ond ti 'rioed 'di sôn . . .*

— *Iawn yn y tywyllwch, tydi!*

Ac i geisio adfer rhywfaint ar ei hurddas, wedi agor mymryn ar y gragen, plygodd Helen a chodi carreg a'i hyrddio i'r gwynt, fel un o'r hogia. Gwyliodd y ddau ei llwybr, yr arc hir drwy'r aer nes iddi lanio, bron o'u clyw, yng ngodrau sgert y gwymon, draw ar draeth Pwll Merched.

— *Bellach nag arfer.*

— *Gryfach nag o'n i.*

— *Faint o bwysau wyt ti'n godi rŵan?*

— *Cant a hanner, cant a thrigian, dim gormod.*

Gan deimlo'r balchder yn cronni y tu mewn iddi, trodd Helen a chodi'r helmed felen oddi ar y graean.

— *Gwaith*, meddai'n ffurfiol, yn ffug awdurdodol, gan estyn yr helmed i Mervyn. Petai o rywfaint 'fengach a dipyn delach, fe fyddai hi wedi'i sodro ar ei ben hefyd, ond wnaeth hi ddim.

17

11.45 a.m.

Ar ei ffordd allan o'r fferyllfa roedd Mrs Parry pan ddigwyddodd Carol daro arni. Roedd y wraig yn fyr o wynt, ei basged a'i bagiau yn drymlwythog o neges, a phresgripsiwn yn ei llaw. Gwnâi ei gorau i gadw'r bag papur yn ei bag, ond roedd hwnnw dros ei hysgwydd o'i chyrraedd; gan ei gweld mewn picil – heb iddynt wneud fawr mwy na chyfarch ei gilydd – cynigiodd Carol ddal y fasged wiail iddi, neu ddal y bagiau Kwiks, neu'r ddau.

Cyn bo hir, rhwng un peth a'r llall, roedd y ddwy yn cydgerdded i fyny'r stryd fawr: Carol yn cario'r fasged a Mrs Parry yn egluro sut nad oedd hi wedi gyrru i'r dref yn ôl ei harfer, ei bod hi wedi cael lifft gan Hywel a hwnnw wedyn wedi gorfod mynd i'r iard ar fyrder.

— *Brysur?*

— *Arch, i hogyn o Llan.*

— *Ar ddydd Sadwrn,* pitïodd Carol, dan symud y fasged yn uwch ar ei braich.

— *Pobol yn marw bob diwrnod o'r wythnos,* meddai Mrs Parry gan edrych ar Carol, dan ei phwn. *Isio i mi gymryd honna?* Ysgwyd ei phen wnaeth Carol. *Mi cadwan nhw fo'n 'sbyty tan ddydd Llun, mae'n siŵr. Os na fydd y teulu isio fo adra'n gynt, wrth reswm.*

Rhywsut fe ddaliodd y ddwy i siarad, a dal i gerdded dan siarad, heibio i'r clwb snwcer ac i olwg maes parcio'r farchnad. Erbyn hynny, synhwyrai Carol fod eu camau'n cloffi ac wrth weld mainc gen ochr y ffordd, arafodd.

— *Hoe bach,* gwenodd. *Mae'r bagiau 'ma'n drwm.*

Gan ei gollwng ei hun yn ofalus ar y fainc, daliodd Mrs Parry i breblan: ymddiheurodd eto am y llwyth, am yn ail ag egluro sut nad oedd hi wedi bwriadu siopa cymaint, ond ei bod hi'n ddydd Sul fory, ac erbyn i chi nôl cig ac wedyn llysiau ac ambell beth o Kwiks fel reis pwdin a bocs bach o Weetabix, heb sôn am roliau bara i ginio, a Hywel yn lecio colslo efo'i ham . . .

— *Doeddech chi 'rioed yn bwriadu cerdded yr holl ffordd adra?*

O'r tawelwch a ddilynodd, mae'n ymddangos ei bod.

— *Lifft,* meddai Carol yn bendant a chyda'i char yn y maes parcio gerllaw, fyddai dim byd haws. Dechreuodd Mrs Parry brotestio ond mynnodd Carol, gan egluro ei bod hi wedi hanner meddwl galw heibio beth bynnag: roedd hi'n methu'n glir â chael gafael ar Helen ers diffodd y ffôn arni cynt. Doedd hi ddim yn ateb ar rif y swyddfa na'i ffôn symudol.

— *Allan, mae'n siŵr,* meddai Mrs Parry yn anesmwyth. *Gorfod holi pawb bob tro mae 'na rywbeth yn mynd o'i le.* A rhannodd gyn lleied ag a wyddai am yr hyn a ddigwyddodd gyda'r tancer sylffwr y tu allan i'r gwaith. Yn ei thro eglurodd Carol am orfod mynd i Gaswallon i brisio, a'r daith arfaethedig i mewn i'r mynydd yn y prynhawn a methu aildrefnu'n iawn efo Helen achos . . . *achos mi gyrhaeddodd Luc ac wedyn . . .* Arafodd yr afon a threiglodd ei stori'n ddim; fel afonig, llifodd ei geiriau i'r golwg, brochio ronyn bach yn sylw'r byd, yna cilio'n ddisymwth i wely'r graig, suddo i fandyllau'r garreg, i guddio.

— *Wel, ia, do . . . mae'n siŵr,* meddai Mrs Parry yn ddidaro. *Ro'n i'n clywed mai fo sy'n edrych ar ôl y lle . . .*

Bu bron i Carol â mynd heibio i'r giât yn ei dryswch. Luc yn gofalu am Gaswallon?

— *Mam Kathy'n lwcus iawn ohono fo, yn ôl pob sôn,*

ychwanegodd Mrs Parry. Ond cyn i Carol gael cyfle i ymateb, roedden nhw wedi cyrraedd, wedi parcio a Mrs Parry yn stryffaglio o'i sedd.

— *Cinio, Carol. Dowch. Y peth lleia y medra i ei gynnig, a chithau wedi bod mor ffeind.*

Gydol yr amser y buont yn y gegin, bu Carol yn chwilio am ffordd o ddechrau holi ond, fel y deuai cyfle, byddai'r sgwrs yn troi i ryw gyfeiriad arall a Helen, yn y pen draw, oedd canolbwynt pob stori. Gadawodd i Mrs Parry ei chario gyda'i llif tra bu'r ddwy ohonynt yn paratoi bwyd.

— *Mi wnawn ni'n iawn yn fan'ma, yn gwnawn Carol?*

Nid cwestiwn mohono mewn difrif, ond gorchymyn iddi ei gwneud ei hun yn gartrefol yn y gegin, felly estynnodd hithau un o'r cadeiriau o dan y bwrdd. Gwenodd Mrs Parry.

— *Sêt Helen.*

— *Fysa'n well i mi . . ?*

Ond roedd y te wedi'i dywallt, y baned wedi'i gosod o'i blaen a Mrs Parry yn setlo gyferbyn.

— *Rŵan 'ta,* meddai'n awchus. *Y chi rŵan, Carol. Be ydi hanes eich mam?*

Gwaedodd calon Carol.

— *Mae hi wedi marw, Mrs Parry.*

— *Tewch â deud!*

— *Wyth mlynedd, eleni.*

— *Tewch â deud!*

Aeth Carol yn ei blaen heb oedi – roedd o'n haws na disgwyl i bobl ofyn.

— *Canser.*

Gwelodd fam Helen yn gwelwi.

— *Wyddwn i ddim.*

— *Sut dylech chi?*

— *Diar mi . . .*

Saib hir wedyn; Carol yn sipian ei the, a Mrs Parry fwyaf sydyn yn gweld eisiau Hywel, yn ofnadwy.

— *Yn lle mae hi wedi'i chladdu, Carol?*

Ac wrth gwrs byddai hwnnw'n gwestiwn naturiol i wraig y trefnwr angladdau, ac yn gwestiwn saff.

— *Preston.*

— *Preston.*

A bydd Mrs Parry yn nodio, er na fydd hi'n deall o gwbl.

— *Efo'i theulu . . ?*

— *Naci, jest dyna lle'r oedd hi ar y pryd. Dw i ddim yn meddwl ei bod hi'n gwybod llawer am ei theulu, Mrs Parry, a deud y gwir.*

— O, dudwch chi, a rhyw dinc o gydymdeimlad dros y ferch, achos roedd Mrs Parry yn cofio pawb, a dynes ddigon pethma welodd hi fam yr hogan erioed.

— *Doedd 'na fawr neb yn gwybod ei bod hi'n sâl.* Oedodd Carol eto. *Wnaeth hi ddim hyd yn oed dweud wrtha i tan y diwedd.*

Culhaodd llygaid Mrs Parry, nes nad oedd ond mymryn bach o'r gwyn yn y golwg.

— *Diar mi, dynes ddewr . . .*

Dyna'r gair olaf y disgwyliai Carol i neb ei ddefnyddio i ddisgrifio'i mam, ac roedd y ffaith i Mrs Parry weld peth mor drasig yn ddarlun o ddewrder yn ddigon i wneud iddi ailystyried pethau ei hun.

Nid ailfeddwl am benderfyniad ei mam – roedd hi wedi hen ddadansoddi hwnnw: meddwdod a salwch wedi meddiannu ei meddwl nes na fyddai croeso i na mab na merch oni bai fod seidr rhad neu forffin yn gymysg â'u grawnwin. Dynes unig fu ei mam erioed, a hynny o ddewis. Ac wedi dod i ddeall ei dymuniad ar y diwedd, mewn ffordd ryfedd roedd Carol, ei hunig ferch, yn ei barchu. Doedd Michael ddim.

Brawd Carol oedd Michael; dyn tân yn Runcorn ers blynyddoedd. Hogyn soled, dibynadwy, ar yr wyneb ond un rhyfedd oedd yntau hefyd yn y bôn. Brad, iddo fo, oedd i'w fam ddewis piclo'i dyfodol yn lle plygu i'r patrwm a thyfu'n hen a bod yn nain i'w blant. Bron nad oedd diffygion ei blentyndod ei hun wedi troi'n ddelfrydau yn ei fywyd heddiw. Dim ond bod angen anian haearn i fyw delfryd. Drwg haearn ydi ei fod o'n rhydu yn y glaw.

Erbyn heddiw, rhyw berthynas cerdyn Dolig oedd rhwng Carol a'i brawd. Nid annhebyg i'w pherthynas hi â Helen, a dweud y gwir. A dyna'r hyn yr oedd Carol yn ei ailgloriannu nawr: faint oedd hi'n ei adnabod erbyn hyn ar Helen, ei mam a'i thad; faint wyddai hi am y teulu bychan hwn mewn gwirionedd? Dim mwy nag a wyddai Mrs Parry am ei hanes hithau, mae'n beryg; a dyna hi'n ôl unwaith eto yn y ward, bron i ddegawd ynghynt, efo hynny oedd ar ôl o'i mam.

— *Trist, beth bynnag,* meddai Carol.

Pwysodd y wraig ar draws y bwrdd, rhoi ei llaw ar fraich Carol a'i gwasgu.

— *Weithiau mae'n rhaid i ni i gyd fod yn ddewr.*

Y fath arddeliad. Am eiliad, roedd Helen yn y gegin hefyd: yn sicrwydd y cyhoeddiad, yn nhanbeidrwydd ei llygaid. Yn eu sglein.

Dagrau?

Canodd y ffôn a neidiodd y ddwy: cloch ffôn y tŷ, tu hwnt i'r drws.

— *Helen. Adeg yma. Bob dydd.*

Digon brwysg oedd hi wrth godi – simsan uwch ei thraed – a bron i Carol â sefyll i'w helpu. Roedd hi ar fin gofyn am gael siarad efo Helen wedyn, i ganslo'r trip i'r mynydd yn gyfan gwbl, ond daliai geiriau Mrs Parry i ganu yn ei chlustiau.

Pan ddaeth honno'n ôl o'r lobi mewn cwta funud, daeth y ddynes hunanfeddiannol yn ei hôl hefyd.

— *Gorffen rhyw adroddiad mae hi. Well i chi gyfarfod wrth y siafft, medda hi.*

Nodiodd Carol. Bregus oedd ei gafael ar ei dewrder newydd, ond peth mawr yw penderfyniad.

— *Mrs Parry, sgynnoch chi ddim menthyg pâr o welingtons ga i?*

18

1.10 p.m.

Golchodd Hywel Parry ei ddwylo'n ofalus dan y tap dŵr oer yng nghornel bellaf y gweithdy. Wedi sychu ei ddwylo, gwlychodd un gornel o'r lliain glân a chyffwrdd â'i dalcen, ei wegil, dan ei ên. Fel arfer, byddai'n mynd yn ei flaen i'w sychu yn yr un drefn â chornel arall, ond heddiw roedd y lleithder ar ei groen yn braf. Rhuthro roedd o; prysuro i orffen mewn pryd – cynifer o alwadau ar ei amser – ond daethai'n amser cinio yn ddisymwth ac yntau bron ar ddarfod; gwthiodd yn ei flaen ac aeth yn amser cinio hwyr.

Byddai'r frechdan ham ar blât yn yr oergell. Dan blastig cadw cinio. Dan haenau herio'r oriau. Byddai yntau'n eu bwyta fel petai popeth, gan ei gynnwys ef ei hun, yn perthyn i'r amser cynt, yn fwy ffres, yn llai sychlyd a llesg. Byddai'n plicio'r plastig oddi ar y bara blinedig ac eistedd yno wrth y bwrdd yn yfed te gwaith ac ailwrando ar benawdau hanner dydd drwy hidl ddethol ei wraig.

Ers talwm, byddai'n arfer picio ar draws y lôn i brynu pei neu rôl neu rywbeth. Roedd hynny'n llawer haws. Ond ni wnaethai hynny ers sbel.

Bellach, roedd ei stumog yn protestio – ers iddo ddechrau gosod y styffylau cudd yn leinin yr arch – fel petai ei ymysgaroedd yn gwybod bod y diwedd o fewn cyrraedd a'i gorff yn dechrau paratoi at fwyd.

Eisteddodd Hywel Parry wrth y fainc a thynnu'r gorchudd oddi ar y fasged wiail. Dyma annisgwyl. Ni ddisgwyliai i'w ginio gyrraedd ato i'r gweithdy – ac yn llaw Carol, o bawb. Rhyfeddach fyth. Ond roedd o'n llwgu; deuai amser i drafod eto. Tynnodd fflasg a chwpan tsieni o'r fasged a'u gosod ar y fainc o'i flaen, yna pecyn ffoil, potyn mwstard, cyllell a phlât. Gwyliodd Carol ei baratoadau; gwelai ef yn awchu am ei fwyd, a thra bu'n llowcio ei frechdanau, tawodd.

Gwyliodd y dyn.

Rhwng gadael ei char ar fuarth gwag y gweithdy a chyrraedd yma, i bwyso ar gornel y bwrdd gwydro, heneiddiodd Hywel Parry iddi. Disgwyliai weld yr un dyn a gerddai'r dref yn dalsyth cyn iddi hi adael: y dyn busnes llwyddiannus; y tad 'tebol, trwsiadus. Ond dros ddau ddegawd, roedd fel petai Hywel Parry wedi gwywo o'r tu mewn; câi Carol drafferth dod o hyd i'r dyn a gofiai.

— *Gwneud arch i rywun o Llan ydach chi, medda Mrs Parry.*

— *Ia, Derek,* rhwng dwy gegaid. *Derek Tre Go'?*

Ysgydwodd Carol ei phen.

— *Na, fysat ti ddim yn 'i gofio fo. Creadur.* Golchodd ei geg â llymaid arall o de coch a hir-sugno'r sug o gylch ei ddannedd. *Cha'th o ddim cystudd hir.* Tynnodd y fasged yn nes ato yn y gobaith o weld rhywbeth melys yn ei gwaelod. Dim ond gwely gwiail gwag. *Cynhebrwng fora Mercher, 'dan ni'n meddwl.*

Edrychodd y ddau ohonynt at yr arch; roedd ei chaead derw yn gorwedd wrth ei hymyl ac arno'r plac a'r sgriws pres yn aros i gael eu gosod.

— *Chwe deg saith?* synnodd Carol. *'Hogyn' ddudodd Mrs Parry.*

— *Oedd o'n 'rysgol efo Nel.* Cododd Hywel Parry ac ymbalfalu yn ei gôt ar gefn y drws. *Hogyn fydd o iddi hi am byth.* Edrychodd ar ei watsh. *Dwyt ti ddim ar ei hôl hi?*

Bron fel 'tai o eisiau cael gwared arni.

— *Na, dau o'r gloch ar y top.*

— *Ddim o'r tŷ?*

— *Naci, aildrefnon ni . . .* ond tawodd yn sydyn. Hoffai hi ddim fod hwn yn gwybod cymaint am ei threfniadau.

— *Helen yn deud bod gen ti le . . . bach uwchben y cei?*

Sylwodd Carol ar yr oedi.

— *Oes, am dipyn. Benderfynish i rentu i ddechrau.*

— *Rhentu,* nodiodd Hywel Parry. *Ddudodd hi mo hynny, chwaith.* Agorodd baced newydd o sigaréts. *Lle iawn?*

— *Neith tro am rŵan.*

— *Nunlle ti'n ffansïo tua'r offis 'cw?*

— *Oes, lot,* meddai Carol yn siarp. *Ond does 'na ddim wythnos ers i mi ddŵad yn ôl.*

Taniodd Hywel Parry ei sigarét, tynnu arni a dal ei anadl am dipyn. Am dipyn bach. Smocio fel dynes, meddyliodd Carol.

— *Symud 'nôl yn gam go fawr.*

— *Ydi, mae o.* Ac am ryw reswm daeth y frawddeg nesaf allan o chwith, yn llawn poer a choegni: *Taro pobl yn f'oed i, dw i ddim yn amau.* Symudodd ei phwysau hefyd, fel nad oedd hi bellach yn gorffwys ar garped y llwyfan gwydro, ond yn paratoi at symud. Yn wahanol i'r disgwyl, doedd hi ddim yn mwynhau ailgyfarfod tad Helen yr un dim.

— *Mynd yn hen wyt ti?*

Ymateb i'w habwyd hi yr oedd o – tynnu arni – ond roedd Carol wedi dechrau myllio, a gwrthododd weld y wên o dan ei aeliau.

— *Dechrau sylweddoli be sy'n bwysig, ella.*

Ei sigarét yn segur a'i lygaid yn gul drwy'r mwg.

— *Fan'ma'n bwysig?*

'Sgin i unlle arall, meddyliodd Carol.

Unlle oedd yn golygu dim o bwys. Na neb. Heblaw am Sera, waeth i chi ddweud nad oedd yna neb arall yn unlle arall chwaith. Dyma'r cyfan oedd ganddi i'w drosglwyddo i'w merch: y caeau a'r creigiau, y strydoedd a'r toeau llwyd. Llefydd a llwybrau. Nid pobl a pherthnasau. A dyna pam y daeth yn ei hôl; oherwydd nad oedd ganddi na theulu na gwreiddiau i'w chadw yn unman arall. Yr unig orffennol a oedd ganddi oedd hwnnw yma, yn yr ysgol, ar y mynydd, wrth y môr. Gorffennol o atgofion oedd ganddi, am bethau oedd bellach prin yn bod.

Cydiodd yn llygaid Hywel Parry.

— *Mae o'r unig beth sy gen i.*

Ond roedd o'n gwybod ei hanes.

— *A be am Bryn?*

Caledodd ei llais.

— *Welish i mohono fo ers y tro dwytha yn y llys.*

— *Dal i godi miri?*

— *Flynyddoedd yn ôl, rŵan. Wyth . . . naw, ella.*

Nodiodd Hywel Parry a syllu ar ei sigarét; ar ei fysedd glân; lleuad gilgant ei ewinedd.

— *Sera'n iawn?*

— *Ydi, diolch. Sera'n grêt.*

Anghyfforddus oedd yr oedi.

— *Mae hi'n dŵad adra fory, gobeithio,* meddai Carol yn y diwedd, i lenwi'r tawelwch. *Roedd hi i fod i ddŵad heddiw ond mi gododd rhywbeth yn yr ysbyty ar y funud ola, a fedrwch chi ddim gwrthod unrhyw gyfle i gael profiad y dyddiau yma, mae 'na gymaint o gystadleuaeth . . .* Roedd hi'n siarad gormod. *Dwn i ddim be neith hi o'r bwthyn, chwaith. Dydw i prin wedi cael cyfle i wagio bocsys, heb sôn am ddechrau ei wneud o'n gartrefol . . .*

Geiriau hawdd heb fod eu hangen. Yn lle gofyn.

Sibrwd gofyn. — *Ydi o'n dal i fyw yn dre?*

— *Mi symudodd o'r stad sbel yn ôl. Ar ryw ddyddyn tua Rhosgoch roedd o ddwytha.* Cododd ei ben. *Ond mae o'n gweithio'n y dre. Ti'n gwybod hynny, dwyt?*

Roedd pawb arall yn gwybod mwy na hi am bob dim.

— *'Sgynno fo . . .* Beth yn union oedd arni hi eisiau ei wybod? *Ydi o . . .* Crafangodd am y cwestiwn. Beth yn union oedd arni hi eisiau ei wybod? A pham?

Hywel Parry ddaeth i'r adwy, fel ers talwm. Ganddo roedd yr atebion i gyd.

— *Ydi o'n trin rhywun arall fel triniodd o chdi ers talwm?*

A doedd dim ymateb i hynny.

— *Genod ffordd hyn yn gwybod amdano fo,* meddai yntau wedyn. *Ond 'run yn para'n hir, dw i'm yn meddwl.*

— *Gallach na fi, felly!*

Beth fyddai Hywel Parry wedi'i glywed yn yr ebychiad olaf hwn? Dicter? Chwerwder? Rhywun yn ffroeni ei rhwystredigaeth fod y teimladau yn dal mor amrwd cyhyd? Yna, yn sydyn, cofiodd Carol ei bod hi wedi gweld Bryn yn llawer mwy diweddar, ac eglurodd wrtho am sefyll yn ffenest y siop.

— *. . . ac ers hynny mae 'na rywun wedi bod yn fy ffonio fi. Codi ofn arna i.*

— *Fo?*

— *Dw i ddim yn gwybod. Ond os mai fo ydi o, dwn i ddim sut cafodd o'r rhif.*

Llusgodd Hywel Parry flaen troed trwy'r llwch lli o flaen ei fainc.

— *Ella'i fod o'n hollol ddiniwed.*

— *Fuo Bryn erioed yn ddiniwed!*

— *Nid Bryn – pwy bynnag sy'n ffonio – ella mai cyd-ddigwyddiad ydi o.*

— *Ella . . .*

A meddyliodd Carol am Luc. Nid cyd-ddigwyddiad oedd ei fod o yng Nghaswallon, roedd hynny'n amlwg iddi bellach.

— *Welais i Luc y bore 'ma hefyd. Mi ddilynodd o fi i Laneilian.*

— *Ddim y fo sy'n dy ffonio di, debyg?*

— *Naci! Wel, naci, am wn i . . . ond,* cyfaddefodd, *dw i'n dal ddim yn dallt yn iawn be oedd o'n da yno.*

— *Yng Nghaswallon?* Gwyddai Hywel Parry. *Sôn am werthu, glywais i.*

Ond doedd hynny ddim yn gwneud synnwyr.

— *Yn enw rhyw 'Mrs Fuller' mae'r papurau.*

Nodiodd Hywel Parry. — *Mam-yng-nghyfraith.*

A'r darnau yn dechrau disgyn i'w lle. Roedd hi'n gwybod cyn dweud ei henw.

— *Mam Kathy?*

Kathy a Chaswallon a chraith. Hen graith. A modrwy.

— *Wyddwn i ddim bod gynno fo . . .* crychodd rhywbeth yn ei gwddw. *Ers . . .*

Daliai Hywel Parry i edrych arni; canhwyllau ei lygaid yn fawr yng ngwyll y gweithdy; gwrid coch ar gefnennau ei fochau.

Gwres y dydd.

Haul mynwentydd.

Neu gywilydd.

— Dwyt ti ddim yn gwybod yr hanes, wyt ti, Carol?
Ddim yn gwybod be ddigwyddodd, dw i'n gallu gweld.

Cododd Hywel Parry a gwasgu gweddill y sigarét yn erbyn caead pot paent, cyn chwilio'n ofer am rywle i luchio'r hanner oedd ar ôl. Cerddodd at y drws agored, agor y bin mawr du a gollwng y stwmpyn i'w ddyfnderoedd.

Clywodd Carol o'n taro'r gwaelod.

19

— *Mewn!*

Gwthiodd Ian ddrws swyddfa Helen yn gilagored. Roedd hi'n sefyll y tu ôl i'w desg yn edrych allan drwy'r ffenestr, â'i chefn ato.

O'r swyddfa uchel, gallai weld y rhan fwyaf o ochr ogleddol y safle. Gallai wylio'r cyfan, o'r prif adeilad prosesu lle digwyddai'r adweithiau cemegol, â'i loriau uchel agored o bibelli a thiwbiau, i lawr heibio'r tanciau storio bromin, heibio'r degau o gasgenni glas o asid oedd wastad ar y safle, ac i lawr ymhellach, heibio cwt y pympiau at y môr.

— *Iawn os a' i rŵan?*

Roedd meddwl Helen ymhell. Roedd hi'n dal i geisio penderfynu ar y ffordd orau o ddechrau cofnodi yn ei ffeil yr hyn a ddigwyddodd gyda'r slefren sylffwr. Ond nid mater arferol ar y safle mohono. Digwyddodd y tu allan i'r giatiau. Dyna pam roedd y pro fforma yn dal yn wag.

DECTEL Lòg Iechyd a Diogelwch
Adroddiad cychwynnol

....

....

....

— *Iawn i fi fynd?* holodd Ian eto. *Dim byd arall y galla i ei wneud rŵan, a dw i wedi addo mynd â Medi allan y pnawn 'ma, iddi gael arfer efo'r car.*

Trodd Helen ato. Canolbwyntiodd.

— *Ydi o'n plesio?*

— *Wel, dydan ni ddim 'di cael fawr o gyfle eto, ac mae hi'n reit nerfus achos ei fod o dipyn lletach na'r llall. Ond mi fydd o'n handi – drws mawr i'r gadair olwynion a lot o le'n y cefn . . . ti'n gwybod.*

Gwenodd Helen arno.

— *Ydi o gen ti rŵan?*

— *Na, beic,* meddai'n llawn embaras. *Petrol yn ddrud. Wel, disel. Disel cyn ddruted â phetrol, tydi.* Nodiodd Helen ei chytundeb. *Disel 'sgin titha, 'nde?*

— *Mm.*

Ond nid oedd ganddi hithau gerbyd yn y maes parcio heddiw.

— *Felly fedra i fynd, medraf?*

Roedd o bron â marw isio cyrraedd ei wely i gael cyntun. Ar y shifft nos yr oedd o neithiwr: daeth yr alwad i darfu ar ei gwsg.

Nodiodd Helen arno. Doedd dim i'w gadw yno.

Roedd y cyfan eisoes dan reolaeth a'r ffyrdd yn glir. Roedd adran y wasg yn y pencadlys yn barod efo'u datganiad cadarn, dibroblem . . . dim ond gasget rhydd a gelltydd serth . . . powdwr melyn, sych a haul a diwrnod bendigedig . . . ac a glywsoch chi am y dystysgrif ddiogelwch gawson ni yn Llundain ddechrau'r mis? Y fedal efydd, record wych. Arbenigrwydd hyd at wisgo ffrogiau hir a siwtiau duon, tei bo a siampên trigian punt y botel? Fe fu hi yno. Yn yr Hilton yn Hyde Park. A byddai'r dystysgrif allan eto cyn bo hir, am sioe, yn y marcî yn ystod y prynhawn. Siwt a sanau silc a gwenu a ballu.

Ddywedodd Simon fawr ddim am y sylffwr ar ei

ffordd i'w swyddfa gynnau fach, dim ond dweud y byddai yna gyfarfod fore Llun. Ei fod yn trefnu cyfarfod. Fel y disgwyliai hithau. Felly roedd hynny'n iawn. Eto, doedd y pennaeth ddim yn ei hwyliau. Ychydig yn siort. Ond, dim byd mawr. Colli yn y golff, mae'n rhaid. Neu wedi gadael iddyn nhw ennill. Sut bynnag, roedd yna rywbeth yn ei gnoi.

— Ian? Fyddi di'n difaru weithiau na fysat ti'n gwneud rhywbeth arall? Na fysat ti wedi dewis rhywbeth arall ers talwm. Rhywbeth gwahanol i hyn?

Ond na, nid oedd Ian yn edifar, yr un dim, yr un mymryn. A winciodd y drws arni wrth iddo ei gau. Cau drws wedi'i diclo. Wel, wel, wel a chlic y gliced. Ac Ian ifanc a'i chwerthiniad yn rhyfeddu ati. Y fo a'i lygaid tlws. Glas, sylwodd Helen. Glas fel y môr a dorrai ar drwyn Wylfa. Y môr diniwed, cyn iddo gyrraedd pympiau sugno'r gwaith cemegol. Y môr dilychwin, lle'r oedd Iwerddon yn dal yn yr heli. Lle'r oedd gwên yn y gwynt.

Ac ofynnodd o ddim iddi hi. Ofynnodd Ian ddim a hoffai hi fod wedi gwneud rhywbeth arall; ai dyma ei delfryd. A phetai o wedi gofyn, beth fyddai hi wedi'i ddweud? Ei bod hi weithiau'n meddwl beth fyddai wedi dod ohoni pe na bai Kathy wedi mynd yn sâl, a phe na bai'r ddwy ohonynt wedi dod adref. I wella.

Weithiau fe fyddai hi'n dychmygu eistedd y tu ôl i ddesg meddyg. Desg fel hon, ond fod yna bobl yr ochr draw (pobl go iawn, nid rheolwyr a chyfarwyddwyr a ffyliaid twp rhyw broblemau diffyg sylw cynnal a chadw, pen rwdan, isio gras . . .) ond pobl go iawn oedd yn sâl ac isio sylw, a hithau'n gwrando'u cwyn, cyn adnabod eu cur a'u cyfeirio a'u gweld yn gwella, a'u gweld eto wrth y ddesg o'i blaen yn wên i gyd, yn llawn diolch, yn ddiolchgar am ei gweledigaeth.

A byddai hynny'n dristwch iddi. Achos, a hithau nawr bron yn ddeugain oed, ni ddeuai hynny, bellach, byth yn wir. Bechod oedd hynny. A hithau â chymaint i'w gynnig.

20

1.55 p.m.

Heb fod ymhell o gopa mynydd Parys, o flaen fan fawr ddu, eisteddai dau ddyn seciwriti ar gadeiriau plastig yn bwyta chips: arogl finegr a siffrwd papur, coch sgleiniog caniau pop. Wrth eu hymyl, dan gysgod ymbarél, roedd camera ar dreipod, dau focs cario, a nyth nadroedd o geblau duon, ond fel arall roedd lloc y cwmni teledu yn dawel a gwag. Ychydig yn is i lawr y mynydd, roedd mwy o fywyd: pawb yn tyrru o gwmpas y cloddio; pobl yn pwyso ymlaen i graffu i'r ffos gan glustfeinio, a phlant yn gwthio'n erbyn y rhuban plastig coch a gwyn a'u daliai'n ôl.

Roedd siacedi melyn y stiwardiaid i'w gweld yn blaen, ond ni allai Carol weld pwy oedd yn arwain y gweithgareddau. Ni allai weld Luc yn unman. Anesmwythodd – nid oedd amser ar gyfer siwrnai seithug. Yna clywodd ei lais.

Ambell ran o'i frawddegau yn unig a gariai uwch y breblach . . . *yn fan'ma mi fysa 'na lond y cwt o ferched yn malu'r mwyn* . . . Sylweddolodd Carol mai gwrando ar Luc yr oedd y dyrfa . . . *dyfal donc a dyrr y garreg* . . . Arno fo roedd sylw pawb . . . *Tybed welsoch chi fenig fel hyn erioed?*

Wrth i Luc godi'i ben i holi ei gynulleidfa, fe'i gwelodd hi – fflach o gopr dros bennau'r dorf – ar y llwybr llydan rhwng y felin wynt a'r iard; yr haul ar wynder ei breichiau; yn eirias yn ei gwallt. Cloffodd.

— *Gewch chi bum munud . . . deg?* cynigiodd. *I ffeindio beth oedden nhw.* Gwenodd ar y plant. *Ewch i chwilio, ond peidiwch â mynd yn rhy bell – nac yn rhy agos i'r ochr, chwaith!*

Gwasgodd rhyw si drwy'r dorf wrth i'r mamau a'r tadau gofio am y siafftiau dyfnion gerllaw, yna chwalodd y dyrfa yn gybolfa o grysau-T lliwgar, sbectolau haul a sandalau anaddas.

Daliai Carol i gerdded tuag ato.

Dringodd yntau o'r ffos ac aros amdani.

Roedd dyn a dynes mewn dillad lliw caci yn loetran gerllaw, ond tynnodd Luc ei sbectol a chanolbwyntio ar ei rhwbio yng nghynffon ei grys gan esgus peidio â'u gweld.

Yna, roedd hi yno.

Hi yno, a phob un o'i eiriau wedi mynd. Wedi'u dal yn chwithdod Caswallon gynt, rhwng cloi'r drws du a chlepian drysau'r ceir.

Nodiodd. Baglodd ei lygaid drosti a ffwndro nes llonyddu ar ei hysgwydd dde – ar bont ei hysgwydd – lle'r oedd y pant uwch yr asgwrn yn gysgod ar sidan ei chroen.

Hi ddechreuodd: roedd hi yno i bwrpas.

— *Sori.*

Un gair, yn gusan o gydymdeimlad.

— *Pwy ddudodd wrthat ti?*

Ymysg y slabiau carreg, y llythrennu cain a'r aroglau coed; lle'r oedd arch agored yn gorwedd ar ddau drestl a llwch lli yn yr aer wedi dychryn ar dyrfedd ei anadl . . .

— *Mr Parry.*

Nodiodd Luc. Roedd hynny'n gwneud synnwyr.

— *Pam na fysa ti . . .*

— *Driais i,* torrodd Luc ar ei thraws. *O'n i'n mynd i ddeud. Bore 'ma.*

Ochneidiodd Carol.

— *Sori.*

A rhywsut, ymlaciodd cymalau'r dydd.

Roedd o'n dal i wisgo'r faneg.

— *Ti'n gwybod be ydi hi?*

Ysgydwodd Carol ei phen.

— *Perthyn i'r Copor Ladis*, meddai Luc. *Replica. 'Drycha.* A daliodd ei law tuag ati i ddangos y modrwyau metel a ddiogelai fysedd y merched rhag y morthwylion. *Ffendion ni un bore 'ma.*

— *Maneg?*

Gwenodd Luc wrth godi'i law at boced dop ei grys; chwilio heibio'r blwch bychan oedd yno a thyrchio at waelod y boced.

— *Rhwng y cerrig sets yn fan'cw*, amneidiodd. *Lle byddai llawr yr iard ers talwm.*

Agorodd ei law.

Modrwy.

Llifodd geiriau Carol o'i gafael.

— *Pam wyt ti'n dal i wisgo dy fodrwy di?*

Caeodd Luc ei ddwrn am y cylch o ddur.

— *Mi fysa'n teimlo'n od iawn hebddi.*

— *Ar ôl yr holl amser?*

— *Fysa'i thynnu hi'n mynd yn fwy od efo amser.*

Eto nid y fodrwy aur a'i poenai.

— *'Nei di ddeud wrtha i amdani hi rywbryd?*

— *Fawr i'w ddeud bellach, nac oes?*

— *Ti'n meddwl?*

Crychodd ei ysgwyddau a rhoi ei law o dan ei gesail.

— *Hen hanes.*

Edrychodd Carol yn ofalus arno: darllen ei wyneb dan lamp felen yr haul; chwilio amdano, rhwng yr hanner gwên ar ei wefusau a'r cysgodion dan ei lygaid. Cododd ei llaw at ei lawes – roedd hi mor agos â hynny ato – cododd ei llaw i gyffwrdd â'i lawes a bodio'i chydymdeimlad i'r brethyn. Pam oedd hyn yn iawn, a'i gyffyrddiad yntau cynt mor friw? Doedd hi ddim yn deall. Doedd hi ddim chwaith yn medru darllen digon; dim yn ddigon cynefin â fo i adnabod gwên drist dyn yn ail-weld ddoe. Llonyddodd ei llaw ar ei elin, blaenau ei bysedd yn gyfforddus ar ei lawes, yn gysurus ym mhlygiadau ei grys.

— *Hen hanes i bawb arall, ella,* meddai gan roi'r pwysau lleiaf ar ei fraich.

Roedd ei gyhyrau yn glymau i gyd.

Fel seiren, canodd ei ffôn a saethodd adrenalin drwy'i chorff. Cythrodd am ei phoced a sganiodd y sgrin. Craffodd ac adnabod ac anadlu ei rhyddhad. Yna sylwodd ar yr amser ar y sgrin. Atebodd y ffôn.

— *Helen? . . . Dw i'n gwybod – fydda i yna rŵan.*

Edrychodd yn gyflym ar Luc a lledodd ei dwylo i esbonio . . . na fedrai hi esbonio ar fyrder, yna trodd ei chefn a brasgamu at ben y bryncyn. Byrlymodd dau hogyn heibio: dau fachgen tua naw neu ddeg oed yn rhedeg ar wib at Luc – daliodd yntau ei ddwylo yn goflaid i'w harbed rhag y ffos a chwarddodd yn uchel wrth i'r ddau ddechrau siarad ar yr un pryd. Gosododd law ar ben bob un i'w tewi, a gwyliodd Carol yn pellhau. Cliriodd ei wddw, a galw arni.

— *Mae gen i rywbeth i'w ddangos i ti wedyn!*

Dros ei hysgwydd, fel rhannu cyfrinach, rhannodd Carol ei wên. Yna trodd hithau'n ôl at ei ffôn.

Eiliadau yn unig fu'r oedi.

Ond roedd Helen wedi mynd.

21

Crensiodd yr olwynion yn y cerrig mân wrth i Helen
luchio'r jîp o'r gêr a thynnu'r brêc llaw. Neidiodd allan a
phwyso'n sydyn ar y bymper ôl i glymu'i gwallt a
thynnu'i welingtons am ei thraed. Clepiodd y drws, ac
roedd hi hanner ffordd ar draws y lle parcio erbyn i
oleuadau'r jîp fflachio o'i hôl ac i'r cloeon gydio.

Rhoddodd un llaw ar y rhwystr a gadwai'r ceir rhag
tramwyo ffyrdd y mynydd, a llamu drosto. Ewig goch
mewn oferôl, ei phen i lawr, ar berwyl. Yna, stopiodd yn
stond. Roedd rhywbeth yn yr aer. Chwiliodd o'i
chwmpas. Mwg. Doedd tân eithin ddim yn beth dieithr
ar y llethrau, ond roedd hi'n gynnar – eithin Mai yn dal
yn gangau gwyrddion heb eu crasu eto yn goed tân.

Yna, fe'i gwelodd.

O'i hôl ac oddi tani, i lawr yng nghanol y torfeydd ar
gwr y dref ar Gaeau Madyn, roedd mwg du yn codi. Y tu
hwnt i'r cae llawn ceir, roedd y bobl i gyd wedi ymgasglu
o amgylch coelcerth: roedd tŷ'r Celtiaid wedi'i danio –
dau o'r gloch, yn ôl y rhaglen – a'r lle yn llawn.

Rhyfedd fel roedd pobl yn hoffi dinistr, yn hoffi gweld
pethau'n llosgi, malu, diflannu. Ers talwm fe fyddai hithau
wedi oedi yno a gwylio: gwylio'r fflamau yn llyfu'r waliau,
bysedd y mwg yn cosi'r distiau a'r to gwellt yn chwysu, yn
gollwng stêm, cyn cydio. Byddai'r gynulleidfa yn tynnu'n
nes i weld y fflamau'n llysnafeddu hyd y preniau, yna'n
neidio yn eu dychryn wrth i frigau'r to dasgu'n dân gwyllt
tuag atynt. Teneuo fyddai'r dyrfa wedyn, fel y mwg; rhyw
grwydro eto at y stondinau; mynd i wylio'r bobl od o flaen
eu pebyll yn paratoi rhyw botes; neu ddechrau hawlio'u lle
ym mlaen y dorf i wylio'r frwydr fawr yn nes ymlaen.

Unwaith y deallodd Helen o ble daethai'r arogleuon, doedd dim i'w chadw. Yr un goelcerth â'r blynyddoedd a fu. Yr un tir, yr un tân. Yr un llun yn llawn lliwiau llynedd. Eleni, roedd pethau'n mynd i fod yn wahanol. Gyda hynny, roedd ei phen i lawr a'i cham yn hwyhau. Roedd hi'n hwyr. Ac ers ffonio Carol roedd hi'n mudferwi.

Ar y gornel at y copa, trodd, plygu yn ei chwrcwd, codi carreg onglog a'i phwyso yn ei llaw. Taflodd hi uwch ei phen, ei dal, a'i phwyso eto. Carreg felen oedd hi: un sych a llychlyd. Syllodd Helen arni. Pwysodd hi eto. Poerodd.

Safai Mrs Parry yn ei llofft yn y byngalo brown – safai o flaen y wardrob drom oedd yn llawn o'i siwtiau gwau a'i sgertiau pletiog, yn chwilio am rywbeth ysgafnach i'w wisgo. Roedd arni angen newid cyn mynd i'r cyflwyniad yn y marcî.

Eleni, rywsut, ni thynnodd ei dillad haf i'r wyneb. Bu'n rhaid iddi wthio dwy gôt aeaf drom o'r neilltu nes cyrraedd y tiwnic gwyrdd tywyll. Camodd i'r sgert a'i llithro i fyny dros ei phais, dal ei gwynt a'i chau – sgert syth â dwy boced ar osgo, i gyd-fynd â'r siaced lewys cwta â'i botymau pres. Y botymau angor. Byddai wedi hoffi newid ei thop hefyd, ond cafodd andros o drafferth ei wisgo y peth cynta'r bore; bron iddi orfod gofyn i Hywel am help.

Codi'r fraich chwith oedd yn brifo: dyna sut sylwodd hi yn y lle cyntaf.

Cadwen? Ochneidiodd. Powdr efallai. Dim *rouge* heddiw – dim ond powdr i sychu'r chwys ar ei gwefus uchaf, i dymheru'i gwrid. A sent: y sent roedd Hywel yn ei brynu iddi bob Nadolig. Sent yn setlo'n niwlen amdani, a hithau'n syllu'n fyglyd ar ei llun yn y drych.

Wedyn cododd i agor y ffenestr er mwyn denu rhywfaint o'r haf i'r tŷ: roedd arogl dillad gaeaf yn glynu yn yr aer a'i gwneud yn gaeth. Neu felly y meddyliai.

23

2.20 p.m.

Roedd y daith i weld olion yr hen fwynglawdd copr yng nghrombil mynydd Parys yn hwyr yn cychwyn. Pan gyrhaeddodd Helen o'r maes parcio, ni chafodd amser i wneud fawr mwy na thorri ei henw ar y rhestr, casglu ei helmed a'u dilyn. Wedyn, mynd drwy'r mosiwns oedd raid. Roedd hi mor gyfarwydd â'r drefn nes iddi ddiffodd ei meddwl a dilyn y patrwm heb wrando ar Arthur, yr arweinydd, yn mynd drwy'i druth.

Erbyn hyn, fe'i câi yn fwyfwy anodd codi gwên pan fyddai hwnnw, wedi darfod egluro'r rheolau diogelwch, yn gafael yn ei bac a gweiddi ati yn ei lle arferol yng nghefn y rhes: *Pen ôl yn barod?* Ond pan fyddai'r ymwelwyr i gyd wedi chwerthin – piffian chwerthin i wasgaru'r tensiwn – byddai ei ergyd wedyn yn gymaint mwy effeithiol:

— *Felly lampau 'mlaen a chloiwch y giât. Paratowch i roi'ch bywydau yn ein dwylo!*

Gam wrth gam, byddai'r daith i lawr yn ei sadio. Tra byddai pawb arall yn benysgafn ar yr ysgolion, a'u pengliniau'n gwegian ymhell cyn cyrraedd y gwaelod, byddai Helen bob amser yn cryfhau. Ers y tro cyntaf un, daethai i feddwl am y weithred fel dringo i lawr corn gwddf rhyw anghenfil; disgyn fesul gris drwy'r oesoffagws; cael eich llyncu fel tabled, ar eich ffordd i'r stumog i wneud lles. Ac wrth gwrs, roedd bol y mynydd, yntau, yn llawn asid – oedd yn cyfoethogi'r darlun, wrth reswm.

Yn ei choch yr oedd hi heddiw, felly gallai fod yn dabled haearn, neu'r rhai bach cromiwm yna . . . Pawb

mewn oferôls gwahanol liwiau, yn fwclis o dabledi yn
disgyn yr ysgolion; gwadnau rwber ar risiau pren; clec
helmed ar garreg; tuchan fel 'tai arnyn nhw angen mwy
o fwynau a fitaminau eu hunain . . . a gwenodd wrthi'i
hun wrth i'w throed daro'r llawr ac iddi glywed llais y
trydydd o'u criw, yn cadw cyfrif yn y pellter:

— . . . *wyth . . . naw . . . Helen. Pawb.*

Llond potel o fitaminau wedi ymgasglu wrth waelod
yr oesoffagws yn aros am arweiniad i sach y stumog.

A dyna pryd y gwelodd hi Carol yn anelu tuag ati.

Ni fu cyfle iddyn nhw siarad ar y top, ac efallai mai
da o beth oedd hynny. Bryd hynny, byddai Helen wedi'i
chael yn anodd bod yn sifil wrthi. Roedd cwestiynau'n
troelli yn ei phen. Pam oedd llais Luc yn y cefndir pan
ffoniodd hi Carol? Lle'r oedden nhw? Pam oedd Luc
yno? Beth yn union oedd yn mynd ymlaen?

Ond nawr, roedd wyneb Carol fel y galchen a'i llygaid
yn crefu am wyneb cyfarwydd. Peth mawr yw ofn. Ac
efallai mai gweld yr ofn yn ei llygaid a wnaeth i Helen,
hithau, gymedroli. Yma, nawr, yn saff ym mol y mynydd,
teimlai'n fwy trugarog tuag at Carol. Teimlai fel mam, yn
gwylio ei merch fach ar draws yr iard ar ei diwrnod
cyntaf yn yr ysgol – eisiau ei sicrhau bod popeth yn iawn
a'i hannog yn ei blaen i ymdopi â rhyfeddodau'r byd
mawr ac eto, yn dawel bach, yn falch bod y fechan yn
gweld eisiau, ar goll heb ei mam, yn ei gwerthfawrogi'n
fwy nag erioed.

Aeth Helen i'w phoced.

— *Minceg?*

— *Ydi hi'n mynd yn dywyllach na hyn, Helen?*

— *Siwgr. Neith les.*

Nid oedd yr agoriad lle safent yn fawr mwy na maint

bws mini, a threuliwyd y waliau'n llyfnion gyda'r blynyddoedd o rwbio heibio. Gwrando ar Arthur yr oedden nhw, wrth i hwnnw ddisgrifio'r rhwydwaith twneli a'r gweithwyr fu'n eu cloddio yn eu cwman yr holl flynyddoedd yn ôl. Pawb fel peli bingo, yn gynnwrf i gyd.

Fflachiai'r lampau ar eu talcenni yn ddigyfeiriad. Edrychodd Helen ar Carol drwy'r pelydrau. Roedd hi'n dechrau altro, a mymryn o liw yn dod yn ôl i'w gwefusau. Mor gyflym y gweithiai'r gwaed. Minceg oedd y peth gorau y gwyddai Helen amdano am wthio siwgr i'r gwythiennau – chwarae'r diawl efo'r inswlin, ond ta waeth – yn ddiweddar fe fu hi'n ei fwyta fel 'tai'n mynd allan o ffasiwn.

Oedd, yn bendant, roedd Carol yn dechrau ymlacio. Tybed fu hi'n goranadlu? Oedd ei hanadlu hi mor ysgafn a chyflym fel nad oedd yr ocsigen yn cyrraedd ei gwaed yn iawn? Fu ganddi hi binnau bach ym mysedd ei dwylo, hyd yn oed? Dyna oedd yn gwibio drwy feddwl Helen wrth wylio Carol yn sugno'r minceg, wrth weld ei hanadl yn arafu a gwrid y gwaed yn treiddio i'w bochau drachefn. Felly fe gafodd hithau sioc pan neidiodd Carol o'i blaen a llamu bron at y to. Roedd rhywun wedi dod o'r tywyllwch y tu ôl iddi a chydio yn ei hysgwydd. Yn ei braw, fe drodd Carol fel top a sgleinio'i golau i fyw ei lygaid. Cododd Arthur, yr arweinydd, ei ddwylo dros ei wyneb a ffugio poen.

— *Fyny neu lawr, ond ddim yn y canol,* meddai wrth Carol, gan godi a gostwng yr helmed i ddangos iddi. *Fyny, a ti'n gweld y graig cyn iddi dy daro. Lawr, a ti'n gweld y tyllau cyn rhoi dy draed ynddyn nhw.*

Nodiodd Carol a chwarddodd yntau wrth i'r un golau ddawnsio yn ei lygaid drachefn.

— O! Iesgob, sori . . .

A dyna hi fel y galchen eto, ei phen i lawr a'r pwll golau o'i lamp yn cuddio wrth ei welingtons.

Melyn, meddyliodd Helen, 'run fath â rhai Mam.

— Barod i fynd lawr yn bellach? gofynnodd Arthur.

Synhwyrai Helen mai'r unig le yr hoffai Carol fynd yr eiliad honno oedd yn ôl i fyny, i ben yr ysgol at olau dydd. Edrychai'n fychan yn yr oferôls benthyg; yn ieuengach; yn llai sicr ohoni'i hun; yn debycach i fel yr oedd hi'n yr ysgol ers talwm.

— Mi edrycha i ar dy ôl di.

Ac roedd cynhesrwydd yn ei chynnig, gwir wres consýrn; fel petai hinsawdd y twneli yn tymheru ei geiriau hefyd.

Troi i ddilyn gweddill y criw a wnaeth Carol, ac mewn ffordd, i Helen, roedd hynny'n llwyddiant ynddo'i hun. Roedd Carol am fentro, am ymddiried ynddi ac ymroi i'r mynydd. Diflannodd ei chefn ar ôl y lleill i wyll y twnnel a chwyddodd calon Helen drosti. Gwyryf i'r mynydd. Mor, mor lwcus.

Aros di, meddyliodd, megis dechrau mae'r cyfan i ti . . .

— Sbia ar y to yn y munud!

A gwyddai y byddai Carol, am eiliad, yn anghofio'r ofn a frwydrai ac yn gwirioni ar y glas anhygoel, ar sglein bendigedig y grisialau sierbert lle'r oedd y mynydd yn crïo ei ddagrau copr sylffad, ac na fyddai hi erioed o'r blaen wedi gweld y ffasiwn, ffasiwn beth.

Diflannodd yr amser yn eu rhyfeddod at liwiau a siapiau dyn a natur. Modfeddodd pawb yn ei dro at ben draw y twnnel cul lle diferai pibonwy calch fel cawod o boer taffi triog tenau, heb yr un awel i darfu ar eu taith unionsyth at y llawr; a throdd pawb eu trwynau at y slefrod llysnafedd a lynai yma ac acw ar y muriau, fel petai'r mynydd wedi tisian a gadael ei annwyd ar y graig. Ymlaen ac ymlaen i'r düwch, gan aros bob yn hyn a hyn i daflu cerrig i waelod siafftiau wrth fynd heibio; talpiau'n trybowndian i'r gwaelodion lle'r oedd y lefelau dyfnaf newydd gael eu gwagio a'r dŵr asidig wedi'i ollwng i'r gors islaw.

Yna, y peth nesaf, roedden nhw'n dringo dros graig gen ymyl y llwybr a diflannu i agen dywyll. Wrth gamu'n betrus i'r tywyllwch o'i blaen, teimlai Carol wagle yn agor yn ei chlustiau. Clywai eiriau pawb yn adleisio yn y gagendor o'u blaenau, a chyffro yn y lleisiau wrth i'w lampau fethu dod o hyd i'r nenfwd.

— *Ti isio gweld yr olion?* cynigiodd Helen.

Roedd y rhan fwyaf o'r criw yn crafangu at gornel uchaf yr ogof danddaearol. Gwyddai Carol mai yma'r oedd yr olion o'r Oes Efydd, y rhai roedd pawb wedi bod yn sôn amdanynt, ond digon ffwrdd-â-hi oedd Helen wrth eu disgrifio yn y twnnel gynnau.

— *Ydi hi'n werth mynd?*

Roedd Carol yn cadw golwg ar y cysgodion.

— *Unwaith, ella. Os oes gen ti ddigon o ddychymyg. Mi fydda i'n gwirioni ar y rhan fwyaf o bethau yma, ond ddim ar staen huddyg* . . .

— *Mae'n edrych yn reit llithrig* . . .

— *Dim ond mwd a hoel tân sy 'na,* meddai Helen, *lle roeddan nhw'n arfer poethi'r graig i'w chracio hi. Mi arhoswn ni'n fan'ma, yli. Dw i'n gwybod be sy'n dod nesaf hefyd* . . .

Ar hynny, taflodd Arthur ei lais i'r gofod du.

— *Reit, pawb i ddiffodd ei lamp am funud. Nes mod i'n deud.*

— *Oes raid i ni?* hisiodd Carol.

— *Gewch chi weld dan ba fath o amodau roedden nhw'n gweithio mewn lle fel hyn ers talwm,* meddai Arthur. *Meddyliwch – llond y lle o fwg, fawr ddim awyr iach a dim ond fflamau'r tân . . .*

— *Helen?* plediodd. *Oes raid i mi?*

— *Fyddi di'n iawn,* meddai hithau'n ddigyffro. *Fydda i yma.*

A rhoddodd ei llaw ar fraich Carol, yn angor.

Pan oedd y daith ar fin dod i ben, fe arhosodd y criw wrth geg rhyw agoriad llai. Teimlai Carol yn llawer mwy bodlon yma nag yn yr ogof enfawr; roedd pawb yn nes at ei gilydd, a chadernid yn eu hagosatrwydd, rywsut. Ond roedd hi'n uchel ar don o adrenalin hefyd, yn llawn hyder anarferol. Hyder na fyddai'n para, o bosib, ond a oedd am y tro yn ei rhoi mewn hwyliau arbennig o dda.

— *Arhoswch chi i fi ddeud wrth Sera,* meddai Carol wrth Arthur. *Choelith hi byth mod i wedi dŵad i lawr!*

Gwyliai Helen y ddau ohonynt. Roedden nhw'n siarad ers oesoedd, yn cydgerdded ers gadael yr ogof. O! Arthur! Roedd gen i ofn! O, Arthur! Gobeithio eich bod chi'n cofio'r ffordd o'ma! Diolch, Arthur. Tydi o'n ffantastig. Tydi o'n grêt. Ymlaen ac ymlaen. Mynd â'i sylw i gyd. Ond roedd arni hi eisiau sylw Carol. Ei rhodd hi i Carol oedd y daith: hi ddylai haeddu'r clod.

— *Pwy ydi Sera?* meddai Arthur.

— *Y ferch. Mae hi'n y coleg,* eglurodd Carol.

— *Be mae hi'n neud?*

— *Meddygaeth.*

Ni allai Carol arfer â dweud hyn heb gyffwrdd â'r ffin ryfedd rhwng balchder ac embaras. Nid oedd eto'n deall hyn yn iawn. Roedd hi'n hynod falch fod Sera wedi cael lle ar y cwrs ac wedi'i haeddu. Yn browd iawn o'i llwyddiannau. Ac eto. Ac eto, roedd yna ryw bigyn o gydwybod bob tro y byddai hi'n sôn am y peth, fel 'tai hi'n sylweddoli nad oedd pawb mor lwcus; er nad lwc, am a wyddai, oedd deallusrwydd ac ymroddiad.

— *Ew, mynd yn ddoctor!*

Am unwaith, ymlaciodd Carol i ganmol.

— *Dw i'n falch iawn ohoni. Mae hi 'di gweithio'n galed ofnadwy.*

— *Mae'n well i minnau fynd at fy ngwaith,* meddai Arthur, gan wasgu ei sicrwydd i'w phenelin cyn gwthio yn ei flaen i ganol y criw.

Clipiodd llais Helen o'r cysgodion y tu ôl i Carol.

— *Ddim gwaith caled ydi bob dim.*

A chyda chwerwder ei llais, roedd Carol yng ngweithdy Hywel Parry unwaith eto. Gwelai'r goleuni drwy'r ffenestri; yr haul ar lafnau'r cynion, yn cael ei rwygo ar ddannedd y llif gron; pelydrau haul fel llifoleuadau yn chwilio'r llwch wrth iddo yntau bigo'i ffordd drwy'r hanes.

Roedd hi'n ôl yn y gweithdy yn gwrando arno'n dweud yr hanes am Helen yn mynd i'r brifysgol. Amdani'n cwrdd â Kathy ar yr un cwrs. Yna honno'n mynd yn sâl. Am orfod gadael. Y briodas.

— *Wyddwn i ddim dy fod ti wedi cychwyn paratoi i fod yn ddoctor,* meddai Carol yn ofalus.

— *Doeddet ti ddim o gwmpas.*

— *Nac oeddwn, erbyn meddwl . . . Syndod gymaint o*

bethau ti'n colli gafael arnyn nhw mor sydyn; gymaint wyt ti'n colli cysylltiad.

— *O'n i'n meddwl mai colli cysylltiad oedd holl bwynt mynd,* meddai Helen yn bigog.

— *Gollais i nabod ar bawb,* cytunodd Carol, a golau ei lamp yn neidio hyd wrymiau'r graig.

Ydi colli cysylltiad a cholli nabod yr un peth? Dyna'n sydyn oedd yn poeni Helen. Ac oes yna rai pethau sy'n neidio'r blynyddoedd? Fel y sbarc yna yn llygaid rhai o'r bechgyn pan oedden nhw'n siarad efo Carol yn yr ysgol ers talwm. A pham y hi, Carol, mwy nag unrhyw un arall? Doedd hi ddim clyfrach na delach na'r un o'r lleill. Ond am ryw reswm roedd hi'n ffrindiau efo nhw. Yn chwerthin a malu awyr a gwneud trefniadau efo nhw mewn ffordd na lwyddodd Helen i'w gwneud erioed. Ddim clyfrach na delach na hi, ond yn cael eu sylw. Roedd hi'n cofio.

— *Swnio'n ddigon agos at ambell un o hyd,* cyhuddodd Helen. Gweld ambell un ddwywaith mewn bore. *Dal i drio wyt ti, ia?*

— *Luc ti'n feddwl?* meddai Carol yn ddryslyd.

Roedd hynny'n poeni Helen? Luc: ers talwm, ynteu o hyd? Roedd Carol yn cyd-dynnu â Luc yn yr ysgol, oedd, a . . . phetai hi'n gwbl onest, yn ei edmygu o bell. Ond un o'r hogia oedd o. Un o'r ffeindiaf efallai, un o'r difyrraf, ond ddangosodd Luc erioed ddiddordeb ynddi hi. Felly, edmygu ai peidio, dim ond un o'r hogia oedd o, yn y pen draw. A phrun bynnag, roedd hynny ddegawdau yn ôl!

— *Paid â bod mor ddiniwed.* Daeth min i lais Helen. *Dw i'n dy gofio di'n yr ysgol. Fysat ti 'di rhoi rwbath i ddwyn Luc oddi wrtha i.*

— *Iesgob, Helen, na faswn! Chdi oedd efo Luc, chi'ch*

dau oedd yn mynd efo'ch gilydd. Mêts oedden ni!
Oedden ni i gyd yn fêts. Pawb yn yr un criw, yr un gwersi.
Ac o'n i ... Dw i'n cofio'r ... miri ... ti'n gwybod ... ar ôl
i chdi ...

A dyna chwithdod ers talwm – chwithigrwydd y
pethau na ddylid sôn amdanynt – a'r hanner deall a'i
tywysodd i gymaint o drafferthion, yn ei baglu eto; yn ei
chadw rhag dweud pethau a ddylai bellach fod yn
gymaint haws eu dweud.

— *O? Mi rwyt ti'n cofio hynny?*

Mor gyhuddgar y swniai. Difarai Carol iddi hanner
cyfeirio at y beichiogi o gwbl.

— *Roedd hynny cyn i mi adael.*

— *Oedd o?*

— *O'n i'n dal yn yr ysgol. Roedd o cyn i fi ... orfod
gadael fy hun,* meddai Carol yn wamal.

— *Iesu, wnaethon ni'n dwy lanast o bethau, yn do?*
brathodd Helen.

— *Wel ...* oedodd Carol achos, iddi hi, doedd pethau
ddim wedi bod yn llanast i gyd; ddim yn y pen draw.

— *Genod gwirion yn gneud blydi llanast o'u bywydau
a bywydau pawb arall 'run pryd,* poerodd Helen tuag ati
o dan ei gwynt yn nhywyllwch tyn y ceudwll.

Ond nid ei llais hi a glywai Carol yn y geiriau.

— *Pwy ddudodd hynna wrthat ti?* gofynnodd. *Pwy
ddudodd hynna?*

— *... difetha bob dim, a bob dim yn mynd cystal,*
llafarganodd Helen wedyn.

Nid oedd Carol yn fodlon cael ei thynnu i'r caddug
annisgwyl hwn.

— *Mae hynny'n bell iawn yn ôl,* meddai'n dawel. *Lot
fawr o bethau wedi newid.*

— . . . *ond toedd yna ddim bai ar Luc,* fflachiodd Helen. *Ddim arno fo roedd y bai, ti'n dallt?*

Amneidiodd Carol yn bwyllog; doedd arni ddim awydd cythruddo mwy ar Helen. Sylwodd fod un neu ddau o'r lleill wedi clywed y ffrwydrad hefyd ac wedi dechrau troi un glust tuag atynt. Doedd hi ddim yn siŵr am beth roedd Helen yn sôn, beth bynnag, wrth gyfeirio at Luc, achos roedd o ei hun wedi dweud wrthi, y noson ryfedd honno ar y mynydd yng nghwmpeini'r sêr, amdano fo ac am Helen. Am y babi oedd am beidio â bod.

— *Gollais i gysylltiad efo pawb,* pwysleisiodd. *Luc hefyd. Doeddwn i'n gwybod dim o'i hanes o, nes i dy dad ddeud wrtha i gynnau.*

Ond ym mraslun Hywel Parry, gadawyd cynifer o gwestiynau ag o atebion. Ac ers iddi fod yn y gweithdy, roedd yna un cwestiwn yr oedd hi'n ysu i'w ofyn.

— *Be'n union ddigwyddodd i Kathy, Helen? Pam aeth hi'n sâl?*

Y fath bellter nawr yn llygaid Helen. Ond nid blin oedd hi bellach; diflannodd y gwres digofus mor gyflym ag y daeth. Yn ei le, tywyllwch mwy na'r cysgodion a'u hamgylchynai.

— *Methu wnes i.*

Prin y clywai Carol hi. Gorfod plygu'n nes.

— *Fethish i weld be oedd yn bod. Fethon ni i gyd.*

Roedd Helen yn chwilio drwy ei phocedi am rywbeth. Minceg. Daeth o hyd i'r paced, rhwygo'r papur, gwthio darn i'w cheg.

— *Roedden ni yn Iwerddon, ar wyliau. Criw coleg. Aethon ni i gyd i nofio mewn rhyw afon . . . roedd hi mor boeth . . . ac mi ddechreuodd Kathy fethu – methu nofio – ei breichiau a'i choesau hi'n drwm i gyd.* Arafodd y stori. Roedd Helen ar goll yn rhywle yn yr atgofion. *Roedden ni'n meddwl i ddechrau mai rhyw feirws oedd o. Roedden ni i gyd yn meddwl hynny. Rhyw feirws neu* glandular fever *neu rywbeth. Roeson ni hi yn ei gwely . . . Roeson ni barasetamol iddi hi.*

Criw o fyfyrwyr meddygaeth, i gyd â'u diagnosis. Deallai Carol yn syth.

— *Wedyn, pan oedd hi ddim gwell, fuo'n rhaid i ni fynd â hi adra . . . ar y fferi . . .*

— *Be oedd yn bod arni hi?*

Prin y gallai ollwng y gair.

— *Lewcemia.*

Un gair yn diflannu i ddwndwr y mynydd.

— *Fedrach chi ddim rhag-weld hynny,* meddai Carol. *Fedri di ddim rhag-weld lewcemia. Sut oeddech chi i wybod?*

— *Mi ddylwn i fod wedi sylweddoli'n gynt. Ddylen ni fod wedi mynd â hi adra'n gynt.*

Fyddai diwrnod neu ddau wedi gwneud gwahaniaeth?

Doedd Carol ddim yn siŵr. Doedd hi ddim yn siŵr beth i'w ddweud nesaf, chwaith. Roedd Helen ei hun mor anodd ei dirnad; yn chwerthin un munud, yn ei brathu â'i geiriau sarrug y munud nesaf. Ac yna'r düwch. Roedd hi'n amhosib gwybod beth oedd y peth gorau i'w ddweud.

Ar hynny, gwaeddodd Arthur arnynt o'r pellafion.

— *Well i ni fynd,* meddai Carol yn ddiolchgar.

— *Dowch yn nes, ond yn ara deg!* galwodd Arthur wedyn.

— *Ddo i ar dy ôl di rŵan,* meddai Helen yn llesg. *Well i fi aros yn y cefn.*

Nid oedd Carol yn deall.

— *Fel hyn y bydd hi bob tro,* nodiodd Helen. *Dos di.*

Symudodd Carol i ganol y criw a ymgasglodd ymhellach draw, lle'r oedd yr agoriad yn culhau a'r llwybr yn crymanu o amgylch rhyw gysgod ar y llawr.

— *Golau i lawr y tro yma,* siarsiodd Arthur. *Sbiwch. Be 'dach chi'n feddwl o'r dŵr 'ma?*

Ac fe'i plesiwyd, yn ddi-os, gan yr ebychiadau.

— *Waw! Mae o fel Ribena.*

Doedd lliw o'r fath ddim yn perthyn mewn pwll.

— *Tebyg i be?* holodd Arthur. *Be fysach chi'n ddeud ydi o?*

— *Lager a blac?*

A chwarddodd pawb.

— *Mi fysa hwnnw'n rhy felys o'r hanner.*

— *Llugaeron?* cynigiodd rhywun o gefn yr ogof. *Cranberis: mae'r rheiny'n hen bethau sur.*

— *Dim digon asidig.*

— *Finegr ar ôl piclo bitrwt,* meddai llais arall, yn fwy awdurdodol.

— *pH?* holodd Arthur ac arafodd y llif.

— *Ym ... tua 3?*

Ar gyrion y twr o bobl, dechreuodd Helen gnoi ei gwefus isaf. Gwyddai beth fyddai'n dilyn a daliodd ei gwynt.

— *Ddim yn ddrwg ...*

Yn un patrwm bob tro.

— *... ond beth am i ni ofyn i'r arbenigwr?*

Dal ei gwynt a llyfu ei gweflau. Fel arfer, byddai'n awchu am ei chyfle.

— *Mae gynnon ni gemegydd yn y cefn. Mae cemeg y lle yma mor gymhleth, 'dan ni'n lwcus iawn ei bod hi'n gwirfoddoli i ddŵad atan ni. Helen?*

Heddiw, doedd arni mo'r awydd lleiaf, ond cliriodd ei llwnc a chodi ei llais.

— *Llugaeron: pH tua 3.5. Finegr: mae'n dibynnu ar y math. Finegr chips tua 3; finegr gwin gwyn yn nes at 2.6. Y dŵr acw?* Oedodd ac ochneidio'n ddwfn cyn bwrw yn ei blaen. *Faswn i ddim yn trio'i yfed o, taswn i'n chi. Faswn i ddim hyd yn oed yn rhoi pen fy mys ynddo fo. Mae 'na un droedfedd ar ddeg o ddŵr coch asidig yn y pwll yna wrth eich traed chi, felly triwch beidio â baglu wrth fynd heibio ...*

Ac ni roddai eu chwerthin yr un mymryn o'r pleser arferol iddi.

Fel arfer, hon oedd ei hawr fawr. Yma y teimlai'r cyfan yn dod at ei gilydd; yma, roedd y cyfan bob amser yn werth chweil. Hon oedd ei hogof. Hwn oedd ei llwyfan. Ond heddiw roedd ei geiriau yn cilio i'r cysgodion; neu'n llithro i'r dŵr coch a hydoddi – i'w llyncu gan yr asid sylffwrig a'u bwyta am byth.

Oedodd efo'r syniad hwnnw ychydig bach yn rhy hir.

— *pH?* anogodd Arthur yn ddiamynedd.

— *Isel iawn ...* Teimlai lygaid pawb yn tyllu drwyddi. *Asid cryf iawn.* Llygaid pawb yn rhythu a'r goleuadau ar eu pennau yn ddigon i'w dallu. *Cryf ofnadwy ...*

— *Ydi, wir,* pynciodd Arthur. *Felly neb i drio nofio, beth bynnag wnewch chi!*

A hysiodd nhw'n eu blaenau. Roedd ganddo gynifer o hanesion i'w hadrodd eto, ac amser yn hedfan – doedd gwaelod yr ysgolion ddim ymhell. Byddai'n rhaid i Helen wneud yn siŵr fod pawb wedi mynd heibio'r pwll.

24

4.00 p.m.

Ar lain o dir gwastad wrth ymyl y gwaith cemegol, lle'r arferai tîm pêl-droed y bechgyn ymarfer bob bore Sul, gorffwysai'r babell fawr wen fel blodyn ben i waered yn gwywo yn y gwres.

Roedd hi'n boeth iawn yng nghefn y marcî lle'r oedd Mrs Parry yn aros i bawb gyrraedd ar gyfer y seremoni. Gallai deimlo caenen o chwys yn casglu ar groen ei chefn, o dan ei chrys. Doedd dim golwg o Helen eto, ond gwelai un neu ddau o wynebau cyfarwydd yma ac acw; roedd dau ddyn mewn siwtiau yn pori dros y posteri a'r lluniau yn yr arddangosfa; tipyn o brysurdeb wrth y llwyfan bach yn y tu blaen, a theulu mewn siorts a hetiau haul yn edrych fel petaen nhw ar fin gadael.

Roedd Hywel yn hwyr.

Clywodd Mervyn yn galw arni. Safai Carol wrth ei ymyl â chyffro yn ei sgwrs.

— *Sbia pwy sy 'ma, Nel!* meddai Mervyn. *Faswn i ddim wedi'i nabod hi tasa hi ddim wedi dŵad draw . . . Byw draws lôn, 'stalwm. 'Run oed â Helen chi. Ti'n cofio?* Ond heb aros iddi ateb, meddai'n fwy difrifol, *Rhywun wedi torri ffenast ei char hi ar y mynydd. Ddim yn siŵr lle i fynd â fo i gael ei drwsio.*

— *Roedd y plisman yn amau y bysa'n rhaid i fi fynd i Fangor,* meddai Carol.

— *Plisman?* Nofiodd llais Hywel Parry i'w cyfeiriad. *Problem?*

Esboniodd Mervyn eto am Carol yn dod o hyd i'w char yn y maes parcio ar y mynydd a'r ffenestr gefn yn siwrwd gwydr mân.

— *Gollist ti rywbeth?*

— *Dim byd i'w ddwyn.*

Dim ond teimlad saff y mynydd.

Roedd rhywun yn chwythu i'r meicroffon ar y llwyfan a llond llaw o bobl yn dringo'r grisiau.

— *Well i ni ffeindio sêt.*

Edrychodd Mrs Parry o'i chwmpas yn ddigyfeiriad; roedd yno gymaint o seddi gwag nes bod dewis un yn anodd. Gwenodd yn holgar ar Carol, ar Mervyn, ar ei gŵr.

— *Garej Lein, mae'n siŵr?* meddai Mervyn wrth Hywel.

— *Ia, debyg,* meddai yntau, cyn codi ei ben yn sydyn ac edrych ar Carol. *Er . . .*

Ar y llwyfan, roedd cyfarwyddwr Dectel yn camu at lectern o bren golau ag arni lun angor wedi'i losgi i'r graen. Gwenodd ar ei gynulleidfa denau a thagu'n boléit i gael eu sylw.

— *Steddwn ni'n fan'ma, yli.* Gafaelodd Mervyn ym mraich Mrs Parry i'w thywys i'r rhes agosaf.

— *Aw . . .*

Gwingodd y sŵn ohoni.

Ciledrychodd Mervyn ar Hywel, eu llygaid yn siarad cyfrolau.

— *Sori, Nel,* meddai Mervyn yn dawel.

Cliriodd hithau ei gwddf wrth anadlu'n drwm ac eistedd.

— *Ffrind-i-au,* meddai llais coeth drwy'r system sain, a llonyddodd pawb. Llais dyn yn ei ganol oed oedd o, a thinc o lediaith rhyw wlad arall (America?) yn llyfu'r llafariaid. *Croesow,* meddai wedyn. Yna trodd i'r Saesneg. A thra oedd o'n dal i groesawu cyn lleied o bobl i'w babell, gadawodd Carol i'w lais yn hytrach na'i eiriau lifo drosti. Llais â'i oslef yn hyderus, gadarn. Hwn, felly, oedd y pennaeth. Ac yn sydyn, meddyliodd:

— *Lle mae Helen?* sibrydodd wrth Hywel Parry.

Amneidiodd yntau at gefn eithaf y babell, lle'r oedd ei ferch, ar y gair, yn cyrraedd. Brysiodd Helen heibio iddynt i lawr ochr y babell, tua chefn y llwyfan; dillad y mynydd bellach wedi'u trawsnewid yn siwt lwyd golau a sodlau. Dringodd i'w lle ar y llwyfan, wrth ochr Idris; y drws nesaf ond un i sedd wag Simon. Wedi eistedd, taflodd ei gwallt dros ei hysgwydd – llen o wallt bron yn wyn dan y goleuadau – yna sgwariodd a chodi ongl ei gên.

Ymlaciodd ysgwyddau ei mam.

— *Carol!* sibrydodd Hywel Parry.

Amneidiodd arni i'w ddilyn a gadael y marcî.

Allai neb beidio â sylwi ar y twll du a oedd ganddi yn lle ffenestr gefn.

— *Fyswn i ddim yn mynd i Garej Lein,* meddai Hywel Parry.

— *Pam?*

Oedodd cyn dweud.

— *Fan'no mae Bryn.*

Yn y maes parcio yng ngolau braf y dydd, â'i hwyliau'n dal yn uchel ar ôl concwest y daith i'r mynydd, nid ymddangosai ei chyn-ŵr yn hanner cymaint o fygythiad.

— *Fedra i ddim ei osgoi o am byth,* ochneidiodd. *A dw i angen y car.*

— *Fyddi di'n styc hebddo fo?*

— *Ddim heno, na fyddaf . . .*

Agorodd Carol un o'r drysau cefn. Glawiodd dafnau gwydr oddi ar y sedd ac ar lawr wrth ei thraed. Aeth i'r bŵt i estyn bag plastig a dechreuodd eu codi.

Roedd sylw Hywel Parry ar y babell fawr; yn gwrando â'i lygaid.

— *Cerwch chi*, meddai wrtho, *mi fydda i'n iawn.*

Rhoddodd sigarét yn ei geg, cwpanu ei ddwylo a thanio'n bwyllog: doedd o ddim ar frys.

— *Dw i wedi clywed gymaint am y blydi tystysgrif ddiogelwch yma.*

Tynnodd ar y mwg yn siarp a diamynedd. Chlywodd Carol erioed mohono'n rhegi o'r blaen.

— *Doeddech chi ddim yn arfer smocio.*

Gwgodd arni.

— *Paid ti â deud wrthi.*

At bwy roedd o'n cyfeirio wrth amneidio tuag at y babell? Roedd y ddwy yno, ei wraig a'i ferch. Pa un o'r ddwy fyddai'n gweld bai? Helen, mae'n siŵr, penderfynodd. Helen â'i mynd i'r *gym* a'i bwyta salad. Ond roedden nhw ill dwy yn bownd o fod wedi sylwi. Allwch chi ddim peidio â sylwi pan fydd rhywun o'ch cwmpas chi'n ysmygu; mwg ar eu dillad; arogl ar eu gwynt. Allwch chi?

— *Ac mi ro'n i,* meddai Hywel Parry. *Smocio ers talwm. Cyn priodi.*

Cyn i Nel ei roi ar ben ffordd.

Efallai fod Carol yn anghywir, felly. Efallai mai ei wraig fyddai'n pregethu arno i beidio.

— *'Toes 'na ddim llawer o hwyl arni*...meddai Carol.

Diolchodd Hywel Parry wrtho'i hun am iddi beidio â bod yn fwy plaen. Hyd yma, roedd o wedi osgoi ymateb i sawl sylw tebyg, yn y capel, ar y stryd; ond roedd aml i un wedi dechrau sylwi. Ni fyddai modd iddo osgoi hynny'n hir. Ac am faint y bu Carol yn ei chwmni? Dros ginio. Hanner awr? Dim mwy nag awr i gyd.

Roedd o'n chwarae â'r bocs matsys. Un fatsien unig ar ôl. Troi'r bocs, aros, a'i droi wedyn. Bocs melyn bach ben i waered, talcen, ochr, talcen, 'nôl. Bocs melyn yn meddwl. Yn araf bach, llonyddodd ei fysedd, fel petai'r geiriau wedi'i gyrraedd, fel 'tai mantra troi'r bocs matsys wedi'u dethol ac nad oedd yna, bellach, ddim dewis ond eu dweud.

— *Mae hi'n mynd i Fanceinion ddydd Iau.*

Ac o ddechrau dweud, o'r diwedd, teimlodd rywbeth yn debyg i ryddhad.

— *Mewn ddydd Iau am brofion. Wedyn theatr, mae'n siŵr.*

Dechreuodd Carol godi darnau gwydr oddi ar y sedd gefn a'u gollwng i'r bag. Hen blastig swnllyd. Yn sibrwd yn swnllyd a'i siarsio i beidio â holi mwy a symud ymlaen. Ond sŵn ers talwm oedd hwnnw.

— *Ers faint mae hi'n gwybod?*

— *Ers mwy na fi, mae'n ymddangos.* Llyncodd fwg y sigarét yn ddyfnach. *Maen nhw'n meddwl ei bod hi wedi'i adael o'n rhy hir. Ei fod o wedi lledu i'r ysgyfaint.*

Daliodd Carol yn edrych mewn syndod arno a dilynodd ei llygaid at y stwmpyn rhwng ei fysedd.

— *Ia, dw i'n gwybod,* cywilyddiodd.

— *Ydi Helen yn gwybod?*

— *Am y smocio?*

— *Naci,* meddai Carol. *Am ei mam.*

Gwasgodd Hywel Parry ei sigarét dan ei sawdl a chlirio'i wddf.

— *Ti isio i mi ddŵad efo chdi i'r garej?*

— *Nac oes.*

— *... achos mae gen i angen disel, felly mi fedra i dy ddilyn di a rhoi lifft i chdi yn dy ôl.*

— *Mi fydda i'n iawn.*

A nodiodd Carol arno'n bendant gan roi cwlwm tyn yng ngwddw'r bag plastig.

— *Ti isio i mi roi hwnna'n y bin i ti?*

Estynnodd tuag ati. Am funud teimlodd Carol y dylai gydio yn ei law a'i gwasgu, a dweud y byddai pethau'n iawn. Ond diflannodd y teimlad bron cyn gynted ag y daeth, ac estynnodd y bag plastig iddo. Y bag â'r dagrau gwydr a'r garreg felen lychlyd lefn.

25

4.45 p.m.

Wrth gerdded i mewn drwy'r gatiau i Gaeau Madyn a thalu am ei thocyn i'r Ŵyl, teimlai Carol yn syndod o ysgafn ei hwyliau. Roedd y diwrnod yn troi'n un hollol wahanol i'r disgwyl. A nawr doedd ganddi ddim yn aros ond . . . aros. Sera yn dod yfory, a heddiw'n ddim ond diwedd prynhawn yn ymestyn o'i blaen i'w lenwi.

Crwydrodd y cae.

Bellach roedd y Celtiaid wedi dechrau gadael eu pebyll cynfas gwyn, lle buont yn arddangos trin crwyn, gwneud tân a malu perlysiau i wneud eli, ac wedi dechrau pentyrru ym mhen draw'r cae yn barod at yr ail-greu. Yno, plethai brown a gwyrdd eu brethyn â holl arlliwiau lledr, yn frithwaith o liwiau hydrefol ag ambell gip o felyn llachar neu wyn. Coch hefyd, yn arwydd o'r frwydr oedd ar ddod.

Roedd rhywun wrth ei hymyl yn rhyfeddu at y tarianau – eu patrymau cymhleth a'u lliwiau trawiadol. Ond, i Carol, roedd y rheiny bron yn rhy rwydd. Roedd rhyw edrychiad *plywood*, paent glòs a nos Wener mewn garej oer yn perthyn i lawer iawn ohonynt: go brin bod farnais yn rhan o arfogaeth y Celtiaid.

Yn ffodus iawn, ni fu angen llawer o arfogaeth arni hithau yn Garej Lein cynt. Doedd Bryn ddim yno. Teimlodd yn ddigon ffôl wrth holi amdano, a dweud y gwir. Nid y byddai'r hogyn ifanc a fu'n edrych ar ei char yn fawr callach. Cyfyngiadau pnawn Sadwrn oedd yr unig beth a'i poenai, a lle'n union i ddod o hyd i ffenestr iddi.

— *Tasa hi'n winsgrin, fysa 'na ddim problam.*

Ond doedd hi ddim, a byddai'n rhaid trefnu i ddanfon ffenestr gefn o Fangor. Ond pan ffoniodd o i holi, doedd yna'r un yn fan'no chwaith. O'r depo, felly, ar y fan, bnawn Llun man cynharaf. A na, doedd ganddyn nhw ddim car i'w roi iddi dros dro.

— *Lle bach 'dan ni 'de. Ond, ylwch*, meddai Pete – Pete oedd ei enw, wel, Pete oedd isio iddi hi ei alw . . . a gwridodd Pete fwy nag arfer yn y gwres ar y concrit craciog o flaen y ddau bwmp petrol. Roedd o isio helpu. Isio medru ei helpu . . . a rhwbiodd ei gorun, i ddangos ei benbleth. *Yy . . . fysa chi'n lecio i mi ffonio'r bòs?*

Cerdded oddi yno wnaeth hi, a gadael ei char ar fuarth y garej wedi i Pete ei sicrhau y byddai'n ei barcio yng nghefn y gweithdy cyn nos.

— *Rhag glaw.*

— *Ydi hi'n gaddo glaw?*

— *Storm sydd ynddi hi, 'swn i'n feddwl, efo'r gwres 'ma.*

Gallai Carol deimlo haul diwedd prynhawn yn bygwth llosgi ei chroen ar y caeau agored, a chrwydrodd at gysgod. Dan ganopi'r babell grefftau gallai sefyll a gweld y stondinau eraill, a gwylio'r prysurdeb ar y maes yr un pryd.

Roedd y ferch ar y stondin agosaf ati yn trochi gwlân mewn bwced. Dangos sut i wneud ffelt yr oedd hi a'i ffrind, a chlosiodd Carol at y bwrdd.

— *Ti isio . . ?*

Estynnodd y ferch lond llaw o wlân wedi'i gribo i'w chyfeiriad ac roedd Carol ar fin gwrthod, pan ddaeth rhywbeth i'w hatal.

— *Fedri di wneud peth dy hun, os oes gen ti amser,*

meddai'r ferch, gan ddangos sgwariau ffelt yn sychu ar y lein y tu ôl iddi. *Wnaethon ni'r rhain gynnau. Maen nhw'n dŵad i'w nôl nhw wedyn.*

Ystyriodd Carol y cynnig. Doedd hi erioed wedi trio gwneud ffelt o'r blaen, ond roedd o'n apelio; yn gwneud iddi feddwl am y cyfle gafodd hi i droelli gwlân unwaith, mewn amgueddfa y tu allan i Telford. Edrychodd ar ei watsh ond wedyn gwenodd wrthi'i hun. Beth oedd y brys?

— *Olreit.*

Doedd ganddi unlle arall i fynd.

— *Oes 'na unrhyw un wyt ti'n ei ffansïo?*

Chwiliodd Carol y lein ddillad. Roedd llawer o sgwariau lliwgar: gwlân oren a glas artiffisial; pinc hefyd, pinc llachar ymdrechion plant. Edrychodd yn ofalus a chafodd ei denu at un o'r plaenaf oedd yno: sgwâr llwydaidd, naturiol ag ambell gudyn o wlân tywyllach yma ac acw ar hap.

Plannodd ei dwylo i'r fasged wlân a estynnwyd ati.

— *Hwn.*

— *Newydd ei gardio mae hwnna,* gwenodd y ferch. *Ti'n dal i allu clywed 'i ogla fo.*

Cododd Carol y gwlân at ei thrwyn, ac ar unwaith roedd hi mewn oes arall. Fe'i cludwyd i'r gorffennol i rywle; at ymylon caeau lle'r oedd gwlân yn cydio yn y ffensys, at gemau pêl-droed yn llawn chwerthin a gwthio bechgyn a disgyn rhwng cyrens baw defaid, ac at ddyddiau hir, dioedolion, pan oedd yr awyr yn wag a'r gwellt yn gynnes . . . rholio siwmperi'n glustogau a gorweddian ar wres waliau cerrig . . .

— *Ia, hwn,* gwenodd, a chamu'n nes.

26

4.55 p.m.

Draw yr ochr bellaf i Gaeau Madyn, roedd Luc yn brasgamu i gyfeiriad ardal lle'r oedd y tir yn codi, lle bu cwt y Celtiaid yn llosgi cynt.

— *Mr Parry?* Galwodd ar y gŵr a welai bellter o'i flaen. *Mr Parry?*

Ond roedd hwnnw'n chwilio am rywun. Bu'n rhaid i Luc groesi llathenni o'r cae cyn i Hywel Parry droi rownd a'i weld.

— *'Dan ni i fod i gael cyfweliad gan hogan y teledu . . .*

Roedd Hywel Parry yn cribo'r cae gan chwilio am y gyflwynwraig, ond roedd cymaint o bobl wedi cyrraedd i wylio'r frwydr fawr nes ei bod hi'n anodd gweld neb.

— *Wrth y trelar y byddan nhw, mae'n siŵr,* meddai Luc, *ond os mai fan'ma rydach chi i fod, fan'ma fyswn i'n aros.*

— *Wyt ti wedi cyfarfod Huw?*

Trodd Hywel Parry i gyflwyno'r bachgen ifanc oedd yn sefyll wrth ei ymyl.

— *S'mae?*

— *Mae Huw'n gweithio efo Helen.*

— *Bromine Officer.* Estynnodd ei law.

Nodiodd Luc.

— *Clywed ei bod hi'n brysur acw?*

— *Ffŵl owt.*

— *Yma i sôn am y cwch ydan ni, ynde Huw?*

Amneidiodd Hywel Parry islaw iddynt, lle'r oedd y cwch ar drelar isel yn barod i gael ei dynnu drwy'r dref. Copi. Replica – doedd o byth yn sicr beth i'w alw – copi hanner maint o un o gychod y Llychlynwyr. Wedi'i wneud yn yr un ffordd, astell dros astell, yn gwch clincer oedd yn gopi union, triw. Wel, heblaw nad oedd o'n dal dŵr.

— *Faint ohonyn nhw ydach chi wedi'u gwneud, rŵan, Mr Parry?* holodd Luc.

— *Gormod!*

Ac eleni, rhwng popeth, meddyliodd Hywel Parry, roedd hi wedi ymddangos yn dasg y tu hwnt iddo. Ond pan awgrymodd Helen y gallasai'r hogyn ifanc newydd yma o'r gwaith – Huw – ddod i'w helpu, ac y byddai hynny yn ei dro yn help i Huw (yntau'n bell o adra, amser ar ei ddwylo, y criw treftadaeth wedi trio'i ddenu ond hogyn môr nid mynydd . . .), wel, fe ddaeth yn orchwyl haws. Eleni, bu'n hynod falch o'i gwmpeini. Neu ei gymorth; efallai mai dyna fyddai orau iddo'i ddweud. Bu'n hynod falch o gymorth Huw i wneud y gwaith o adeiladu'r cwch. Achos, bob blwyddyn, roedd hynny'n gofyn mwy.

— *Hon ydi'r ora?*

Ond am fod ei feddwl ymhell, a'r dyrfa'n swnllyd o'u cwmpas – ac am i'r cwestiwn fod yn llechu yn ei isymwybod? – nid dyna a glywodd Hywel Parry.

— *Hon ydi'r ola?* glywodd o.

Ac ni fyddai Luc yn deall pam y swniai mor benisel.

— *Beryg, Luc. Ia . . . Beryg dy fod ti'n iawn.*

Ond roedd gobaith.

— *Dw i 'di warnio Huw 'ma mai fo fydd wrthi'r flwyddyn nesa'*, meddai, gan bwyntio bys tadol ato, *ond mi helpa i hynny fedra i.* Gwenodd arno. *Mae o'n dallt 'i dŵls. A mi dw i 'di deud y ceith o rwydd hynt i iwsio'r iard 'cw.*

Rhoddodd hynny gyfle, yn sydyn, i Luc ymylu ar ofyn yr hyn roedd arno eisiau ei ofyn, o'r dechrau, go iawn:

— *Mi alwodd . . . Carol . . . i'ch gweld chi yn y gweithdy?*

— *Do.* Craffodd Hywel Parry arno, *Ond do'n i ddim yn gwybod faint ddylwn i . . .*

Ac yn y nodio, yn yr amneidio, rhwng brawddegau anorffenedig a llinellau di-glo, roedd y ddau yn meddwl yn siŵr eu bod yn rhyw ddeall ei gilydd.

Ar hynny, fe fyddai'r criw yn cyrraedd: Gethin, y cyfarwyddwr gyda dyn camera a dyn sain, June y cynorthwy-ydd cynhyrchu, ac yna'r gyflwynwraig, yn ymhyfrydu yn ei siorts.

— *Gosh, mae'n boeth! Haia – Mr Parry, ife? Pryd 'yn ni'n gwneud hyn, June?*

A June yn troi at ei hamserlen.

— *Building of the boat: background chat . . . Fedrwch chi aros tan ar ôl y cwffio 'ma, Mr Parry? Gethin: dyna wyt ti 'i isio? Disgwyl tan ar ôl hyn?*

A chan na fydd brys ar Hywel Parry i fynd adref ac na fydd shifft Huw yn cychwyn tan yr hwyr, bydd y ddau yn ddigon bodlon oedi yno efo Luc, a ddaeth i weld y frwydr. Does ganddo yntau ddim gwaith i'w orffen y noson honno – mae cyfraniadau'r *token* archeolegydd eisoes yn y can.

Daeth y gyflwynwraig draw at y tri ohonynt. Bu ymchwilydd yn ei phreimio, ond cyn y frwydr roedd amser iddi wneud tamed bach o holi ei hun. Tawodd eu sgwrs wrth i'w gwên ddynesu.

— *Mae'r hwyl 'co'n rîli trawiadol, Mr Parry!*

Diemwntau brethyn wedi'u pwytho'n llen; petryal cyn lleted â hanner hyd y cwch.

— *Bert, on'd dyw hi, June?*

Coch. I gynrychioli gwaed.

— *Codi ofn ar y gelyn oedd y syniad,* meddai Hywel Parry yn boléit.

— *Rîli?*

— *Ac efo'r cerfiadau hefyd,* pwyntiodd.

— *Ww, ie, fi'n gallu deall 'na. Beth yw e? Draig, ife?*

A Hywel Parry yn pendroni faint o bwrpas oedd yna mewn egluro mai dyna'n wir oedd cwch *drakkar.* Llong-ddraig y Llychlynwyr. Oedd yna bwrpas dweud hynny nawr, ynteu ddylai o gadw'r cyfan nes ei fod o flaen y camerâu? Bob blwyddyn roedd rhywun yn gofyn, ar gyfer rhywbeth. Yn un cwestiynau. Fel tiwn gron.

— *Ia'n tad,* meddai'n rhadlon. *Dwy ddraig, ylwch.*

Un ar bob pen. Dyna un o'r pethau roedd o'n eu hedmygu am eu cychod: gan mor fain oedd y ddau ben, gallech eu rhwyfo tuag yn ôl neu am ymlaen heb orfod troi'r cwch yn gyntaf. Mantais fawr wrth ffoi ar ôl ymosod, wrth gilio ar ôl cyrch.

— *Fi wnaeth hon.*

— *Rîli.*

— *A Huw wnaeth nacw. Ynde, Huw?*

— *Lyfli.*

Winciodd Luc ar y ddau arall ac meddai'n ddifrif:

— *Y cwbl maen nhw angen rŵan ydi rhywun i'w aberthu wrth lansio . . .*

— *'So chi'n mynd i wneud hynny heddi, gobitho!* meddai hithau, hanner ffordd rhwng coelio a pheidio.

— *Methu dod o hyd i genod digon glandeg ydan ni, ynde Huw,* meddai Hywel Parry yn syber.

— *Dw i'm yn meddwl bod raid i chi gael geneth, fel y cyfryw,* meddai hwnnw, heb cweit fynd i'r un hwyl.

Doedd Huw ddim yn siŵr o'r busnes siarad o flaen camera yma, ac roedd o fymryn bach yn fyr ei wynt. Dyna'r effaith roedd nerfusrwydd yn ei chael arno. Caethder. Ond roedd o'n ddigon bodlon sefyll yno, wrth eu cwch; yn fwy na balch o'u gwaith. A rhoddodd hynny'r hyder iddo wenu ar y gyflwynwraig a oedd, erbyn hyn, yn gwenu'n ôl.

Galwodd rhywun arni wedyn, trwy drugaredd, a mingamodd at y trelar lle'r oedd criw arall yn disgwyl amdani.

— *Maen nhw'n gwneud y linc agoriadol yn fan'cw,* eglurodd Luc.

Nodiodd Huw fel petai'n deall. Roedd o'n ofnadwy o boeth. Roedd o wedi blino hefyd; wedi codi'n gynt nag arfer er mwyn dod i'r cae. Agorodd ei geg yn llydan.

— *Shifft nos,* eglurodd Hywel Parry wrth Luc.

— *Dal ddim 'di arfer,* meddai Huw.

Eto roedd wrth ei fodd â'i swydd.

Cadw golwg ar ran olaf y broses oedd gwaith Huw, pan oedd y bromin yn cyddwyso cyn cael ei storio. Roedd o'n cadw golwg ar y cyddwysydd ac ar y lefelau yn y tanciau cadw. Cyn i Huw orffen ei shifft, byddai'r tancer cyntaf wedi cyrraedd i wagio'r ddau danc. Deunaw tunnell y tancer, pedair tancer y dydd.

Roedd o'n dal i ryfeddu at y lle.

Ond roedd archeb newydd yn pwyso arnynt. Roedden nhw'n cynhyrchu hynny o fromin ag oedd bosib ers dros dridiau. Pan ddaeth y bòs heibio ddechrau'r wythnos, bu'n siarsio pawb: *Push, all out boys!* Ond clywodd Huw rywun yn mwmial eu bod nhw'n *'rhedeg y lle 'ma i'r ddaear fel mae hi'* a hynny, hyd yn oed, ddim yn ddigon . . .

— *Dydi hi'm yn hawdd,* cwynodd Huw wrth Luc. *Maen nhw'n tynnu mwy o'r Môr Marw mewn chwe mis nag y medrwn ni ei gynhyrchu yma mewn dwy flynedd.*

— *Ac yn rhatach, glywish i,* ychwanegodd Hywel Parry dan ei wynt.

Ond doedd y bòs ddim i'w weld fel petai o'n poeni am hynny, meddyliodd Huw. Poeni am y bobl o'r pencadlys oedd ar eu ffordd draw yr oedd o, yn ôl pob golwg. Isio i bawb wneud eu gwaith am y gorau, a chael eu gweld yn gwneud hynny. Isio i bethau redeg fel watsh. Un Rolex.

Cofiai Huw hynny, oherwydd y munud y gadawodd y bòs y caban, rhoddodd un o'r hogia ei ben yn ei ddwylo a dweud yr hoffai o weld watsh Rolex go iawn un waith yn ei fywyd. Achos copi wedi'i brynu yn y farchnad oedd yr unig un welodd o erioed, felly sut roedd disgwyl iddo wybod sut roedd watsh Rolex yn gweithio?

Doedd gan Huw yn sicr ddim watsh o'r fath, er iddo fod ar wyliau yn Thailand efo'i gariad unwaith, lle bu'r ddau yn syllu'n amheus ar bob math o ryfeddodau mewn ffenestri fflachlyd, yn ceisio dyfalu oedden nhw'n rhai go iawn ac yn werth y pres ai peidio. Ond roedd Huw yn hel ei bres i brynu ei gwch bryd hynny, beth bynnag, felly fentron nhw ddim i mewn.

Camera fyddai o wedi'i brynu, petai hi'n dod i hynny. Camera fideo i dynnu lluniau'r pethau pwysig fyddai'n digwydd yn ei fywyd, er mwyn gallu edrych yn ôl arnyn nhw pan fydd o'n hen.

O ben y bryncyn lle maen nhw'n sefyll, ar gyrion tir Madyn, fe fydd camera'r cwmni teledu yn panio ar draws maes y gad. Fydd hi ddim yn siot hawdd. Mae sgript yr ysgarmes yn rhy gymhleth, a gormod o gymeriadau i geisio'u dilyn. Hyd yn oed wedi eu gweld yn ymarfer yn ystod y bore, fe fydd pethau'n gymhleth.

Roedd y cyfarwyddwr yn eistedd ar y glaswellt, yn siarad â rhywun ar ei ffôn.

— *Faint o hwn fyddi di ei angen?* holodd y dyn camera.

— *Dim llawer*, meddai'r llall, gan gau'r gragen. *Darn glân ar ôl y teitlau.*

— *Wide?*

— *Jest i ni gael syniad o sgôp.*

Edrychodd Luc ar ei watsh.

— *Fyddan nhw ddim yn hir rŵan*, meddai.

— *Faint ydi hi?*

— *Pum munud i*, meddai June.

— *Pum munud*, meddai'r dyn camera.

— *Pump.*

Agorodd y cyfarwyddwr y gragen eto a dechrau pwyso'r botymau heb edrych, gan gadw golwg ar y trefnwyr ar gyrion y cae.

— *Lle ti'n mynd wedyn?* gofynnodd i'r dyn camera.

— *'Nôl i'r fan.*

— *Naci, wedyn. Heno.*

— *Dwn 'im. Glanrafon ella?*

— *Efo ciang?*

— *Dwn 'im. Braf dydi?*

— *Lyfli.*

— *Fydd 'na lot allan, mae'n siŵr.*

Oedodd y ddau yn eu cytundeb, yn llonydd yn y gwres, gan syllu ar y ddwy gatrawd liwgar yn tyrru oddi tanynt.

— *Wyt ti wedi gweld hyn o'r blaen, Huw?* holodd Luc.

— *Naddo.*

— *Na finna chwaith. Mae o i fod yn werth ei weld.*

Gwreng a gwerin Môn am amddiffyn eu tiroedd ar un ochr, a mintai o Lychlynwyr wedi dod i ysbeilio'r tir ar yr ochr arall.

— *Brwydr Rhos Meilon*, darllenodd y dyn camera ar ei daflen, ac edrych ar Luc yn amheus.

— *Igmund*, cadarnhaodd hwnnw, gan bwyntio at bennaeth y Llychlynwyr; dyn tal, hirwallt, mewn dillad llwyd a chlogyn hir, gwyrdd tywyll.

— *Pwy ydi'r llall, hefyd?*

Cloffodd Luc a throdd y cyfarwyddwr at ei nodiadau.

— *Aranawd, tywysog Gwynedd*, darllenodd. *Chlywish i erioed amdano fo. Glywist ti?*

— *Dau funud*, meddai June.

Cododd y dyn camera ei sbectol haul ar ei dalcen a phlygu yn ei flaen. Syllodd drwy'r lens.

— *Arglwydd*, meddai, *mae'n siŵr bod y ffycars yma'n boeth.*

27

6.30 p.m.

Gwthiodd Helen y drws mawr ar flaen yr adeilad i ddadlennu cyntedd eang â llawr o deils du a gwyn trawiadol, eu patrwm cywrain yn arwain y llygad at risiau pren tywyll a gordeddai i'r entrychion o leiaf dri llawr uwchlaw iddynt. Safai Luc a Carol y tu ôl iddi, ar y rhiniog, yn sylwi ar unwaith mor urddasol oedd hen dŷ rheolwr y mwynglawdd, a drowyd yn dai a fflatiau ddegawdau ynghynt. Mor wahanol oedd ei simneiau tal a'i gerrig nadd o gymharu â'r strydoedd tai teras o'i gwmpas. Roedd coed yn tyfu o'i flaen, lle i barcio, a hen lwybr cerrig sets yn arwain at y drws.

Wrth i Helen ymbalfalu am allwedd drws mewnol ei fflat, edrychodd y ddau arall ar ei gilydd yn ddisgwylgar, bron yn gynllwyngar, fel petaen nhw wedi cael eu galw i swyddfa'r prifathro.

Yn groes i'r graen y cyrhaeddon nhw yma.

Datglodd Helen ei drws a'u hannog i'w dilyn i mewn i'r fflat. Yno, diflannodd pob argoel o bensaernïaeth y cyfnod a daliodd y ddau eu gwynt yn ddiarwybod wrth gyrraedd hafan o loriau pren golau, cadeiriau lledr gwyn a llenni sidanwe a bylai nerth goleuni'r haul.

Edrychodd Carol o'i chwmpas yn chwilfrydig. Roedd rhywun wedi gweithio'n galed iawn i greu lle mor unffurf a dinodwedd. Toddai popeth i'w gilydd yn dirwedd o siapiau a chysgodion, onglau a gwead. Lliw hufen. Neu oleuach, erbyn meddwl. Bron iawn yn wyn. Yr unig beth a dorrai ar y gwastadedd yn y lolfa oedd ffrâm uwchben y twll lle tân gwag, lle'r oedd poster enfawr du a gwyn: tri o gŵn bach yn syllu allan ar y byd, eu trwynau'n smwt a'u llygaid mawr diniwed yn soseri tywyll dan gornel blanced fflwfflyd. O flaen y poster, ar y silff, tair cannwyll wen heb eu cynnau erioed ac arogl melys y cwyr yn treiddio drwy'r aer llonydd tuag atynt.

— *Fanila?* holodd Carol.

— *Ti'n lecio fo?*

Roedd Helen yn agor drws y llofft. Yr unig lofft, tybiai Carol, o rag-weld patrwm y stafelloedd yn ei phen. Hon yn stafell fyw, yna'r drws i'r llofft a fyddai wedi'i chreu yn ystafell o'r newydd o dan y grisiau bendigedig a welson nhw yn y lobi, y drws acw yn y wal gefn yn arwain i'r gegin, a'r ystafell ymolchi allan yn y cefn un. Dyna oedd y drefn fel arfer. Oni bai fod Helen wedi llwyddo i symud yr ystafell ymolchi yn nes at y llofft. Roedd hynny bob amser yn fanteisiol.

Gwelai heibio i Helen i mewn i'r ystafell wely – roedd hi'n dywyll iawn yno. Naill ai doedd yno ddim ffenestr fawr iawn, neu roedd y llenni'n dal ar gau. Llenni cau, gwely mawr gwyn, yr un llawr pren clicio at ei gilydd a hwnnw'n difrycheulyd, yn ddiddillad, dibapur, di-lwch. Ochneidiodd Carol. Er nad oedd hi'n deisyfu byw mewn lle fel hyn ei hun, roedd trefnusrwydd a glendid o'r fath wastad yn gwneud iddi deimlo'n annigonol. Ceisiodd feddwl am rywbeth cadarnhaol i'w ddweud.

— *Dw i'n lecio canhwyllau.*

Roedd hi'n eu prynu fesul un, yn gwneud iddyn nhw bara'n hir. Canhwyllau drudfawr ag iddynt arogleuon anghyffredin fel aeron tywyll a phren ffigys, bergamot a grawnffrwyth, mandarin, lafant a leim. Ei hoff gannwyll o'r cyfan oedd un a âi ar werth at ddiwedd y flwyddyn. Cannwyll aroglau'r gaeaf.

Allai hi ddim goddef fanila.

— *Swish!* meddai Luc, gan ddal i edrych o'i gwmpas.

A Carol wedi cymryd yn ganiataol y byddai wedi bod yma o'r blaen.

Diflannodd Helen y tu ôl i ddrws yr ystafell wely.

— *Swish iawn,* galwodd Luc wedyn. *Gin i ofn eistedd rhag i mi faeddu'r soffa!* Eto gollyngodd ei hun yn ddiymadferth i'r lledr llyfn ar yr un pryd.

— *Rwtsh,* meddai Helen, gan sefyll yn y drws, yn noeth heblaw am esgus tywel gwyn wedi'i lapio am ei chanol a'i glymu dan ei chesail. *Dw i'n mynd am gawod. Helpwch eich hun i'r gwin. Yn y ffrij. Gwydrau ar y top.*

A chan ysgwyd ei gwallt y tu ôl iddi, cydio yn y cyfan a'i droi'n gynffon i'w glymu ar ei chorun, aeth am yr ystafell ymolchi.

Roedd Carol yn dal i fethu dygymod â'r diffyg lliw yn yr ystafell fyw. Teimlai'n fawr ac amlwg yn ei jîns a'i chrys. Roedd Luc hyd yn oed yn waeth. Yn ei grys T coch, roedd o'n bloryn ar wyneb mewn gwendid, diferyn o waed ar flaen bys. Edrychodd arno'n gorweddian mor ddirodres ar y soffa, yn berffaith gyfforddus ei fyd.

— *Tyd,* meddai wrthi, wrth godi ar ei eistedd yn sydyn. *Awn ni i fusnesu.*

— *Tynna dy sgidiau,* siarsiodd Carol wrth ei ddilyn i gyfeiriad y gegin. *Neu mi fydd Helen yn brwsio ar dy ôl di am ddyddiau.*

— *Os tynna i nhw rŵan, fedra i byth eu rhoi nhw'n ôl,* ochneidiodd Luc, wrth blygu i agor yr oergell ac estyn potel o win ar ei hanner. *Shit. Pinot Grigio.*

— *Oer neis,* gwenodd Carol, wrth osod dau wydryn o'i flaen.

— *Oer,* ebychodd Luc, a dechreuodd agor cypyrddau'r gegin.

Doedd yna ddim byd o gwbl mewn un cwpwrdd isel. Ambell sosban mewn un arall. Deunyddiau golchi yn y llall; llond y lle o focsys powdr golchi a hylif glanhau, cadachau a darnau sgwrio.

— *Dw i'n llwgu gymaint, mi fedrwn i gnoi sebon,* gwgodd Luc gan chwilio'r cypyrddau uchaf a chlepian y drysau pren nes bod Carol yn gwingo. *Helen! 'Sgin ti rywbeth i'w fyta yn y lle 'ma?*

Agorodd ddrôr. Ynddi roedd rhaff sgipio a set o bwysau i'w clymu am eich fferau wrth ymarfer corff. Yn y drôr nesaf, rhagor o gadachau; drôr arall, cyllyll a ffyrc.

— *Taswn i'n cloddio'r fflat yma fel safle archeolegol,* mwmiodd Luc, *mi faswn i'n nodi bod yma gyllyll a ffyrc, a bod hynny'n arwydd amlwg o'r ffaith fod yma fwyd. Camargraff, o bosib?*

Sipiodd Carol ei gwin ac edrych yn feddylgar ar gefn Luc, ar ei gwrcwd yn chwilio eto yn yr oergell.

— *Gwneud i ti ailfeddwl am lot fawr o bethau, bod yn y fflat 'ma.*

A'u camarwain wnaeth Helen wrth eu gwahodd yno, mae'n ymddangos.

Roedd Luc wedi cyrraedd y marcî yn fuan iawn ar ôl Carol. Roedd hi wedi dychwelyd yno ar ôl gwylio'r frwydr ac yn eistedd yn y cefn lle'r oedden nhw'n gwneud paned – yn eistedd ar fainc wrth fwrdd trestl gyda Mrs Parry – pan ddaeth Luc drwy ddrws y babell. Fe'i gwelodd yn plygu ei ben rhag taro'i dalcen yn y cynfas gwyn.

Gwnaeth Luc ryw synau ynghylch dod i weld yr arddangosfa a'i fod wedi brysio draw yn sydyn, cyn i'r babell gau. Ond aeth o ddim at y paneli chwaith, sylwodd Carol. Rhyw hofran yr oedd o, mân siarad, ac ambell un yn ei dynnu i sgwrs wrth fynd heibio, wedi'i weld ar y teledu y noson cynt, neu amser cinio yn y bwletin archeoleg pan fu'n adrodd hanes y merched yn torri'r mwyn yn siediau'r Copor Ladis, a gwaith y plant. Ryw ben, fe eisteddodd. Ar y fainc gyferbyn â hi. A dal i sgwrsio a gwenu a bod yn serchus efo pawb.

Roedd Carol wedi cyrraedd gwaelod ei phaned ac ar godi i gynnig nôl un i Luc pan ddaeth Helen o gefn y llwyfan lle bu'r pwysigion yn loetran yn y 'derbyniad'. Edrychodd yn ddisgwylgar o amgylch y bwrdd.

— *Da iawn, cariad*, meddai ei mam. *Ti'n edrych yn lyfli.*

Gwgodd Helen.

— *O'n i'n meddwl eich bod chi'n gwneud y te?*

Y tu ôl i'r cownter, roedd dwy arall yn segur sefyllian uwch wrn dŵr poeth a thebotau.

— *Panad*, meddai ei mam, gan wneud siâp codi.

— *Mi a' i*, meddai Carol ac amneidio'n dawel bach ar Mrs Parry, a oedd erbyn hyn yn dechrau edrych yn well. Pan gyrhaeddodd hi, roedd Nel Parry dan ei phwn o blatiau a chwpanau yn y gwres. Ofnai Carol y byddai wedi llewygu pe na bai hi wedi'i siarsio i eistedd am hoe. *Rywun isio paned? Luc?*

— *Plîs*, meddai. *Ches i ddim byd ers ganol bore. Fysa paned yn werth chweil.*

— *'Sgin i ddim amser.*

Daliodd Helen ei chledrau o'i blaen; roedd mwd y twneli'n dal yn wythiennau priddlyd ym mhlygiadau ei chroen. Trodd ei dwylo i ddangos eu cefnau.

— *Glân. Budur*, meddai, a'u chwifio o'u blaenau. *Rhaid i mi folchi a newid.*

— *Rwyt ti'n edrych yn smart iawn, cariad,* meddai ei mam wedyn. *Fyswn i byth wedi dweud.*

— *Pen punt a chynffon dimai* ... ysgydwodd Luc ei ben yn ffug siomedig.

— *Siarada di drostat dy hun,* nododd Carol. *Sbia stad dy drowsus di!*

Gwnaeth Luc sioe o godi ei draed at ymyl y bwrdd i ddangos y pridd oedd yn drwch am ei fferau ac yn gaglau yn llodrau ei drowsus, a sylwodd Carol ar Mrs Parry yn gwenu am unwaith, ac yn edrych yn dlws.

— *Wel, 'sgin i ddim dewis ond dŵad i'r bath efo chdi, Helen!* meddai Luc.

— *Dyna bechod, achos 'sgin i ddim bath.*

Cipiodd Carol o un i'r llall. Mor rhwydd oedden nhw efo'i gilydd. Mor gyfarwydd. A beth oedd yn hongian yn yr awyr rŵan? Rhywbeth fel 'gwaetha'r modd', efallai? 'Dim bath, gwaetha'r modd'?

— *Dim bath? Pa siort o fflat 'sgin yr hogan 'ma, Mrs Parry? Pa siort o fflat sy heb fath? Fedrwn i byth fyw heb fath.*

— *Llawer iawn o dai heb un y dyddiau yma,* nododd Carol yn syber. *Gwell i'r amgylchedd. Iwsio llai o ddŵr.*

Chwarae'n saff. Pwnc cyfarwydd. Un ffordd o gau'r drws ar amheuon.

— *Ond dydi hynny'n da i ddim at gric'mala,* cwynodd Luc. *Feddyliais i erioed y byswn i'n dechrau sôn am gric'mala yn fy oed i,* meddai wrth Mrs Parry. *Dw i 'di dechrau sylwi ar bob cric* ...

Paid, meddyliodd Carol. Dim sôn am salwch. Ddim rŵan. Ddim fan hyn.

— ... *pan dw i'n cloddio, dw i fel dyn pren bob bore!*

Ond y cyfan a glywodd Nel Parry oedd sŵn dyn eisiau sylw.

— *Wel, hyd yn oed os nad oes gen ti amser am banad, Helen, mae'n rhaid i Luc gael tamaid i'w fwyta,* meddai Mrs Parry. *Mae gen i dorth frith neis iawn . . .*

— *Dydi o ddim isio'ch torth frith chi, Mam. Geith o rywbeth yn y fflat gen i. Dw i isio newid, beth bynnag. Ac mi fyswn i'n medru gwneud efo glasiad o rywbeth cryfach na diod o de.* Ysgydwodd Helen allweddi'r jîp o flaen wyneb Luc. *Gwin? Wedi'r cwbwl, mae hi bron yn nos Sadwrn.* Plygodd i godi ei bag. *Ylwch da ydw i. Mi ga i newid, geith o rywbeth i'w fwyta ac mi geith o weld sut fflat 'sgin i 'run pryd! Dw i'n meddwl y ceith o syrpréis . . . Be dach chi'n feddwl, Mam?*

— *Fydda i'n gweld te yn torri syched cystal â dim ar dywydd poeth,* meddai honno.

— *Dw i'n amau mai sôn am y fflat y mae hi, Mrs Parry,* meddai Luc yn siriol.

— *Lot o waith wedi mynd iddo fo,* ategodd hithau.

Synhwyrodd Carol bod meddyliau Mrs Parry yn dechrau mynd ar chwâl, bod y prynhawn poeth yn dechrau mynd yn ormod iddi. Pe na bai'r car yn y garej, byddai'n cynnig mynd â hi adref . . . Efallai y gallai Luc wneud?

— *Ydi'r Land Rover gen ti?* gofynnodd iddo.

— *Ti isio lifft?*

Pyslodd Carol sut i ofyn heb i bawb sylwi.

— *Wel . . .*

— *Lle ti isio mynd?* Helen, fel nodwydd ddur at fagnet.

— *Jest dim ffansi cerdded adra . . .* dechreuodd.

— *Dim angen iddi hi fynd adra, nac oes, Helen?*

meddai Luc, yn sydyn. *Geith hi ddŵad efo ni, ceith. 'Sgin ti blania rŵan, Carol?*

Cloffodd hithau. — *Ro'n i wedi bwriadu gwneud swper i Sera, ond . . .*

— *Fory,* meddai Mrs Parry, *fory daw hi o'r ysbyty, ynte?*

Nid ymhelaethodd Carol. — *Fory mae hi'n cyrraedd. Felly, 'sgin i ddim byd i'w wneud heno, wedi'r cwbl.* Taerai fod llygaid Luc yn serennu mwy nag arfer arni. Manteisiodd ar ei chyfle. *Ac ydach chi wedi darfod yn fan'ma rŵan, Mrs Parry? Fysan ni'n medru eich danfon chi adra 'run pryd, yn bysan Luc? Sbario i Mr Parry ddŵad yn ôl.*

— *Mae o'n dŵad yn ôl, beth bynnag,* meddai Helen. *I nôl llestri'r capel. Tyd, Carol. Gei di lifft gen i.*

Edrychodd Luc o gwmpas y gegin chwaethus mewn anobaith.

— *Pam ydan ni yma? Pam ydan ni yma, os nad oes ganddi hi fwyd?*

— *'Sgin i ddim isio bwyd.*

Felly pam oedd hi yno?

Roedd hi yno oherwydd i Luc ei gwahodd.

O weld ymateb Helen, pan ofynnodd Luc a hoffai Carol hithau ddod draw i weld y fflat, byddai'n well gan Helen pe na bai hi yma o gwbl.

— *Be oeddat ti'n bwriadu ei wneud i swper?* gofynnodd Luc yn sydyn.

A doedd Carol ddim yn siŵr. Ddim yn siŵr oherwydd bod yna fwy nag un dewis. Pasta. Pysgodyn. Salad. Stêc. Neu fynd allan i rywle. Yn y car.

— *Dwn i'm.*

Roedd hi ar fin egluro pan agorodd drws yr ystafell ymolchi a daeth Helen i'r gegin mewn cwmwl o stêm, ei gwallt yn diferu'n gynffonnau hyd ei hysgwyddau a'r tywel claerwyn lluch dafl amdani.

— *Chdi sy'n gweiddi?* Gwasgodd Helen heibio i Luc a mynd drwodd i'r ystafell fyw. *Be ti isio?* Arhosodd hi ddim i glywed ei ateb. Daeth yn ei hôl o'r llofft â tharth o wres y gawod yn ei dilyn. *Siampŵ*, meddai, gan ddangos y botel newydd. *Siampŵ wedi darfod.* Ac yn ei hôl â hi.

Yn ôl yn hufen y soffa, ysgydwodd Luc ei ben.

— *Ciwt iawn*, meddai'n dynn.

Llai diniwed na hynny, meddyliodd Carol wrthi'i hun. Gwyddai Helen yn union pa mor drawiadol oedd hi. A faint o argraff roedd hi'n gallu ei gwneud. Yn hanner gwyll haul diwedd prynhawn drwy'r llenni dethol, roedd hyd yn oed y goleuni o'i phlaid. Lens feddal dangos 'chydig, addo mwy. Unwaith eto teimlodd Carol ei bod hi'n tarfu, a chododd ar ei thraed yn benderfynol.

— *Lle ti'n mynd?* gofynnodd Luc.

— *Dw i wedi gweld y fflat. Mae gen i bethau i'w gwneud ac . . .*

Doedd arni hi ddim eisiau ychwanegu ei bod hi'n amau bod gan Helen gynlluniau ar eu cyfer. Doedd hi ddim eisiau cydnabod hynny. Iddi hi ei hun.

— *Fel be?*

— *Pethau . . .*

— *Fel be?*

Damia fo'n mynnu ateb ganddi.

— *Mae'n rhaid i mi bicio i'r swyddfa . . . gwaith papur . . .*

A hoeliodd Luc ei lygaid arni, fel petai o newydd

gofio rhywbeth a hwnnw'n bwysig. Dechreuodd egluro. Eglurodd y pethau na chafodd gyfle i'w hesbonio y bore hwnnw yn y cyntedd eang, ar y carped coch; pethau yr oedd hi bellach wedi dechrau eu darganfod drosti'i hun.

— *Fi drefnodd i chdi fynd i brisio Caswallon.*

Bu Luc yn y swyddfa brynhawn dydd Gwener gan obeithio ei gweld, ond doedd hi ddim yno. Felly bu'n rhaid iddo feddwl am stori yn y fan a'r lle. Dywedodd sut yr oedd o wedi egluro wrth Mrs Rowlands ei fod o'n adnabod Carol ac isio iddi hi ymdrin â'r gwaith. Fel roedd o wedi disgrifio'r tŷ a'r amgylchiadau, ac egluro nad oedd o'n siŵr a fyddai angen gwerthu ai peidio ar y funud, ond petai yna werthu, y byddai'r comisiwn yn un mawr.

Doedd dim rhaid iddo ddweud hynny wrth Linor, meddyliodd Carol. Roedd hi'n adnabod pob tŷ o fewn milltiroedd, yn gwybod eu gwerth i'r geiniog agosaf.

— *Be ddudodd hi?*

— *Wnes i joban dda ohoni,* broliodd Luc. *Roedd hi'n reit impresd mod i'n dy nabod di. Yn well byth,* cyfaddefodd, *roedd hi wedi ngweld i ar y teli y noson cynt. Superstar yn y swyddfa!*

Gwridodd.

Gwenodd Carol. Gallai ddychmygu.

Ond doedd hi'n dal ddim yn deall pob dim, chwaith. Pwysodd â'i chefn ar ffrâm y drws at allan. Mynd fyddai hi, ond roedd angen atebion yn gyntaf.

— *Mrs Fuller ydi mam Kathy,* dywedodd yn ofalus, i roi trefn ar y ffeithiau fu'n troi yn ei meddwl ers y bore, *a hi piau Caswallon.*

— *Ia.*

Gwelai Carol y plasty bychan yn llygad ei meddwl.

— *Mae hi'n ddynes lwcus iawn.*

Oedodd Luc cyn ymateb.

— *Dibynnu.*

Roedd o'n bell yr eiliad honno. Oedd yntau yng Nghaswallon? Ai'r un lluniau yr oedd o'n eu gweld?

— *Mae mam Kathy mewn cartref nyrsio yr ochr draw i Gaer,* meddai o'r diwedd. *Ddim stori ydi'r busnes prisio – roedd hi isio i mi drefnu hynny. Er pan gollodd hi 'i gŵr, fi sy'n edrych ar ôl pethau iddi. Dw i'n hoff iawn ohoni; mae hi'n fy nhrin i . . . fel mab.* Ochneidiodd. *Mi fuodd hi'n byw yng Nghaswallon tan tua chwe blynedd yn ôl, nes iddo fo fynd yn ormod iddi, a rhy bell o bob man.* Oedodd. *Ti'n iawn, mae o'n lle ffantastig. Ond lwcus? Wel, mae hi'n ddigon ffeind, ond erbyn hyn mae hi'n ddynes drist iawn. Ac mae hi'n hen a musgrell.*

Byrstiodd Helen i'r ystafell mewn jîns glân, wrthi'n tynnu ei chrys amdani; crys gwyn, tyn, a doedd hi ddim ar frys i gau'r botymau. Taflodd ei hun ar y soffa wrth ymyl Luc, gan godi un droed oddi tani a phwyso'n ôl yn goesau i gyd.

— *Pwy sy'n hen a musgrell?*

— *Chdi fydd, os treuli di ormod o amser yn y gawod 'na!* jarffiodd Luc, gan roi winc dawel ar Carol ar yr un pryd.

— *Mam Kathy,* clepiodd Carol, gan ei synnu hi'i hun yn gymaint â Luc.

Pam y brathodd hi'r ateb felly? Pam, a hithau'n hanner gwybod beth fyddai effaith crybwyll enw Kathy ar Helen, ar ôl y sgwrs yn y mynydd, gynnau. Roedd siarad amdani yn amlwg yn ei brifo i'r byw, felly pam taflu'r ateb i'w hwyneb fel hyn?

— *Mam Kathy sy isio cael prisio Caswallon,* meddai Carol wedyn.

Ac yna deallai pam.

Am i Helen fod yn gas efo'i mam ei hun, sylweddolodd Carol. Am nad oedd hi hyd yn oed yn sylweddoli bod ei mam yn sâl. Am ei bod hi'n ferch rhy sâl i haeddu mam mor ffeind. Ac am fod mam Kathy yn ffeind a thrist. Ac er nad oedd Carol yn deall pam yn iawn, roedd hynny ynddo'i hun yn ddigon.

— *Mae hi'n mynd i werthu, medda Luc,* ychwanegodd yn swta.

— *Wel, na,* protestiodd hwnnw.

— *Ydi hi?* holodd Helen. *Waw! Fyswn i wrth fy modd yn byw yn fan'na. Ond mae'n siŵr fod 'na waith gwario arno fo, oes Luc?* Heb aros iddo ateb, trodd at Carol. *Ti'n chwilio am rywle i'w brynu, dwyt Carol?* Yna'r ergyd. *Ond fysat ti byth yn medru 'i fforddio fo, mae'n siŵr.*

— *Mwy nag y medrat ti,* meddai Luc.

— *Dw i'n bwriadu rhoi'r fflat yma ar y farchnad.*

— *A faint gei di amdano fo?*

— *Lot, fyswn i'n feddwl. Sbia arno fo, welaist ti unrhyw beth tebyg ffordd hyn? Mi ga i fwy na'r cyffredin. Mae o allan o'r cyffredin.*

— *Mae o'n sicr yn hynny,* cytunodd Luc.

Gwyddai Carol beth fyddai'n dod nesaf. Fyddai yna byth yr un sgwrs yn troi at brisiau tai heb i rywun ofyn iddi roi ei barn.

— *Unigryw,* ategodd.

Gwelai Helen yn llyncu'r gair.

— *Fel chdi, Helen,* meddai'n dalog.

Ac oedi wedyn i'r geiriau dreiddio.

Roedd golwg betrusgar ar Luc, fel petai o'n gymysglyd ynghylch yr hyn oedd yn digwydd; ddim yn deall lle'r oedd pethau'n mynd. Oherwydd ei fod dan yr argraff mai fo oedd â'i law ar y llyw? Oedd o'n meddwl mai dawnsio iddo fo'r oedd y sefyllfa?

Tynnodd Carol ei hysgwydd oddi ar ffrâm y drws, rhoi ei phwysau'n gadarn ar ei dwy droed a throi, rownd a rownd, gan syllu'n feddylgar i bob cwr o'r ystafell. Ni allai'r ddau arall wneud dim ond ei gwylio. Stopiodd â'i chefn atynt ac mewn llais tawel, fel bod yn rhaid iddynt wrando'n astud i glywed pob gair, meddai:

— *Unigryw. Dyna'r cryfder. Ond dyna hefyd ydi'r gwendid.*

Oedodd hi ddim yn hir.

— *Mae o mor unigryw . . . pwy prynith o? Ti wedi gwario arno fo, felly mi fydd y pris yn uchel. Mae o'n 'swish' iawn, ond pwy arall ffordd hyn fedar ei fforddio fo? Pwy arall ffordd hyn fydd ei isio fo?*

Sodrodd ei gwên broffesiynol ar ei hwyneb wrth droi rownd.

— *Ond os wyt ti'n awyddus i ni ei werthu fo ar dy ran di, mi fedra i wneud awgrym neu ddau, ac mae gen i gysylltiadau ochrau Manceinion. Ella bydda rhywun o ffwrdd isio buddsoddi mewn fflat. Er mai i'r sosial mae'r rhan fwya'n cael eu gosod ffordd hyn, o be wela i . . .*

Ac yno y penderfynodd oedi. Digon am y tro.

Synhwyrai fod Helen yn llyncu ei phoer ac yn dwfn anadlu, yn ailarfogi. A dyma hi'n dod:

— *Ella bysat ti'n lecio'i brynu fo.* Yn tasgu. *Ti'n dŵad o ffwrdd.*

Crychodd Carol ei thrwyn wrth edrych o'i chwmpas am y tro olaf.

— *Na, dydi o ddim yn fi.* Cydiodd ym mwlyn y drws. *Hogia, raid i mi fynd. Gen i dŷ yn dal heb ei brisio.*

Edrychodd yn benodol ar Luc. Gwyddai fod llygaid Helen yn llosgi'n ei phen.

Ni allai ymatal.

— *Os ti isio swper,* meddai wrtho, *ffonia fi.*

Aeth Carol yn syth o'r fflat i'r swyddfa. Yno bu'n ystyried mynd i'r afael â'r system ffeilio – neu ddechrau teipio'r ychydig fanylion a gasglodd y bore hwnnw yng Nghaswallon, er mwyn bod ar y blaen iddi hi ei hun. Ond ni waeth beth a ddechreuai, allai hi ddim canolbwyntio. Roedd yr ystafell gefn yn fyglyd a stêl, ac er iddi agor y ffenest a chynnau'r ffan ar y ddesg, hyd yn oed wedyn doedd arni fawr o daro gwneud dim. Esgus oedd galw yno, mewn gwirionedd; ymgais i roi cyfeiriad i'r oriau gweigion oedd ganddi nawr o'i blaen.

Cododd a chrwydro o amgylch y lluniau tai yn yr ystafell flaen. Roedd yn bryd iddi hithau ddechrau chwilio, a gwyddai'n union sut dai yr oedd am eu prynu. Ond fod gweld Caswallon eto wedi dod rhyngddi a'r gwaith.

Doedd ganddyn nhw unlle addas, beth bynnag, ddim ar y funud, felly byddai'n rhaid bwrw'r rhwyd yn ehangach. Crwydro swyddfeydd y gwerthwyr eraill yn yr ardal; gwneud rhagor o ymchwil i'r farchnad ar yr un pryd . . .

Roedd yna un tŷ yn y ffenestr allai fod yn bosibilrwydd. Byngalo bychan plaen, dwy lofft, mewn pentref heb fod ymhell. Bu'n edrych ar y manylion ganol yr wythnos, ond ni fu cyfle hyd yn hyn i fynd i'w weld. Byddai'n rhaid holi Linor yn ei gylch, ac ynghylch yr ardal, oherwydd dyma'r math o dŷ y byddai'n werth ei brynu y ffordd hyn, roedd hi'n siŵr o hynny. Nid y byddai hi eisiau byw mewn byngalo, chwaith, ond dyma'r math o dai y byddai'n werth eu hychwanegu at ei phortffolio. Tai fyddai'n codi'n raddol yn eu pris a byth yn mynd allan o ffasiwn, ddim tra oedd pobl yn dal i dyrru i'r ynys i ymddeol.

Ti'n dŵad o ffwrdd.

Mewn ffordd, roedd geiriau Helen yn wir. Ond nid felly y teimlai Carol. Efallai mai dyna pam y caledodd hi mor annisgwyl mewn ymateb i'r her. Daliai i synnu ati'i hun. Doedd hi ddim yn arfer bod mor bigog. Eto, mewn rhyw ffordd ryfedd, roedd hi'n eithaf balch ohoni'i hun. Ers talwm, byddai wedi cefnu ar unrhyw fygwth gwrthdaro; ddim yn un am ffrae. Roedd gwneud ffrindiau yn bwysicach na'u colli.

Erbyn hyn, roedd hi'n dechrau dod i deimlo bod yna ambell un nad oedd yn haeddu'r ymdrech. Gadael fflat Helen oedd y peth gorau wnaeth hi. Gwrthod y rheolau a gadael y gêm.

Bellach roedd hi ymhell o'r dref, ar ei phen ei hun ac yn fodlon ar hynny. Roedd yr haul y tu cefn iddi'n bwrw cysgodion perffaith, a'r goleuni wedi ymdawelu. Pan roddodd ei brwshys yn y bag, roedd hi'n gwybod yn syth i ble byddai'n mynd. Gadawodd y bwthyn wrth y cei o'i hôl a cherdded i gyfeiriad Llaneilian, ar hyd yr unig lôn a adawai Borthyfelin tua'r de. Ystyriodd ddilyn llwybr y glannau, hyd ben y clogwyni a heibio i Ffynnon y Diafol ond, pe gwnaethai hynny, gwyddai y byddai'n rhy hwyr erbyn iddi gyrraedd, a'r golau'n gwywo.

Anaml y byddai'n paentio allan yn yr awyr iach. Yn y

ddinas, rhwng pedair wal y câi'r sicrwydd oedd mor sylfaenol iddi, ond roedd heddiw'n troi'n ddiwrnod torri arferion.

Ar adael y bwthyn yr oedd hi pan ffoniodd Luc. Digwydd ei dal.

Isio gwneud yn siŵr ei bod hi'n iawn, ar ôl yr . . . meddai.

— *Berffaith*, gwenodd Carol.

Esboniodd lle'r oedd hi'n bwriadu mynd a chynigiodd yntau ei danfon.

Ond cerdded wnaeth hi.

28

7.00 p.m.

Yn y byngalo brown, lle'r oedd lliwiau'r hydref yn mygu afiaith min nos braf o haf, ni theimlai Mervyn ddim bodlonach. Galwodd i weld Nel. Bu'n poeni amdani ers ei gadael yn y marcî ganol pnawn. Wedi gwneud cyn lleied â chodi i agor y drws iddo, pwysai hithau ar ymyl ei chadair esmwyth gan anadlu'n araf a llafurus.

— *Wyt ti'n siŵr dy fod ti'n iawn?*

Eisteddodd ar gwr y gadair agosaf ati gan ei gwylio. Twt-twtiodd ei llaw.

— *. . . Newydd gymryd tablet. Basith . . . munud.*

A thra daliai hithau i dynnu'r aer fel trwy welltyn i'w hysgyfaint, arhosodd Mervyn i'r tabledi wneud eu gwaith. Arhosodd, yn y lolfa lonydd, lle ffliciai lluniau'r newyddion ar y teledu a siffrwd geiriau yn dianc o'r set, fel sibrydion. Dim sŵn ar y set, ac eto'r sibrydion.

— *Rhywbeth i'w wneud efo'r bocs bach yna ydi o,* meddai Mervyn. *Dydi'r miwt ddim yn gweithio'r un fath ar yr un acw chwaith ers i ni gael y bocs 'na.*

Cytunodd y ddau. A dal i glustfeinio ar y sisial metelaidd, heb obaith deall yr adroddiadau; yn methu peidio â thrio.

— *Ti isio clustog?*

Roedd hi'n graddol ymollwng i'w sedd, yn gadael i goflaid y gadair ei dal. Pan bwysodd ei phen yn ôl yn erbyn y defnydd, bron na ddiflannai i'r dodrefnyn. Ei chroen yn bapur sidan. Ar droi'n dryloyw. Ar alabaster ei boch, un wythïen yn ymwthio. Glas y gwaed yn adleisio glas ei gwefus.

— *Dyna welliant,* meddai.

Gweithiodd Mervyn yn galed i gadw'r pryder o'i lais.

— *Hywel ddudodd. Noson o'r blaen. Yn y lodge. Neu faswn i ddim yn gwybod dy fod ti'n sâl.*

Wyddai o ddim a oedd Nel yn gwrando ai peidio. Roedd ei llygaid ar gau. Fe allai fod ynghwsg.

— *Jest . . .* a chan iddo gychwyn, waeth iddo ddarfod ddim, *jest bod Hywel yn deud nad ydach chi wedi deud wrth Helen ac o'n i'n meddwl y bysa'n well i finna ddeud . . .*

Ni symudodd Nel ac eithrio agor ei llygaid ac edrych arno.

— *. . . deud nad ydw i ddim yn siŵr fyswn i'n deud wrthi . . . jest rŵan, a hithau fel mae hi.*

Gwasgodd Nel Parry ei gwefusau'n graith.

Crwydrodd ei llygaid at y papur wal gyferbyn, gan dresio'r blodau fesul un a phensynnu eto, yng nghanol hyn i gyd, sut roedd hi'n dal i fethu penderfynu a oedden nhw wedi'i osod y ffordd iawn; ai am i fyny yr âi'r blodau ynteu am i lawr . . . Cyn cael ei thynnu eto at y lluniau oedd yn fflachio yn y gornel . . . a llonyddu ar enfys y sgrin, lle'r oedd ceir lliwgar yn sgrialu o gwmpas trac rasio.

A Helen fel yr oedd hi.

— *Oes 'na rywun arall wedi sylwi?*

— *Fi sy'n nabod yr arwyddion . . .* dechreuodd Mervyn, ond tawodd wrth i'r adroddiad symud at lun car yn taro'r ochr a ffrwydro'n danchwa o goch. *Monaco,* meddai. *Wastad yn beryg.*

Roedd darnau o'r car ar hyd y trac ym mhobman a mwg yn codi'n gymylau nes cuddio'r llwybr yn llwyr. Yng nghornel dde eithaf y sgrin daeth car melyn i'r golwg, yn sgrech ar bedair olwyn. Trodd Mervyn ei ben oddi wrth y teledu, gan rag-weld y gwrthdrawiad, ond ni allai Nel dynnu ei llygaid oddi ar y ddamwain oedd ar waethygu o'i blaen.

— *Pnawn 'ma?* holodd. *Pnawn 'ma oedd hyn?*

— *Monaco,* meddai Mervyn. *Roedd o ar newyddion chwech hefyd.*

— *Dim gobaith, nac oes? Ddim ar sbîd fel'na.*

— *Ofnadwy.*

Roedd y car melyn yn brecio'n galed ac yn llithro ar draws y lôn tuag at ysgyrion y car cyntaf, ei deiars slic yn brwydro i gydio yn y tarmac poeth. Collodd yr olwynion cefn eu gafael yn y ffordd a ffliciodd cefn y car fel cynffon pysgodyn, i'r dde, i'r chwith, cyn i'r olwyn ôl ar y dde ddechrau codi oddi ar y llawr. Trodd y car i gyd ar ei ochr, fel darn o gaws, a bwriodd y triongl cyfan fel blaen saeth ar ei ben i'r car coch.

— *Diar mi . . .*

Symudai'r lluniau bob yn ail oddi wrth sgerbydau'r ceir disymud a'u metel miniog at y mwg du oedd yn byrlymu, yn chwydu o bob agoriad; y lluniau'n torri oddi wrth ruthr y stiwardiaid â'u siwtiau tân a'u diffoddyddion, at lun helmed un o'r gyrwyr. Breichiau'r stiwardiaid yn gweiddi ar ei gilydd, a'r helmed – helmed wen ag arni dair neu bedair o lythrennau mawr duon – yn llonydd yn y car, yng nghanol y mwg.

— *Gafodd rhywun ei ladd?*

— *Dw i'm yn siŵr.*

Yn ôl newyddion chwech, roedd y ddau wedi'u cludo i'r ysbyty, mewn hofrennydd.

— *Gwyrth os na chafodd . . .*

— *Gorfo nhw stopio'r ras.*

Yna ymddangosodd y sylwebydd, yn y stiwdio wrth ymyl y trac, ei wyneb yn syber a'i geg yn symud.

— *Ti isio clywed?*

Bellach, roedd hi'n saith. Fe allai llawer fod wedi digwydd yn yr awr a aeth heibio.

— *Ddim felly.*

— *Ddim yn edrych yn dda.*

— *Nac ydi.*

Ond ni symudodd yr un o'r ddau i godi'r sŵn; dim ond edrych ar ei wefusau'n symud a dyfalu.

— *Dw i wedi'i weld o mor aml yn 'y mrawd,* meddai Mervyn yn dawel, o'r diwedd.

Nodiodd Nel, nid at Mervyn, ond draw oddi wrtho, at y sgrin. Nodiodd ei dealltwriaeth.

— *Fel sbring,* sibrydodd hithau.

Craffodd y ddau ar y sylwebydd.

Roedd o wedi cael y mymryn lleiaf o liw haul.

— *Llygaid fy mrawd sy'n mynd,* meddai Mervyn wedyn. *Mi fydda i'n sbio i mewn iddyn nhw a fysat ti'n medru mynd am byth heb ddŵad o hyd iddo fo. Jest fel'na,* a chleciodd ei fysedd. *Heb ddim rhybudd. Pan mae'r aflwydd yn gafael, mae hi fel tasa rhywun wedi chwythu cannwyll yn ei wyneb o.*

Ochneidiodd Mrs Parry.

— *Mae hi wedi bod mor dda cyhyd.*

Tro Mervyn oedd ochneidio.

— *Y gwirionedd ydi, dw i'n amau ers sbel. Ond do'n i ddim yn lecio . . .*

Erbyn hyn roedd o'n rhwbio'i ddwylo, fel petai'n eu golchi mewn llif dŵr dychmygol, yn ceisio rhwbio'r brychni oddi ar gefn ei ddwylo gwyn a'u sychu'n lân. Estynnodd Nel ei llaw a'i gosod ar ei ddwylo yntau.

— *Dwyt ti byth yn busnesu, Mervyn. Dw i wedi deud hynny wrthat ti o'r blaen.*

Daeth yr adroddiad am y rasio ceir i ben, ac yn ei le ymddangosodd siartiau glas a gwyn y cynghreiriau pêl-droed. Hoeliodd y ddau eu sylw arnynt, er nad oedd gan yr un ohonynt y diddordeb lleiaf ynddynt.

— *Mae hi wedi bod dan dipyn o bwysau yn y gwaith,* meddai Mervyn. *Mae pethau'n ddigon blêr acw.*

— *Rhyw dancer yn gollwng . . .*

— *Ddim jest bore 'ma,* pwysleisiodd. *Pethau'n torri. Pethau ddim yn cael eu trwsio.*

— *Ddim ei bai hi ydi hynny, debyg?* gofynnodd Nel.

Edrychodd arni braidd yn boenus.

— *Dw i ddim yn deall be sy'n mynd ymlaen yn y gwaith acw'n iawn fy hun.*

— *Ond ddim ei bai hi ydi o?*

Meddyliodd Mervyn.

— *Mae hi'n ei gymryd o'n fai, weithiau,* meddai.

— *A dydi hynny ddim yn helpu.*

— *Ddim a hithau fel mae hi, nac ydi.*

Meddyliodd Nel.

— *Ydi o'n effeithio ar ei gwaith hi, Mervyn?*

Oedodd yn hir cyn ymateb.

— *Anodd deud.*

Ac felly y bu'r ddau am sbel, a dim ond anadlu: fo'n ysgafn, ysgafn, rhag tynnu sylw; hi'n drymach, am fod meddwl am bethau fel hyn yn gofyn mwy ohoni na mân siarad. Ac am fod un peth yn dal i'w phoeni; un cwestiwn na chafodd ei ateb.

— *Rhywun arall wedi sylwi arni, Mervyn?*

— *Dw i ddim yn meddwl.*

Dim digon pendant. Angen manylion.

— *Soniodd Hywel ddim byd?*

— *Ddim wrtha i . . .*

Plygodd ato a gwasgu ei law.

— *Ddim wrtha i chwaith,* meddai. *Ond mae o'n gwybod, dw i'n medru deud.*

Chwiliodd Mervyn am rywbeth i'w ychwanegu; rhywbeth fyddai'n cynnig rhyw gysur iddi.

— *Ddim ei bai hi ydi'r pethau sy'n digwydd yn y gwaith,* meddai. *Gadael pethau'n rhy hir cyn eu trwsio maen nhw. Gwrthod cynnal a chadw nes bod pethau wedi mynd i'r pen.*

Ond doedd hynny, chwaith, ddim y peth mwyaf addas i'w ddweud, dan yr amgylchiadau.

29

8.00 p.m.

Saif Luc wrth garreg fedd yn syllu arni. Mae hi'n eistedd ar ei stôl isel â'i fferau wedi'u croesi o'i blaen. Dros ei harffed, mae lliain sychu llestri; ar un glin, mae'r palet paent. Mae hi'n gwyro ymlaen â blaen ei brwsh yn hofran, yn penderfynu ar y cyffyrddiad nesaf. O'r fan hyn, ni all Luc weld y llun ar y cynfas bychan o'i blaen. Cerrig beddi yw'r unig bethau yn y fynwent.

— *Ga i weld?*

Mae o'n symud y tu ôl iddi, yn penlinio wrth ei hymyl i edrych dros ei hysgwydd ar y llun. Mae hithau'n pwyso'n ôl, yn tynnu'n ôl oddi wrth y llun, er mwyn iddo allu gweld. Mae hi'n symud y brwsh oddi wrth y cynfas a'i ddal yn ei llaw, bellter o'r cynfas ond yn ei gadw uwch y llun, yn barod i fwrw ymlaen. Ac mae hi'n troi ei phen i edrych arno. I weld ei ymateb. I gael gwybod beth mae o'n ei feddwl o'r llun.

Mae syndod yn ei lais. — *Maen nhw wedi marw.*

Pam y byddai unrhyw un eisiau tynnu llun blodau wedi marw?

— *Fuon nhw erioed yn fyw. Sbia'n fwy gofalus.*

A nawr, pan mae o'n edrych ar y blodau, nid ar y llun, gwêl ei bod hi'n iawn. Blodau defnydd neu ffelt neu rywbeth ydyn nhw, wedi colli eu lliw, yn edrych fel blodau go iawn ond wedi marw.

— *Rhosod.*

Mae'n hawdd adnabod rhosod.

— *Ond mi fysa rhosod go iawn wedi pydru'n frown*, medd Carol. *Sbia ar liwiau'r rhain. Sbia ar y rhai yn y*

blaen. Mae 'na fwsog neu gen neu rywbeth yn dechrau
tyfu arnyn nhw.

— *Bron fel cerrig.*

— *Ydyn*, medd Carol yn llawn cyffro a chan bwyso
ymlaen at y cynfas drachefn. *Ydyn, maen nhw.*

Mae Luc yn ei gwylio'n canolbwyntio ar y llun, yn
cymysgu'r paent ar y palet, yn oedi, yn edrych. Blaen y
brwsh yn cusanu'r cynfas. Y cyffyrddiad lleiaf. Aros
wedyn, nes bod y symudiad nesaf yn cydio ynddi, yn ei
chymell. Mae'n ei gwylio fel hyn am yn hir, ond ni all ei
ddilyn. Mae'r cam nesaf yn ei synnu. Bob tro.

Mae'n codi oddi ar ei gwrcwd, yn rhwbio lleithder
gwair hir y fynwent oddi ar ei liniau ac yn edrych o'i
gwmpas.

— *Dw i'n mynd i'r eglwys.*

— *Ddo i ar dy ôl di.*

— *Wyt ti wedi bod i mewn?*

Mae Carol yn rhoi'r gorau i'w phaentio i ystyried ei
gwestiwn. Gwthia ei gwallt oddi ar ei thalcen â chefn ei
llaw.

— *Ddim eto.*

— *Ddangosa i rywbeth i ti.*

Mae o bron wrth y porth yn barod, ei frwdfrydedd yn
ei gario tua drws yr eglwys heb droi'n ôl. Bron fel
plentyn, meddylia Carol. Yn unplyg ei sylw ar du mewn
yr adeilad o'i flaen.

— *Ddudist ti hynny o'r blaen, yn Iard Charlotte*,
medd wrtho, gan godi ei llais er mwyn iddo'i chlywed.

Mae o'n cydio yn un o'r meini mawr ar gornel yr
adeilad, ar y gornel at y porth, ac mae o'n hanner troi'n
ôl ati, ei fysedd nawr yn tapian y garreg, fel petai'n
meddwl.

— *Rhywbeth arall,* gwenodd.

— *Ddo i yna wedyn.*

A nawr ei fod wedi troi'n ôl i edrych arni, does arno ddim eisiau mynd â'i gadael. Mae rhywbeth yn gwneud iddo fod eisiau gofalu amdani. Peidio â mynd ymhell. Aros gerllaw.

— *Tendia di oeri!*

Mae hi'n paentio, ond yn codi ei llaw i'w gydnabod, a'r llaw yn dweud: dw i'n iawn, a dw i ddim yn barod. Dos.

Safai Carol ar y rhiniog, ei llygaid yn ceisio arfer â'r gwyll.

— *Pan oeddwn i yma ym mis Mai,* meddai, *roedd yr eglwys wedi'i chloi. Mi fethais fynd i mewn. Roedd 'na arwydd yn deud bod yna ŵyl flodau y bore wedyn,* cofiodd. *Mae'n rhaid eu bod nhw ofn i'r blodau gael eu dwyn.*

Ar y dechrau, clywed Luc yr oedd hi, yn hytrach na'i weld.

— *Sbia hwn!* galwodd arni, yn gwirioni o'r newydd ar y gwaith cerfio ar y sgrin bren rhwng corff yr eglwys a'r gangell.

— *Rhy dywyll i weld dim,* meddai Carol, gan symud yn betrus i'w gyfeiriad, ei llygaid yn dal i chwilio am oleuni.

— *Defnyddia dy fysedd.*

Heb feddwl, gafaelodd Luc yn ei llaw a'i gosod ar y sgrin hynafol o'u blaen. Arhosodd llaw Carol yn llonydd ar y pren. Cyffyrddai ei bysedd â'r graen ond roedd ei llaw'n llonydd, ac felly yr arhosodd, am eiliad fer.

Ddim yn hir.

Ond fe sylwodd.

— *Sori,* meddai Luc.

Drwy'r sgrin, gwelai Carol y ffenestr liw uwchben yr allor. Roedd tri ffigur yno'n ei gwylio, yn llenwi'r gwyll â lliwiau cyfoethog, cyfarwydd.

Mor ofalus ohoni.

A hen arferion mor anodd eu torri.

Cydiodd blaen ei bysedd yn y derw a throdd ato â'i llais yn ysgafn, ofalus.

— *O'n i wedi anghofio mor drawiadol ydi hwn. Fues i ddim yma ers blynyddoedd.*

— *Beth am fis Mai?*

Wedi dod am dro oedd hi, pan ddaeth hi draw i gwblhau prynu'r busnes. Ar ôl gorffen arwyddo'r papurau a'r dogfennau gyda'r cyfreithwyr, a gwneud ei threfniadau gyda Linor, roedd hi wedi penderfynu mynd am dro o gylch yr ardal, cyn troi am yn ôl. Meddwl tynnu lluniau. Eisiau llun ambell beth.

— *Mae 'na garreg yn y capel bach, draw fan'cw,* meddai Carol, gan amneidio heibio i'r allor, at y ddôr fechan yn y mur. *O'n i'n trio cofio'r patrwm arni. Meddwl tynnu llun.*

— *Chdi piau'r busnes?*

Fyddai hi'n deg dweud bod syndod, eto, yn ei lais? A bod hynny, rywsut, yn ei blino.

— *Ia, rŵan.*

— *Reit...*

Arhosodd iddo ddweud rhagor ond, ac yntau'n dawel, aeth yn ei blaen.

— *O'n i isio tynnu llun o'r garreg er mwyn defnyddio'r patrwm rywbryd, ond roedd y drws wedi'i gloi, felly fues i ddim i mewn.*

— *Y llechen?*

— *Honno sy ar y wal, tu ôl i'r drws.*

Carreg fedd oedd hi, prin bymtheng modfedd o uchder; mwy o lechen to na charreg fedd, a dweud y gwir. Prin oedd y geiriau arni hefyd. Dim ond dau enw a dyddiad ac yna'r patrwm syml, yn rhes o symud o dan y geiriau.

— *Dyna wyt ti'n ei baentio bob tro?* holodd Luc, dan wenu. *Cerrig beddi a ballu?*

Edrychodd Carol arno.

— *Dyna wyt ti'n ei gloddio'n amlach na pheidio, mae'n siŵr?*

Eisteddodd y ddau gefngefn â'i gilydd lle'r oedd rhaniad yn un o'r seddi hirion. Eistedd lle'r oedd golau dydd yn dal i dreiddio, dan ffenestr ochr dal â'i gwydr pŵl yn rhwyll o ddiemwntau, a siarad. Fel petaen nhw yno erioed.

— *O'n i'n arfer dod yma ers talwm,* meddai Carol, *pan o'n i'n byw yng Nghaswallon efo Mrs Till.*

— *Dw i'n ei chofio hi.*

Trodd Carol yn chwilfrydig ato.

— *Cofio Mam yn sôn amdani,* meddai Luc. *Jest ei chofio hi'n sôn. Dw i'n meddwl eu bod nhw'n ffrindiau. Neu o leia'n nabod ei gilydd. Dw i'n cofio Mam yn deud mai yno roeddet ti, beth bynnag.*

Synnodd Carol.

— *A bod fiw i mi ddeud wrth neb,* pwysleisiodd Luc.

Doedd hi ddim yn siŵr hyd heddiw o'r rhwydwaith a gaeodd amdani y noson y gadawodd hi Bryn. Aeth hi ddim ymhell i ddechrau. Aeth i dŷ'r nyrs, am ryw reswm, er na fu hi erioed yno o'r blaen. Doedd dim pwynt mynd at ei mam. Cafodd ei symud gefn liw nos o un lle i'r llall, rhwng paneidiau poeth, galwadau ffôn a sibrwd cynlluniau, ond roedd ei phen yn rhy llawn o'i phenderfyniad i gymryd llawer o sylw. Dim ond cydio yn Sera a'i siglo i'w chadw ynghwsg, o un ystafell gefn i'r llall.

— *O'n i ofn bod Llaneilian yn rhy agos.*

Rhy agos at Bryn i lawr y lôn. Ond roedd o'n ddewis doeth a deallus. Digon anial iddi fedru llechu yno heb i neb ddod i wybod am wythnosau, nes bod trefniadau mwy parhaol wedi'u gwneud a hithau a'i merch ar ffo.

— *Fues i'n meddwl y byddai rhywle fel y Rhyl yn well,* meddai hi. *Y byddet ti'n medru diflannu'n well yn rhywle felly, ond roedd fy mrawd y tu allan i Gaer, yn y coleg yn hyfforddi i fod yn ddyn tân, ac oedd hyd yn oed fan'no'n rhy agos adra, medda fo.*

— *Fo gyrrodd chdi i Fanceinion?*

Ystyriodd Carol.

— *Yrrodd neb fi.*

I'r ystafelloedd cyfyng lle bu'r ddwy ohonynt yn ailddysgu byw.

— *Mynd wnes i.*

At fwy o ryddid nag oedd ganddi yn y dref gyfan lle'r oedd hi cynt.

Edrychodd Carol o gwmpas yr eglwys. Mor syml oedd hi. Un ystafell wen, i bob pwrpas, a'r groglen a'i gwaith cerfio yn hawlio'r llygad. Mor drawiadol oedd cysgod y llun ar ganol ei byrddau pren. A pham tybed mai hwn oedd yr unig lun ar ôl? Un ffigur cyntefig ar ganol y groglen, uwchben y drws i'r gangell – llun sgerbwd hyll â charnau buwch, a phladur uwch ei ben ac arno nifer o eiriau.

— *Colyn angau* . . .

Ni allai Carol ddarllen y gweddill yn y gwyll.

— . . . *yw pechod,* meddai Luc.

Colyn angau yw pechod.

— *O, ia, dw i'n ei weld o rŵan.*

— *Marwolaeth ydi o – y sgerbwd – efo pladur, i'n hatgoffa ni am farwoldeb dynol ryw. Geiriau o'r Corinthiaid. Un, Corinthiaid.*

— *Iesgob* . . .

— *Corinthiaid 15, adnod 56,* meddai Luc wedyn, yn gwbl wynebsyth ond â'i lygaid yn dawnsio.

— *Olreit,* gwenodd Carol. *Lle mae o'n deud?*

A chwarddodd y ddau wrth iddo blygu o'r neilltu a dangos y poster oedd yn egluro'r cyfan ar y wal wrth ei ymyl.

— *Wyt ti'n cofio'r llun arall oedd yma ers talwm?* gofynnodd Carol yn sydyn, gan hanner troi i chwilio cefn yr eglwys lle'r arferai'r ffrâm bren fod. *Rhywun efo chwe bys ar un llaw. Rhyw santes. Cofio dŵad yma ar ryw drip o'r ysgol a gorfod cyfri'r bysedd ar bob llaw.*

— *A gefeiliau pren i dynnu cŵn oddi ar ei gilydd,* cofiodd Luc. *Mewn twll yn y wal yn y cefn. Wyt ti'n cofio?*

Cododd Carol ar ei thraed. Dyma'r pethau fu ar goll yn ei bywyd, y pethau bach roedd ar rywun angen eu cofio a'u cario ar hyd y blynyddoedd. Am ddim rheswm mwy na'u bod nhw'n bodoli. Clymodd ei breichiau amdani'i hun a gwasgu.

— *Dw i'n teimlo bod hyn yn iawn,* meddai'n syml. *Bod yn ôl yma. Mae o'n teimlo'n iawn.*

Edrychodd arno. Oedd o'n deall hynny, tybed? O'r hyn a wyddai, roedd yntau wedi gadael yn fuan ar ei hôl hi. I'r coleg i ddechrau, yna at waith. Trywydd mwy confensiynol, efallai, ond nid llwybr a'i arweiniodd yn ôl yma chwaith.

— *Fyddi di'n lecio dwâd yn ôl?* holodd Carol wedyn.

Cododd Luc i'w dilyn.

— *Fuodd o 'rioed yn adra i fi.*

Symudodd ei deulu gynifer o weithiau pan oedd o'n fach nes iddo fwrw gwreiddiau ym mhobman ac yn unlle. Symudent o un wlad i'r llall gan ddilyn gwaith ei dad fel peiriannydd i gwmni codi pwerdai; adeiladu Wylfa yn y saith degau ddaeth â nhw i Fôn.

— *Cyn hynny, dw i'n cofio Kenya, Dubai, rhywfaint yn India. Ar ôl Wylfa, fuodd Dad yn gweithio ar argae a gwaith dŵr yn Norwy am flynyddoedd. Roedd Mam wrth ei bodd.*

— *Braidd yn bell i ti fynd adra o'r coleg ar benwythnos!*

Ond roedd ei nain yn fyw bryd hynny – mam ei dad – ac ati hi i Gonwy yr aethai gan amlaf. Fe gadwodd at ei benderfyniad i fynd i Lerpwl i'r coleg, ond bu'n rhwyg colli rhywfaint o'r cysylltiad â'i chwiorydd iau pan aeth y ddwy ohonynt dramor gyda'i rieni. Er, wrth gwrs, doedd mynd i Norwy ddim yn teimlo fel mynd dramor i'r un ohonynt, â chymaint o deulu ei fam yn byw yno. Eto, roedd ei dad yn dal i edliw am i'r merched golli eu Cymraeg. Genod oedden nhw, meddai ei fam, yn eu harddegau ac angen ymdoddi. Beth wnâi unrhyw un mewn sefyllfa o'r fath, o gael ei foddi yn ei famiaith? Teuluoedd gan y ddwy: dwy ferch gan Marit, bachgen bach gan Astrid.

— *Dw i'n cofio Astrid,* meddai Carol.

— *Athrawes ydi hi. Marit adra efo'r genod; sôn am fynd yn ôl i weithio bob blwyddyn ond byth yn gwneud.*

Astrid. Marit.

— *Ydi Luc yn enw o Norwy hefyd?*

Edrychodd Luc dros ei ysgwydd ati.

— *Dw i'n dy gofio di'n gofyn hynna flynyddoedd yn ôl . . .*

— *Paid â mwydro!*

— *. . . a finna'n deud mai Dad oedd wedi cael dewis fy enw i a Mam wedi dewis y merched.*

— *Ddim wrthaf fi.*

— *Wrthat ti,* mynnodd Luc. *Ar y mynydd.*

Yn edrych i'r gorffennol.

Sibrwd gofyn wnaiff hi. — *Fyddi di'n dal i sbio ar y sêr?*

— *Weithiau,* meddai Luc.

— *A finna, weithiau.*

Jest i wneud yn siŵr eu bod nhw'n dal yno.

Pan oedd Luc yn fychan, roedd hyd yn oed y sêr yn wahanol. Bryd hynny, doedd o ddim yn ddigon hen i ddeall am hemisfferau'r de a'r gogledd. Pan oedd popeth arall yn newid – yr haul yn boethach, yr eira'n wynnach – pam na ddylai'r sêr a'r planedau newid hefyd? Yr unig beth sefydlog yn ei fywyd ar y pryd oedd symud a dysgu pethau newydd. Bob tro y byddai gwaith ei dad yn dod i ben, byddai newid ysgol. Yno, byddai'r dosbarthiadau ailsefydlu yn ei aros; cyfres o wersi i'r newydd-ddyfodiaid yn rhoi blas ar y wlad, yr ardal, ei hiaith, ei hanes.

Byddai'r rhan fwyaf yn anghofio amdanynt cyn gynted ag y clepiai drws y dosbarth o'u holau, ac yn bwrw i ganol gweddill disgyblion yr ysgolion Prydeinig, lle byddai pob iaith a diwylliant dan haul yn gymysg â'i gilydd mewn Saesneg swil.

Ond câi Luc ei hudo gan yr hanesion. Gwirionai ar y gorffennol. A'r gorffennol yn newydd, yn wahanol ym mhob man yr âi. Dyna pam roedd archeoleg yn gymaint rhan ohono, roedd o'n siŵr o hynny.

Roedd Luc yn byseddu llawlyfr ar y bwrdd yng nghefn yr eglwys. Ond roedd ganddo fwy o ddiddordeb yn hanes Carol.

— *Ydi dy frawd di o gwmpas o hyd?*

— *Yn ymyl Lerpwl*, meddai Carol. *Lle wyt ti'n meddwl mae llun y santes 'na wedi mynd?*

Roedd hi'n chwilio'r eglwys, gan edrych i'r corneli rhag ofn bod y ffrâm yn dal yno'n rhywle, wedi ei symud dros y blynyddoedd i gorff yr eglwys, draw oddi wrth y porth lle y'i cofiai. Camodd drwy'r drws yn y groglen i gyfeiriad y gangell.

— *Aros*, meddai Luc yn sydyn. *Stopia'n fan'na.*

Arhosodd.

— *Pam?*

— *Cau dy lygaid.*

Anesmwythodd Carol.

— *Luc, dydw i ddim yn lecio* . . .

— *Dw i'n gwybod. Mae'n iawn.*

Croesodd yr eglwys tuag ati.

Daliai Carol i sefyll yn wynebu'r ffenestr liw. Erbyn hyn roedd y lliwiau'n ymdoddi a'r siapiau'n dechrau diflannu. Craffodd arnynt: Mair, Ioan ac yn y canol, y Bugail Da. Oen, llyfr (Beibl?) . . . beth arall? Sganiodd Carol y siapiau oedd yn pylu o'i blaen. Eurgylch, esgid las, blaen sandal. Hyn oll mewn llai nag ennyd.

Beth yn y byd oedd Luc am iddi'i wneud?

Ioan yn cario'r Beibl; y Bugail Da yn cario'r oen; Mair,

y fam, â'i dwylo wedi'u dal o'i blaen mewn gweddi, dwy law yn erfyn . . . a'r cyfan er cof am rywun na all hi ddarllen eu henw am fod y cyfnos wedi dechrau rhwbio'r llythrennau . . .

— *Ddylen ni fod wedi cyrraedd yn gynt.*

— *Fydd hi ddim yn dywyll am sbel eto,* meddai Luc yn dawel. *Os nad wyt ti isio cau dy lygaid, dalia i edrych ar y gwydr. Paid â symud dy ben.*

Roedd sŵn symud y tu ôl iddi. I'r dde a'r tu ôl iddi. Fel petai Luc yn symud cwpwrdd, neu rhyw ddodrefnyn trwm ar hyd y llawr.

— *Bron iawn,* tuchanodd.

— *Be wyt ti'n neud?*

— *Aros,* a chrafodd sŵn pren ar draws y teils pridd y tu ôl iddi.

— *Dw i'n cael troi rownd?*

— *Nac wyt. Aros.*

30

Doedd gan Carol ddim syniad beth i'w ddisgwyl.
Penliniai Luc yng nghornel y gangell y tu cefn i'r sgrin,
wedi symud un o'r corau pren o'r neilltu. Amneidiodd
arni i ddod ato a phwyntiodd at ran o'r wal lle'r oedd
haen o blastig clir yn amddiffyn y plastr. Nid paent gwyn
oedd ar y wal yno ond coch tywyll; roedd hi fel petai
rhywun wedi plicio'r paent gwyn oddi ar y wal a hwn yn
cuddio oddi tano.

Dyna'n union a ddigwyddodd, meddai Luc. Newydd
ddod i'r golwg yr oedd yr hen baent, yn ystod
gwaith atgyweirio. Ers talwm, coch tywyll fyddai'r
gangell i gyd.

— *Drycha*, meddai, gan bwyntio fymryn yn uwch,
patrwm hefyd. Dychmyga'r lle yma'n goch i gyd!

Ond roedd mwy na hynny am y lliw hwn: roedd o'n
baent lleol, wedi'i wneud ar lethrau mynydd Parys yng
ngwaith paent Sant Eilian, pan oedd y gwaddod o'r
pyllau copr a haearn yn cael ei gasglu, a'r ocr yn mynd i
wneud paent. Roedd o'n lliw enwog ers talwm, coch
mynydd Parys: coch Fenis.

— *Mi fyddai hwn yn well lliw i dy rosod di*, meddai
Luc. *Gwell na du a gwyn.*

Syllodd Carol ar y coch. Roedd o'n ei hatgoffa hi o
rywbeth . . . tynnwyd ei llygaid yn ôl at y ffenestr liw yn
uchel y tu cefn iddynt. Roedd y coch tywyll yn union yr
un lliw â'r gwydr uwchben ffigur Crist. Dyna'r oedd hi'n
ei gofio.

Tybed pa un oedd yno gyntaf, y ffenestr ynteu'r
paent?

— *Toedd yna ddim du na gwyn*, meddai wrth droi'n

ôl at Luc. *Sbia di eto. Dy lygaid di sy'n gweld du a gwyn. Toes gen i ddim du ar y palet.*

— *Mae 'na wyn.*

— *Oes, ond ar y cynfas mae o bob tro wedi'i gymysgu efo rhyw liw arall. Felly toes 'na ddim gwyn chwaith.*

Ciledrychodd Luc dan ei aeliau arni. — *Ges i ddigon ar baent gwyn gynnau, beth bynnag.*

Fflachiodd llun o'r ystafell ddi-liw i feddwl Carol, ond ni ddywedodd yr un gair.

— *Doeddet ti ddim yn lecio'r fflat.*

— *Gofyn wyt ti, Luc, 'ta deud? O'n i'n meddwl mod i wedi gwneud hynny'n berffaith amlwg.*

— *Jest ddim yn disgwyl . . .*

Wrth gwrs na fyddai o'n disgwyl ei chlywed yn ymateb fel y gwnaeth. Chlywodd o erioed mohoni'n siarad fel yna efo neb. Ond, ers dyddiau ysgol, chlywodd o mohoni'n siarad efo unrhyw un, felly sut yn y byd roedd o'n disgwyl . . . Ac o gofio hynny, doedd ganddi hithau, chwaith, ddim lle i ddisgwyliadau. Camgymeriad ar ei rhan fyddai dychmygu y gallai hi ddechrau deall sut roedd yntau'n teimlo, beth oedd yn mynd trwy ei feddwl. Ac eto, onid oedd hi eisoes wedi gwneud hynny? Eisoes wedi penderfynu sut roedd pethau rhyngddo ef a Helen; rhyngddo ef a hi ei hun?

Yr hyn nad oedd hi'n ei ddeall oedd y cymod rhwng Luc a Helen, o ystyried eu hanes. A pham oedd Hywel Parry mor ofalus ohono wrth ddweud hanes Kathy gynnau? Haws fyddai disgwyl dig, neu oerni o leiaf. A Helen, wedyn. Beth oedd Luc yn ei olygu i Helen erbyn hyn? Cwestiwn anos ei wynebu, efallai, oedd beth oedd Helen yn ei olygu i Luc.

— *Oedd hi'n flin iawn efo fi?* holodd Carol a direidi yn ei llais.

— *Sylwais i ddim.*

Go brin, meddai ei llygaid.

— *Roedd hi'n reit dawedog,* meddai Luc, yn fwy ymdrechgar. *Newid braf,* meddai wedyn, gan rowlio'i lygaid yntau a chodi oddi ar ei gwrcwd yn gwynfanllyd, ei bengliniau wedi cloi.

Oedd o'n gwybod bod mam Helen yn sâl, tybed? Ddylai hi ddweud wrtho?

Ai ei lle hi oedd dweud?

— *Wel, beth wyt ti'n ei feddwl?* holodd Luc am y paent.

— *Diddorol ofnadwy.*

— *O'n i'n meddwl bysat ti'n ei lecio fo.*

— *Werth ei weld.*

— *Gofiais i. Yn y fynwent. Does 'na ddim llawer yn gwybod amdano fo.*

Cystal roedd o'n ei hadnabod.

Nid adnabod.

Deall?

Ei deall?

— *Dw i'n defnyddio lot o goch. Yn fy lluniau. Mae o'n lliw . . .*

Am ba air yr oedd hi'n chwilio?

— *. . . saff.*

Edrychodd Luc arni.

— *Dyna'r peth cyntaf fydda i'n ei sylwi amdanat ti.*

— *Mod i'n saff?*

Cythrodd. — *Naci. Lliw. Lliw dy wallt di.*

— *Potel,* meddai Carol.

— *Cer â deud.*

178

— *Un ddrud*, gwenodd.

— *Fyswn i byth wedi deud.*

— *Gwaith artist*, meddai'n ysgafn.

— *Ond mae o'n union . . .*

Gwyddai hithau'n union yr hyn roedd o'n bwriadu ei ddweud.

— *Nac ydi, tydi o ddim.*

Roedd o'n syllu ar ei gwallt. Yn codi ei law ato. Camodd yn nes ati a chipiodd hithau ei hanadl wrth iddo gyffwrdd â chudyn y tu ôl i'w chlust yn ei chwilfrydedd.

— *Fyswn i byth wedi deud.*

— *Ella bysa'n well taswn inna heb sôn.*

Allai hi ddim peidio ag edrych arno – ei lygaid yn llonydd a'r gannwyll yn llydan yn y gwyll, ac yn edrych nawr i fyw ei llygaid hi.

— *Pa liw ydi o?*

Lliw dal gafael.

— *Pa liw fysat ti'n ddeud?*

Ei fysedd yn gwthio'n ddyfnach i'w gwallt. Ei ben yn pwyso'n nes. Ei anadl ar ei boch a'i fysedd yn cau'n gwlwm am ei gwallt.

— *Yr un lliw*, sibrydodd Luc.

Atgof ydi hynny, meddyliodd Carol. Nid lliw.

Mae ei fysedd yn symud yn grib drwy ei gwallt, yn tynnu ei gwallt yn ysgafn y tu ôl i'w chlust, ac mae hyn i gyd yn digwydd mor sydyn. Mor annisgwyl o sydyn. Dan ei law, mae hi'n teimlo'i phen yn pwyso'n ôl a'i anadl yntau'n ysgafn, gyflym wrth ei chlust. Yna, o rywle, o rywle'n ddwfn y tu mewn iddi, heb yn wybod iddi, fe ddaw gwên. Ac mae Luc yn troi i edrych arni; yn tynnu ei fawd

ar draws ei boch i deimlo, i gydnabod ei gwên. Yn dyner.
Fel 'tai o'n symud deigryn.

Dyna pryd y caeodd hi ei llygaid.
Ac y canodd ei ffôn.
Ei sŵn yn treisio'r tawelwch.
Tynnodd yn ei hôl yn ffwndrus. Roedd y ffôn yn ei
phoced. Nawr roedd o yn ei llaw. Roedd llaw Luc ar ei
hysgwydd. Yna doedd hi ddim. Ond roedd o'n agos ati.
Yn aros amdani. A'r ffôn ganddi.
Rhyngddi hi a fo.
Canai'r ffôn o hyd: canu penderfynol, powld. Roedd
Luc yn symud oddi wrthi, ond safai Carol yn stond.
Roedd y ffôn yn ei llaw a'i bys ar y botwm. Yn methu'n
glir â'i bwyso. Wedi gwrando ar dri chaniad ofer arall,
cipiodd Luc y ffôn.
— *Helo?* meddai.
Roedd rhywun yn crio. Rhywun yn crio a chrio, yn
torri ei chalon.
Eto, gofynnodd yntau. — *Helo?*
Yna, tawelwch, a chlywodd Luc ei llais am y tro
cyntaf, yn llawn amheuaeth.
— *Mam?*

Mynnodd Luc eu bod nhw'n stopio yn y dafarn ar y
ffordd yn ôl a'i bod hi'n cael rhywbeth cryf i'w yfed.
— *I dy gynhesu di.*
Doedd hi ddim yn oer, ond roedd hi'n deall ei
gonsýrn. Roedd Sera wedi styrbio'n ofnadwy; mwy nag a
gofiai. Roedd y ferch fach oedd yn cael ysgyfaint newydd
wedi marw yn y theatr. Ond nid dyna'r rheswm. Nid
achos bod y ferch wedi marw.

— *Mae'r pethau 'ma'n digwydd.* Dyna'r oedd Carol wedi'i ddweud wrthi. *Mae'n siŵr ei bod hi'n sâl iawn.*

Peth gwirion i'w ddweud. Wrth ei ddweud, roedd hi'n sylweddoli mor ddisylwedd roedd hi'n swnio.

— *Dw i'n gwybod pa mor sâl oedd hi.*

Doedd ei marwolaeth ddim yn annisgwyl; os unrhyw beth, roedd o'n fendith.

— *Wedi blino wyt ti?*

— *Naci!*

Nid hynny chwaith. Nid blinder. Ac nid achos bod y ferch wedi marw. Ond rhywbeth i'w wneud â'r ffaith ei bod hi, Sera, yn teimlo fel hyn ac yn methu peidio. Dyna oedd yn ei rhwygo, sylweddolodd Carol: colli golwg ar y cynfas ehangach, colli gafael ar ei gwrthrychedd.

— *Na, ddim wedi blino wyt ti*, cytunodd Carol. *Dw i'n gallu deud oddi wrth dy lais di.*

— *Be oedd?* gofynnodd Luc.

— *Jest blin oedd hi. Ofnadwy o flin.*

Tynnodd Luc y paced creision yn nes ato.

— *Tynnu ar ôl ei mam, felly.*

Ochneidiodd Carol.

— *Mae hi'n benderfynol iawn.*

— *Tynnu ar ôl ei mam.*

Os oedd o'n chwilio am ymateb, ni chafodd.

— *Mae o'n rhywbeth rydan ni wedi'i drafod fwy nag unwaith. Achos mae hi* yn *gallu gweld y darlun mawr, ti'n gweld; yn medru bod yn wrthrychol, peidio â dilyn y llif. Er pan oedd hi'n ddim o beth. Mae o'n un o'i chryfderau hi. Mae hi'n hogan annibynnol iawn erioed.*

— *Tynnu ar ôl . . .*

— *Olreit.*

— *Ti isio crispan?*

— *Dim diolch.*

— *Dw i'n llwgu.*

Am y tro cyntaf ers gadael yr eglwys, edrychodd Carol yn iawn arno.

— *Chest ti ddim swper?*

— *Brysur.*

— *Gwneud be?*

— *Dysgu lincs ar gyfer fory.*

Gwaith recordio ben bore a rhaglen fyw ddiwedd y prynhawn.

— *Ti'n mwynhau?*

— *Fel arfer, ydw.*

— *Ddim tro yma?*

Gwthiodd ei wydryn peint i ganol y bwrdd.

— *Cael gwaith canolbwyntio.*

Petai o wedi edrych arni wrth ddweud hynny, byddai wedi gallu darllen rhywbeth yn y geiriau, rhwng y llinellau. Ond daliai i syllu ar y gwydryn gwag.

— *Carol?* meddai, gan rwbio ymyl y bwrdd o'i flaen. *Yn yr eglwys . . .*

— *Dim ots.*

— *Dy wallt di . . .*

— *Mae'n iawn.*

Cododd ei ben.

— *Oes yna'r ffasiwn liw â chopr?* gofynnodd.

Doedd hi ddim yn deall.

— *Mewn potel,* meddai. *'Ta oes raid cymysgu gwahanol liwiau i'w gael o yr union liw yna?*

Ei gwallt.

Ei chopr hydwyth, hyblyg.

Dyna oedd o isio'i ddweud?

A'i siom yn curo y tu mewn iddi, yn curo'n ei phen fel

dyn â gordd yn curo panel copr i gadw gwaelod llongau pren rhag llyngyr môr.

Yn yr eglwys.

Dy wallt.

Rhwystredigaeth yn gwneud iddi wasgu ei dannedd nes bod cefnen cyhyr yn codi ar ei boch, a theimlo'n ffŵl yn gwneud iddi afael yn yr ordd ei hun.

— *Rhaid i ti ofyn i'r hogyn sy'n lliwio ngwallt i.*

— *Jest meddwl.*

Gafaelodd Luc yn y gwydryn gwag a'i godi, fel petai'n ystyried gofyn am ei lenwi, cyn ailfeddwl a'i osod eto ar y bwrdd. Roedd o'n gyrru.

— *Dw i wedi addo galw wedyn, yn y gìg yn yr ŵyl. Ofynnodd Helen i fi cynt.*

— *Wnaeth hi?*

Gofyn iddi hi, 'ta. Mae hi'n gwybod mwy am liwio gwallt na fi.

A'r copr yn atseinio wrth i'r ordd ei guro, fel cloch ar fin cracio.

— *Yn yr eglwys . . .* meddai Luc eto.

Plygodd Carol a chodi ei bag oddi ar y llawr. Doedd arni ddim eisiau gwybod.

Safodd. — *Ti'n barod?*

— *. . . fysat ti wedi ateb y ffôn?*

A nawr roedd yr ordd yn llonydd. Yn uchel uwch ei phen, yn aros ei hateb. Fyddai hi?

— *Dydw i ddim isio rhoi'r pleser i Bryn deimlo ei fod o'n medru codi ofn arna i,* meddai hi yn y diwedd.

— *Ond mae o.*

Edrychodd arno.

— *Mae rhywun.*

A chofiodd rywbeth fu yng nghefn ei meddwl.

Ers yr eglwys.

— *Sut oeddet ti'n gwybod mod i ofn cau'n llygaid . . .*
llefydd tywyll?

Cododd Luc yntau, a gwthio'i gadair dan y bwrdd.

— *Helen soniodd,* meddai. *Cynt.*

31

10.30 p.m.

Ar ryw bwynt, yn eithaf hwyr yn ystod y gyda'r nos, penderfynodd Helen y byddai hi'n mwynhau ei hun. Doedd hi ddim yn deall beth yn union a ysgogodd y penderfyniad hwnnw. Rhywbeth i'w wneud â'r ffaith na welodd hi liw tin Luc wedi'r cyfan, er gwaethaf iddo addo. O bosib. Ond waeth beth oedd y cymhelliad, roedd o'n benderfyniad ymwybodol. Doedd o ddim yn symudiad arbennig o gall, a hithau i fod yn gyfrifol. Am y noson. Wel, am y babell. Am drefniadau'r noson yn y babell. Ond yn sydyn, doedd hi'n hidio'r un botwm corn am ddim byd oedd o'i blaen.

— *Tyd â diod oren arall i fi.*

Thalodd hi ddim. Doedden nhw erioed yn disgwyl iddi dalu? Hebddi hi, fydden nhw ddim yma: rhyw dafarn arall fyddai'n rhedeg y bar, a chyflogau'r hogia yn leinio pocedi rhywun arall. Yr un rhesymeg ddiddadl wrth godi'r botel fodca o'r crât yn y cefn. Pwy sylwai?

Rhoddwyd tro am y rhaff o gylch ei gwddf ynghynt yn y noson, pan welodd ei thad ar gyrion curiad y dawnswyr, yn siarad â Simon. Roedd eu pennau'n agos (oherwydd y sŵn, mae'n debyg) ond i Helen ymddangosai eu hosgo'n llechwraidd, eu sgwrs yn gynllwyngar. Safai ei thad â'i law ar gefn Simon; llaw cydymdeimlad ar asgwrn ei ysgwydd, fel llaw gweinidog ar alar un o'i braidd, a'r ddau yn ysgwyd eu pennau fel petaen nhw wedi colli hen ffrind. Pwy oedd wedi mynd? Pwy oedden nhw ill dau yn ei adnabod? Rhywun o'r *lodge*?

Ond bob tro y meddyliai am y *lodge* byddai surni yng

nghefn ei gwddf – ers y noson honno, saith neu wyth mlynedd ynghynt, pan ddaethai i ddeall fod ei thad wedi'i ethol yn arweinydd ar gangen seiri rhyddion y dref. Bu'n tynnu ei goes dros swper y noson honno. Tynnodd arno'n ddi-baid; heriodd a gwamalodd a thaflodd fwy na'i dirmyg arferol i'w gyfeiriad am gytuno i dderbyn y fath aruchel swydd.

— *Doro'r gora iddi*, meddai ei thad yn y diwedd a hithau'n llenwi'r gegin efo'i gwatwar, un goes trowsus wedi'i thorchi ac yn esgus ysgwyd llaw bys cam efo pobl ddychmygol ddeuai i gwrdd â hi o amgylch y bwrdd bwyd.

— *Nyj, nyj, winc, winc, isio ffafar?*

— *Helen*, rhybuddiol, gan ei mam.

— *Rol yp, lêdis, jengcyl men, isio leg yp ddy ladyr?*

— *Ddim dyna* . . . Mam eto.

Siaradodd drwyddi. — *Lêdis and jengcyl men*, yna oedodd yn ddramatig, fel petai'r peth newydd ei tharo, *O! Naci, ddim lêdis o gwbl, jest jengcyl men, be sy haru fi – hogia lancia i gyd – iawn, hogia? isio reffryns? isio job?*

Syllai ei thad yn amyneddgar arni, yn cymryd y pryfocio i gyd, wedi'u clywed nhw o'r blaen, bob un; a hynny'n ei chythruddo hi gymaint â dim, am na lwyddai ei hwyl hi i godi ei wrychyn y mymryn lleiaf. Pwysodd Helen yn ymbilgar dros y bwrdd tuag ato.

— *Sgynnoch chi job i fi, Mistar Mawr?*

Rhaid bod rhywbeth wedi rhoi y tu mewn iddo bryd hynny, achos gwthiodd ei gadair yn ei hôl yn ffwrbwt a chododd o'i sedd. Roedd Helen yn ymsythu'n hunanfodlon pan drywanwyd hi gan ei eiriau.

— *Sut wyt ti'n meddwl y cest ti'r job 'sgin ti?*

Ar fwriad neu beidio, cerddodd Simon a'i thad o ganol y bwrlwm i'w chyfeiriad ac o'i gweld, ei chydnabod.

— *Dy dad jest yn canmol yr holl* . . .

Trodd Simon ei law uwchben ei ysgwydd, fel hofrennydd, i gyfleu'r babell a'r sioe a'r sŵn. Nodiodd Helen.

— *Wnaethon ni'n iawn,* meddai ei phennaeth wrthi.

Ni? meddyliodd Helen.

— *Peth iawn peidio canslo,* meddai Simon wedyn, gan roi ei law ar ei braich a'i gwasgu wrth fynd heibio yn ei flaen i drwch y dorf.

Canslo?

Taflodd wyneb Helen y cwestiwn at ei thad, ond penderfynodd hwnnw ei hanwybyddu. Ar hynny, gwelodd rywun pwysicach dros ei hysgwydd a gadawodd dan eu cyfarch. Gwthiodd heibio iddi gan godi'i law. Heb ymylu ar gyffwrdd ynddi.

Safodd Helen yn ei hunfan, caeodd ei llygaid a gadawodd i'r gerddoriaeth ei llenwi. Fesul curiad, symudodd yn nes ac yn nes at y sŵn. Yn y diwedd fe'i cafodd ei hun yn eistedd gyda dau stiward ar ymyl y llwyfan, reit wrth ymyl un o'r amps. Roedd hi'n dawel yno. Tu mewn.

Canslo?

Canodd ei ffôn. Roedd arni eisiau ei anwybyddu. Roedd hi'n fodlon lle'r oedd hi, yn cuddio yn y cordiau, a'r alcohol yn ystumio ymylon cas y dydd. Ond gallai deimlo'r ffôn yn dirgrynu yn ei phoced. Yn swnian heb ddim sŵn. Bu'n rhaid iddi symud ymhell o'r llwyfan, bron at ddrws y babell, cyn medru clywed.

— *Helen? Gynnon ni broblem ar y perimedr, wrth yr hen siediau. Jest rhoi gwybod i chdi.*

187

Huw oedd yno. Newydd ddechrau'r shifft nos. Roedd o'n setlo'n ddigon del ond, a hithau'n rheolwr ar ddyletswydd, roedd hi'n dal i fynnu cael clywed ganddo am bob dim. Newydd ddal dau lefnyn wedi dringo dros y terfyn i mewn i dir y gwaith oedden nhw. Ddim yn hogia drwg, yn ôl pob golwg, dim ond direidus; wedi dringo'r ffens 'am hwyl'.

— *Fedri di ddim delio efo fo? Dw i yn y disgo.*

— *Fyswn i ddim wedi ffonio, ond wedi dŵad drosodd o'r gìg maen nhw.*

— *Felly?*

— *Wel, ella bysa'n well i chi gadw gwell golwg arnyn nhw'r ochr yna . . .*

Yr oen yn dysgu?

— *Me me*, meddai, yn ei sbeit.

— *Pardyn?*

Byddai'n rhaid iddi symud stiwardiaid rownd i'r cefn, rhag ofn i ragor gael yr un syniad. Byddai Simon yn siŵr o glywed. Yn siŵr o edliw ei fod o wedi rhag-weld hyn o'r cychwyn cyntaf . . . Sut yn y byd y cafodd hi ei thynnu i mewn i'r miri, beth bynnag?

— *Fedra i ddim coelio dy fod ti'n meddwl bod hyn yn ddigon pwysig i fy styrbio fi*, meddai'n biwis. *Seciwriti a Diogelwch, Huw. Mae 'na wahaniaeth. Wyt ti ddim yn cofio unrhyw beth ddysgist ti?*

Tawelwch. Roedd yn anodd iddi hithau ddal ati i fod yn goeglyd heb gael dim byd yn ôl.

— *Huw?*

— *Yr unig reswm dw i'n ffonio*, meddai llais gofalus ar ben arall y ffôn, *ydi ein bod ni ar fin eu lluchio nhw allan pan welson ni bod eu dillad nhw'n bowdwr melyn i gyd. Ddaethon nhw drosodd wrth yr hen gytiau sylffwr. Wedi bod ar eu penaglinia'n trio cuddiad rhagddon ni. Maen nhw'n sylffwr drostyn. Isio cyngor gen ti oeddwn i. Rhag ofn. Dw i ddim isio i'w mamau a'u tadau nhw siwio.*

Pam na fyddai o wedi dweud hynny o'r dechrau? Seciwriti a Diogelwch. Ffensys, na. Ond sylffwr ... Roedd hyn wedi digwydd o'r blaen. Cofiai'r hanes. Cofiai'r camau. Nid bod angen, ond ...

— *Gwna iddyn nhw stripio a mynd trwy'r gawod, a rho siwt bapur bob un iddyn nhw fynd adra. Mi ddysgai hynny iddyn nhw dresmasu. Deud y cân' nhw'u dillad 'nôl mewn deuddydd dri. Fedri di wneud hynny, Huw?*

— *Medraf, ond ...*

— *Jest sortia nhw. Mi wna i'r gwaith papur drostat ti fory.*

— *Ond ...*

— *Jest sortia fo. A logia fo. Ti fod i roi gwybod i'r heddlu, ond ti'm isio'u restio nhw, wyt ti?*

— *Nac'dw! Dan ni'n nabod un ohonyn nhw. Lembo gwirion.*

— *Iawn 'ta. Rhywbeth arall?*

— *Dw i ddim yn ...*

— *Grêt.*

Ac i ddiffodd ei ffôn, troellodd ar ei sawdl, codi'r teclyn o'i blaen a'i bwyntio at y tanc dŵr uchel oedd yn gwylio'r cyfan o'r tywyllwch y tu ôl i'r babell; diffodd ei ffôn fel petai hi'n diffodd rhaglen deledu ddiflas, neu'n tanio bom o bellter.

Ni all Helen adael nes bod y criw sain a goleuo wedi clirio'r llwyfan. Bu'n eu gwylio'n cael gwared ar y lampau, y ceblau, yr amps. Digon diddorol. Llawn mwy diddorol na'r sŵn a ddeuai o'r offer gynnau. Fe fwynhaodd hi edrych arnyn nhw'n datgysylltu'r cyfan a bu'n mwydro mân siarad, gan esgus ei bod hi'n deall mwy nag oedd hi. Criw neis, hogiau'r rig, rig, di-rig. Neisiach na bois y band. Ond bechgyn fengach oedd y rheiny. Pethau swnllyd. Tuchan gweiddi ar ei gilydd. A swigio diod o boteli. Hyll iawn. Hyll a swnllyd. Hynny'n bennaf. Jest swnllyd. Ddim hyd yn oed yn soniarus o swnllyd. Ddim yn agos at soniarus, er bod soniarus ynddo'i hun yn air digon diddorol i drio dod yn agos ato. Fel synhwyrus. A sylffwrus. Anhydrus.

— *Iawn?*

Wps. Welodd hi mohono'n cyrraedd. Bòs y bechgyn clirio. Cuddia'r botel.

— *Mae pob dim yn y fan.*

Wrth i Helen godi oddi ar ymyl y llwyfan, mae hi'n hanner sylwi mor drwm y mae hi'n gorfod gwthio'n erbyn ei llaw chwith. Trwm a chwith-ig. Yn ofalus iawn, mae'n ffurfio'r geiriau.

— *'Sgin i mond diolch* . . .

Blydi hel, mae hi'n swnio fatha'i thad. Geiriau Dad yn y capel: 'sgin i mond. Mond diolch. Mond deud. Cymaint o drugaredd. Dragwyddoldeb. Dad y blaenor, fu yn fan'ma cynt. Gyma i un mawr, medda fo. Wisgi. A faint di'ch oed chi, dudwch? Digon hen i fod yn yfed, hogia? Ara deg, ia? Washi. Wisgi. Peint arall, hogia? Ia, hogia. Pwyll.

— . . . *piau hi ffordd adra.*

Ond mae o wedi troi ei gefn arni a chodi'i law dros ysgwydd, a drysau mawr y fan yn cau, a llygaid gweld yn t'wyllwch fan fawr wen yn croesi'r cae a'r criw yn gadael dros y gorwel . . . 'sgin i mond.

Felly mae hithau'n codi a mynd; yn troi i gau'r drysau

mawr cynfas o'i hôl, gan wybod y daw'r gwyliwr nos i fwrw llygad dros y cyfan gyda hyn. Ac wrth droi ei chefn ar gefn y fan, fe glyw ei lais.

— Ti'n dŵad?

Diamynedd ydi o. Wedi bod yn llechu'n y cysgodion yn rhy hir yn disgwyl amdani. Roedd hi'n gwybod y byddai. Heb ofyn. Dim ond ambell gongl llygad ac roedd hi a fyntau'n deall ei gilydd i'r dim. Ers blynyddoedd. A neb arall yn sylwi yng nghanol y prysurdeb, y cyrff, y symud a'r sŵn.

Pan gyffyrddodd eu llygaid am y tro cyntaf heno, gwelai hyn i gyd o'i blaen ac, o'i rag-weld, aeth i sefyll o flaen un o'r bocsys bloeddio nes bod y bas yn ei boddi, y tonfeddi o'i grombil du yn ei chynhyrfu; safodd yno a bu'n ei wylio, o bell.

A bod yn deg, ddechreuodd hi ddim yfed go iawn tan ar ôl stop tap, ar ôl i bawb gyrraedd yno o'r tafarndai ar drywydd hanner awr arall o drwydded. Bu'n eu gwylio – yr yfwyr cyson – yn rowlio symud ar draws y cae tuag atynt; yn codi bawd gobeithiol ar yr hogiau wrth y drws i gael mynediad; yn sgowlio siarad, yn lol un munud, mudandod meddw y llall. Doedd hi'n poeni dim am deimlo'n fwy sobor na nhw; ddim yn meindio bod yn sobrach na nhw. Nid eu meddwdod a'i denai ond eu rhyddid: eu hawl i ymgolli.

Heb ddadansoddi dim ar oblygiadau ei phenderfyniad, mynnodd hithau'r un rhyddid iddi'i hun. Pa wahaniaeth wnâi un neu ddau? Sylwodd neb y tro diwethaf. Na'r tro cynt. Mae'n anodd iawn i neb brofi bod yna fodca yn eich oren chi, beth bynnag. Ar ôl dau neu dri, mi gerddodd hi reit i fyny at Dad a deud 'olreit?' a swigio'i diod o'i flaen a gadael. A theimlo'n reit sdiwpid ar ôl gwneud hynny, a dweud y gwir; am wneud peth mor fach yn beth mor sdiwpid o fawr.

— *Shit.*

Mae ganddi ddwy law chwith wrth drio cau y babell, rhyw system wirion efo rhaffau trwy dyllau. Ei bysedd yn baglu. Stryffaglu baglu. Faint mae hi wedi'i yfed?

— *Gad fi weld.*

Mae o'n stwffio'r rhaffau i'r tyllau a rhoi hergwd hegar i'r cynfas i wneud yn siŵr. Cau. Cynfas cau. A hithau'n gweld stwffio a thyllau yn uffernol o ddoniol ac yn dechrau ysgwyd i gyd wrth wasgu chwerthin o'i chrombil a phlygu'n simsan uwchben ei fferau. Plygu o'i chanol. Plygu'n is, o'i phengliniau. Fel 'tai hi'n mynd i chwydu.

— *Faint ti 'di'i yfad?*

Teimla ei law gadarn ar waelod ei chefn. Sytha hithau ar ei hunion, taflu ei gwallt yn ei ôl dros ei hysgwydd a gyrru gwe pry cop ei golygon tuag ato. Cliria ei gwddf a gwneud wyneb mor syber, mor ddifrifol, mor ddeniadol, rhywiol, chwantus ag sydd o fewn ei chyrraedd.

Mae hi'n wirioneddol falch o'i weld.

— *'Nest ti aros amdana i.*

— *Do. Tyd.*

— *Ti wastad yn aros.*

A gwthia ei hun yn nes ato; gwthio'i chorff yn ei erbyn nes ei fod yn cael ei yrru'n ei ôl i gysgod y babell, yn brwydro i sefyll ar ei draed wrth i'r ochr gynfas roi y tu ôl iddo. Mae o'n lled faglu wrth i'w droed fachu ar un o'r pegiau yn y ddaear, peg mawr mewn plât alwminiwm, a rhaid iddo gydio yn ei hysgwydd i'w sadio'i hun rhag syrthio.

— *Aros.*

— *'Misioaros.*

Pam mae hi'n slyrian rŵan? Pam ddim cynt? Ai ildio mae hi? Rhoi'r gorau i gwffio? Rhoi'r gorau i drio cogio bod yn sobor. Yn sobor o sobor. Dweud olreit; olreit feddwdod, barod ar dy gyfer di rŵan. Fel mae hi'n barod am hwn. Am hyn.

— *Tisio fi?*

Ei law ar ei hysgwydd yw'r unig beth sy'n ei chadw ar ei thraed.

— *Oes, Hels, dwisio chdi.*

Hen gêm. Jest nad ydi o'n swnio'n frwdfrydig iawn heno. Basdad. Blydi hel. Meddwl 'i bod hi'n mynd i'w rhoi ei hun i hwn jest fel'na. Am gêm. Blydi pwy mae o'n feddwl ydi o?

— *Isio fi?*

— *Oes. Tyd.*

Mae hi'n agor botymau ei chrys.

— *Faint tisio fi?*

Yn tynnu ei bronnau i'r golwg a'u gwynder yn bochio'n dynn dros ymyl ei fest gotwm. A fyntau'n sbio arni. Yn sbio arni'n rhwbio'i bys dros un o'i thethi. Yn llyfu ei gwefus yn awgrymog cyn rhwbio'r deth arall, a rhoi ei llaw yn fysedd felfed ar ei war.

— *Faint tisio fi?*

Ac achos nad ydi o'n deud dim byd, mae hi'n gwybod yr ateb. Isio hi lot fawr. Isio hi rŵan hyn.

Mae hi'n gafael yn ei law a'i chodi, rhoi blaen ei fys yn ei cheg, ei ddal yn dynn a'i sugno. Yna tywys ei fys a rhwbio'r gwlybaniaeth hyd un deth dywyll a honno'n gwasgu, gwasgu'n fotwm yn y gwyll. Symud yn nes ato wedyn a gwthio'i chluniau yn ei erbyn a'i deimlo'n galed dan ei drowsus ac am nawr, o deimlo hynny, bodloni. A chamu yn ei hôl. Mae hi'n camu i'r goleuni sy'n wawl oren-lwyd o oleuadau'r gwaith y tu ôl iddyn nhw. Yn camu i'r goleuni, â'i chefn at y tai cyngor gerllaw. Camu yn ei hôl, a'i bronnau yn dal i hongian o'i chrys. Ei brestiau. Ei thethi. Yn y golwg. Ar ei gyfer.

— *Ffycin hel, Helen,* meddai Bryn. *Watsia i rywun dy weld di.*

Fel 'tai ots ganddi.

Yn well byth, mae hi newydd gael syniad.

— *Tyd!*

Mae'n llygadu Bryn yn awgrymog wrth gau ei chrys. Gystal â dweud y bydden nhw allan eto cyn bo hir. Gystal â dweud: ti'n gwybod lle maen nhw. Tyd i chwilio amdanyn nhw. Lle bynnag.

Wrth blygu i godi ei bag, gwêl y botel eto. Ffwndra â'r caead sgriw a swigio llond tafod o'r gwirod cyn ei chynnig i Bryn.

— *Ti'n chwil.*

— *Ffyc off.*

— *Ti'n hongian!*

— *. . . malu cachu.*

Closia Bryn ati. — *Hogan ddrwg,* meddai'n dawel a llonydda'r ddau, wyneb yn wyneb.

— *Drwg?*

Llusga Bryn ei dafod drwy wawn hallt y chwys ar groen ei hysgwydd a chwythu ei ateb i'w chlust.

— *Drw . . . wwg.*

Mae anadl Helen yn fyr a thrwm.

— *Pa . . .* Ei law rhwng ei chluniau. Hi'n griddfan . . . *Pa mor ddrwg?*

Rhwng ei chluniau, yn ei chwilio.

Ei fysedd yn chwilio a'i lygaid yn ei herio.

— *Pa mor ddrwg ti isio bod?*

32

Pan fydd y ffôn yn canu ym mherfeddion y nos drymaidd hon, fe fydd yn canu a chanu am yn hir cyn i Helen ei glywed. Yn y diwedd fe fydd hi'n codi ar ei heistedd ar y gwely gwyn yn y llofft dywyll ac yn cofio drwy ei chur bod ei dillad i gyd ar lawr yn y gegin. Dyna lle bydd ffôn y gwaith yn canu; yno, yn ei phoced. Fe fydd hi'n dringo dros ei gorff llonydd, yn arogli ei chwys, a rhwng y chwys a'r cur sy'n powndio ar ei harlais, yn teimlo fel cyfogi.

Fydd o ddim yn cael dod yn ôl i'r fflat fel arfer. Ddim yn cael cynnig. Ond neithiwr ... Ac er mwyn peidio â meddwl am neithiwr, fe fydd hi'n ateb y ffôn. A deffro i hunllef.

Gyda dau air gan gydweithiwr, fe fydd nos yn troi'n fore, a chwsg meddw yn sobrwydd effro panig. Fe fydd hi'n cythru am ei dillad, yn chwilio am allweddi'r jîp, yn tyngu, tyngu'n dawel wrthi'i hun. Ddim tra bydda i yng ngofal ... Tyngu, tyngu'n dawel wrthi'i hun. Ac fe fydd yntau'n dal yno. Ddylai hi ei ddeffro? Ond bydd meddwl am ei wynebu yn ormod iddi. Yno. Yn ei gwely gwyn. Ar ei hyd.

Cyfaddawd fydd clepian drws y fflat o'i hôl yn swnllyd; yn soniarus o swnllyd, am y bydd Bryn yn dal yno ond y hi fan hyn, yr ochr hon i'r drws, yn y goleuni; yn rhyddhad gweld haul ar deils y lobi, golau haul ar deils du a gwyn diamwys y bore bach.

Fe fydd hi'n clepian y drws ffrynt wedyn hefyd. Nid ar fwriad, ond am y bydd yr haul mor ddychrynllyd o gryf am fore mor bryderus o gynnar nes bydd ei dwylo'n gollwng y bwlyn pres fel darn o haearn tawdd wrth gythru am ei sbectol dywyll. Haul y bore mor uffernol o gryf a'r aer yn y jîp yn stêl yn barod; ei stumog yn corddi a'i ffôn yn cychwyn eto. Yn nadu, cnadu canu.

Ac fel y bydd hi'n eistedd yno'n rhegi'n dawel wrthi'i hun, yn ceisio rhoi'r allwedd yn ei lle i danio'r injan, bydd rhywbeth yn dal ei llygaid – ci, ar groesi'r ffordd, yn oedi a sgyrnygu, yn codi ei wrychyn ar ddim byd. Yr eiliad nesaf, bydd adar dirifedi yn ffrwydro o'r cangau o'i chwmpas, fel cenlli yn codi, eu hofn yn gyrru ias drwy asgwrn cefn y coed.

Yna, dros y dref, clyw'r seiren: oernadau'r gwaith cemegol.

Yn ei galw.

Dydd Sul

33

5.00 a.m.

Roedd gwynt Helen yn ei dwrn wrth iddi frasgamu i swyddfa Simon. Ni ddywedodd y pennaeth air uwch sŵn y seiren ond cododd ei ben a chyfeirio â'i lygaid drwy'r ffenestr lydan rhyngddo a'r môr. Agorodd Helen ei cheg yn syfrdan. Yno, yn hongian yn yr awyr uwch y glannau, oedd y cwmwl mwyaf o nwy bromin a welodd erioed.

— *O, fy ngwlad . . .*

Symudai'r niwlen dywyll yn araf i gyfeiriad bae Porth Llechog. Ar y clogwyni'r ochr draw, yn ei union lwybr, roedd rhesi o dai; tai â'u llygaid mawrion at y môr, a'r rheiny, heddiw, led y pen yn eu braw. Fel pe na bai hynny'n ddigon o fygythiad, pe newidiai cyfeiriad yr awel a'i cariai, gallai'r cyfan droi am y dref – ac yn ei lwybr, wedyn, byddai degau o dai, siopau, pobl, plant.

— *Dydd Sul,* sibrydodd Helen mewn ofnadwyaeth. *Llai o bobl o gwmpas.*

— *Diolch byth.*

Idris, wrth ei hysgwydd.

— *Welsoch chi un fel hyn o'r blaen, Idris?*

— *Ddim yn symud ffordd acw, 'rioed.*

Gynifer o weithiau y bu Helen yn egluro – wrth staff newydd, ymwelwyr, criwiau chweched dosbarth, myfyrwyr profiad gwaith – egluro mai un o gryfderau'r safle hwn oedd cyfeiriad y gwynt yno; y prif wynt, y gwynt a anfonai bopeth allan i'r môr.

— *Ers faint mae o . . .*

Ond roedd cynifer o gwestiynau yn troi yn ei phen fel na allai benderfynu pa un i'w ofyn. Ers faint oedd y cwmwl wedi dechrau symud oddi ar y safle? (Er, efallai mai dyna'r un cwestiwn y gwyddai'r ateb iddo – ers i'r seiren fawr ddechrau canu – pan gyrhaeddodd hi'r jîp, funudau'n unig ynghynt.) Felly ers faint oedd o yn yr awyr? A beth ddigwyddodd? O ble y daethai yn y lle cyntaf? Sut y gollyngwyd cymaint o fromin i'r aer?

DECTEL Lòg Iechyd a Diogelwch
Adroddiad cychwynnol

4.04 a.m. (yn ôl yr allbrint) – golau rhybudd cyffredinol yn goleuo ar banel lefelau gwasgedd yr ystafell reoli. Yn union wedyn, dau olau (L4, L5) ar y panel bromin. Nid oedd Huw Saunders, y swyddog yng ngofal y broses bromin, yn yr ystafell reoli. Roedd ei helmed ar ei bachyn, ei offer anadlu ar ei ddesg. Dywedodd Ian (HBr), wrth Lyn (DBM) ac Oliver (Multi) ei fod yn mynd i chwilio amdano. Rhedodd o'r swyddfa. Heb wisgo'i offer diogelwch.

4.06 a.m. – y system yn tanio'r falfiau awtomatig i gau'r cyflenwadau. Roedd Lyn wrth ddrws y caban yn gwylio'r sgriniau cynnyrch yn cau i lawr. Tua 4.09 a.m. clywodd Lyn floedd gan Ian o'r twˆr bromin uwch ei ben. Rhedodd Lyn allan ond stopiodd cyn dechrau dringo'r grisiau. Casglodd a gwisgodd ei fasg a'i gogyls. Aeth i fyny ar ôl Ian.

4.10 a.m. – y larwm canfod nwy (Drager) yn canu ar y safle.

Stopiodd Helen ar ganol ysgrifennu. Sut oedd hyn wedi digwydd? Pam oedd dau o'r gweithwyr mwyaf profiadol oedd ganddi wedi gadael yr ystafell reoli heb eu hoffer diogelwch? Sut yn y byd oedd Ian wedi gadael y caban heb ei fasg ar ei wregys am ei ganol? A Lyn wedyn, bron â gwneud yr un camgymeriad yn union, a rhedeg i ganol y bromin heb amddiffyniad o gwbl? Ni allai ddirnad y peth.

Du a gwyn yw byd Helen. Petai pawb yn cadw at ei rheolau hi, fyddai yna ddim damwain na diffyg dealltwriaeth yn bod. Dim ond rheolaeth ar bopeth. Nefolaidd. Gwên ar wyneb; haul ar fryn. Ond petai hi am funud yn gallu ymbwyllo, gollwng ei ffydd mewn ffeithiau a gweld i mewn i'r manylion, a fyddai hi'n ymylu ar allu eu dychmygu nhw yno, neithiwr, yn llewys eu crysau yn yr ystafell reoli gyfyng, yn swrth ar ganol shifft nos; yn mwmian rhyfeddod at y tawelwch wedi'r disgo a'r gwres anghyffredin ar noson mor gyffredin o haf?

A welai hi Huw yno, yn rhwbio'i lygaid wrth i'r nos eu sychu, ei sylw'n crwydro oddi wrth y ffenestri bychan o wybodaeth ar y waliau, a'r graffiau tueddiadau ar sgrin ei gyfrifiadur? Beth wnaeth o, tybed? Mynd i sefyll yn nrws y caban rheoli i chwilio am awyr iach yn yr hanner golau, yn y cyfnod gogleisiol hwnnw rhwng ddoe a heddiw, a'r nos yn dal ei gafael ar y wawr?

Petai hi yno efo Huw, wrth waelod y tŵr, a fyddai Helen wedi clywed falf stêm yn hisian uwch ei phen wrth i'r system ei haddasu ei hun, fel petai'r tŵr wedi blino ar ei waith ac ochneidio? A fyddai rhannau o'r fframwaith yn cwyno wrth i fetel ehangu yn y gwres neu gyfangu yn nhymheredd is y plygain, a'r cyfan yn ystwyrian, yn troi drosodd a gwneud gwell nyth iddo'i hun yng ngwely'r nos?

Beth glywai hi petai hi yno? Cyn bo hir, byddai'r gwylanod cynnar yn codi o'u cilfachau ar y clogwyni, yn larwm boreol; ond, am nawr, byddai fel y bedd.

Roedd Idris yn llusgo'n ôl ac ymlaen o flaen desg Helen. O flaen ei hen ddesg o.

— *Unrhyw newyddion amdanyn nhw?*

— *Rhy fuan,* meddai wrthi.

Roedd o'n llusgo'n ôl a blaen yn ddi-stop ac roedd ar Helen eisiau gofyn iddo beidio. Roedd o'n codi cur pen arni. Neu roedd o'n gwneud i'r cur pen oedd ganddi cynt ddod yn ei ôl . . . ond roedd hi'n ofni, petai hi'n gofyn iddo roi'r gorau i gamu, y byddai o'n mynd oddi yno i rywle arall i lusgo. A byddai ar ei phen ei hun a'r seiren fel picell drwy ei phenglog. Yr eiliad hon, roedd hi'n falch o gael unrhyw un yn yr ystafell efo hi.

Crychodd talcen Idris.

— *Fydd Ian yn iawn, dw i'n meddwl. Y llall? Fetiwn i ddim ei weld o'n ôl.*

Pam y dringodd Huw'r twˆr? Dyna y bydd ar bawb eisiau ei wybod. A does a wˆyr. Ond â'r aer mor glòs, byddai ei frest yn gaeth erbyn iddo gyrraedd y llwyfan uchaf, gyferbyn â'r cyddwysydd gwydr mawr. Byddai'r croen dan ei geseiliau'n pigo a gwlith ymdrech ar ei wefus uchaf. Eto, byddai'r olygfa yn werth pob dafn o chwys.

Gwawr fetel. Rhwng nos a bore a'r môr yn llyn mercwri. Môr marw. Dim ond cyllell y cerrynt yn torri'r wyneb rhwng y penrhyn ac Ynys Amlwch.

A fyddai o, am eiliad, wedi taeru wrtho'i hun y gallai gerdded ar draws y dwˆr at yr ynys fechan yn y bae?

Beth wnaeth o wedyn? Cwffio am ei wynt? Anadlu'n ddwfn? Beth wedyn, Helen? Beth ddigwyddodd i'r bachgen dibrofiad y buost ti mor bigog efo fo oriau'n unig yn ôl?

Mor anodd oedd iddi ganolbwyntio yn sŵn y seiren.

— *Sbïwch ar hwn i mi, Idris. Ydi hwn yn iawn?*

... Pan gyrhaeddodd Lyn yr ail blatfform, roedd Ian yn dod i lawr i'w gyfeiriad yn llusgo Huw, a oedd yn anymwybodol. Roedd Ian yn cwffio am ei wynt. Gwthiodd Lyn Ian o'r neilltu a gweiddi arno i fynd ar unwaith i'r gawod wrth droed y grisiau. Yna cariodd (Lyn) Huw i lawr.

Wedi i Ian gyrraedd y gwaelod, rhedodd at gawod y sied ethylen a safodd Lyn dan y gawod wrth waelod y grisiau gan ddal Huw hefyd o dan y dŵr.

Eiliadau (sic) yn ddiweddarach, rhedodd Oliver o'r ystafell reoli yn gweiddi: "Mae yna rywbeth yn bod ar y falfiau, dydyn nhw ddim yn cau i lawr." Gadawodd Lyn gorff anymwybodol Huw yn y gawod a rhedodd i'r ystafell reoli. Roedd falfiau awtomatig 1-6 wedi cau. Roedd falf ager 7 wedi tripio ond nid oedd wedi cau yn llwyr. Aeth y ddau at ddrws y caban. Roedd colofn o ager a nwy yn dal i saethu i'r awyr uwchben.

Dyna'n union oedd wedi digwydd. Roedd Lyn ac Oliver wedi cadarnhau hynny. Yn union felly y digwyddodd pethau. Wedyn, roedden nhw wedi disgrifio sut roedd tri aelod arall o'r staff, yn eu siwtiau diogelwch, wedi cyrraedd o fewn munudau. Roedd un wedi mynd at Huw, un arall wedi gofalu am Ian, a'r llall wedi ... wel, doedd Helen ddim yn siŵr o hynny eto ... Ond roedd Oliver a Lyn wedi gwisgo'u siwtiau a dringo'r twr, beth bynnag, ac wedi llwyddo i gau'r falf oedd yn gwrthod cau ohoni'i hun. Roedd hynny wedi diffodd y stêm rhag iddo wthio popeth oedd ar ôl yn y cyddwysydd i'r awyr. Felly roedd hynny'n iawn. Wedyn roedden nhw wedi gallu anfon dŵr môr drwy'r system, a golchi gweddill y cemegion i'r tanc wrth gefn a chau popeth i lawr, am y tro.

— *Oes 'na rywbeth rydw i wedi'i anghofio, Idris?*

— *Ddim hyd y gwela i.*

— *Dw i'n dal ddim yn dallt be yn union ddigwyddodd.*

— *Rhy gynnar ydi hi,* meddai llais profiad. *Mi ddown ni i ddallt.*

Y cyfan wnaeth Huw oedd pesychu. A ddaw yr un ohonynt i wybod hynny.

Llanwodd ei ysgyfaint â hynny o aer ag y gallai ac yna, ar ei waethaf, pesychodd. Heb feddwl, pwysodd yn erbyn un o'r trawstiau oedd yn cynnal y cyddwysydd. Trodd yr haearn yn siwrwd dan ei ddwylo. Disgynnodd y fraich fetel. Tarodd yn erbyn ffenestr y llestr a chraciodd y gwydr o'r top i'r gwaelod.

Ddychmygi di byth mo hynny, Helen.

Ond meddylia am hyn: mae o'n gorwedd yn yr hanner gwyll a'r nwyon yn ffrydio i'w gyfeiriad. Fe ŵyr o, fel tithau, yn union beth sydd yn yr anwedd hwnnw . . .

Gweiddi, Helen? Ond wrth iddo lenwi ei ysgyfaint, ar yr un pryd yn union byddai'r bromin yn anweddu'n nwy. Meddylia. Rwyt ti'n gwybod y pethau hyn i gyd. Y bromin wedi'i oeri'n hylif gan ddŵr y môr, yn cyrraedd aer cynnes y nos ac yn llenwi ag egni newydd. Dychmyga, Helen, y gwenwyn, y bromin brown yn llenwi'r aer o'i amgylch. Beth fyddet ti'n ei wneud? Camgymeriad fyddai anadlu.

Dy gyhyrau'n cwyno, dy freichiau'n wan, adrenalin yn pwnio drwy dy wythiennau, dy galon ar garlam, a dim ocsigen i'w yrru o amgylch dy gorff. Beth wnaet ti? Meddylia! Gorwedd yno? A'r cwmwl yn cronni? Ar dy gefn, ar y preniau rhychiog, dy ddwylo dros dy geg, yn cipio, cipio aer prin i'th ysgyfaint . . .

Pryd, yng nghanol hyn i gyd, y dechreui di amau bod y cyfan yn anorfod?

Y cofi di fod bromin yn drymach nag aer?

I lawr y daw.

Galw ar rywun? Gallet. Ond beth, Helen? Ac ar bwy? Meddylia amdanat yng ngafael y panig hwnnw, y llosgi yn dy lygaid, y cosi sy'n boeth a brwnt yn d'ysgyfaint, a dychmyga (cym on, dychmyga!) dy fod ti'n gweld . . . o bopeth . . . gwylan!

Dacw hi.

Gwylan gynta'r bore yn hedfan yn rhydd a hynny'n dy ryddhau dithau, o'r diwedd, i grawcian.

— *Help!*

Dy lais yn hedfan i ganol y nwy.

Ti, larwm y bore.

Beth wedyn, Helen?

Mi ranna i gyfrinach efo ti. Yn fy nychymyg i, mae'r wylan yn crawcian hefyd. Ar yr un pryd yn union. Chlyw neb mohonot ti'n galw. Ofer dy holl ymdrechion.

Mae'r larwm wedi cipio, cipio dy lais.

Yn sydyn, stopiodd y seiren. Gwagiodd popeth o ben Helen cyn gyflymed ag y cyrhaeddodd, nes gadael dim ond y gofod cythryblus rhwng y llinellau du a gwyn ar y bwrdd o'i blaen. Clustfeiniodd: tawelwch yn fudur drwy'r safle. Yna, o fewn eiliadau, y ffôn. Nid y ffôn ar ei desg hi ond pob ffôn arall ar y llawr, pob un arall yn y lle.

Cododd a brysiodd mewn breuddwyd i lawr y coridor at ddrws swyddfa Simon. O'i hôl, dilynai Idris. Blydi ci bach. Safai'r pennaeth wrth y ffenestr yn gwylio'r prysurdeb ar yr iardiau oddi tano ac yn arthio i'r radio yn ei law. O gymharu â'r gweithgarwch islaw, teimlai'r swyddfeydd ar y lloriau uchaf yn wag iawn. Eto'n swnllyd. Y ffôn ar ddesg Simon yn canu, yn oleuadau coch i gyd, a'r ffonau yn swyddfa ei ysgrifenyddes yn baldorddi hefyd. Canu a chanu heb i neb eu hateb. Pam nad oedd neb yn ateb y ffôn?

— *Simon?*

Chwipiodd hwnnw rownd mor sydyn nes gwneud i Helen gamu yn ei hôl.

Beth? holai ei aeliau. Beth oedd arni ei eisiau? Ond roedd y ffonau yn dal i ganu. Canu a chanu. A'i phen yn troi. A Simon yn dal i siarad, yn dal i arthio siarad i'r radio yn ei law. Anelodd Helen am ei ddesg.

— *Ti isio i fi ateb?*

Ond roedd o'n ysgwyd ei ben. Yn gweiddi efo'i lygaid. Paid!

— *Riportars*, hisiodd. *Paid â deud dim byd.*

Ac efallai mai dyna pryd y sylweddolodd Helen ddifrifoldeb y sefyllfa roedd hi'n rhan ohoni; nad un o'r myrdd ymarferion oedd hwn; bod hyn yn llawer, llawer mwy na chwarae rhan mewn gêm.

Os oedd rhywun wedi'i anafu byddai'n rhaid rhoi gwybod i'r Gweithgor Iechyd a Diogelwch, archwilio'r safle, cynnal ymchwiliad. Byddai'n rhaid mynd drwy'r camau hynny i gyd cyn y caent ddechrau ar y gwaith atgyweirio. Byddai Asiantaeth yr Amgylchedd eisoes wedi agor achos. Erlyniad a ddilynai. Os oedd rhywun ar fai.

Trodd at Idris.

— *Fydd raid i ni gau, yn bydd?*

34

7.30 a.m.

DECTEL Lòg Iechyd a Diogelwch
Adroddiad cychwynnol

4.35 a.m. Yr ambiwlans cyntaf yn cyrraedd. Roedd . . .

Ni allai Helen ganolbwyntio.

— *Pwy gysylltodd efo Medi?*

Ni allai feddwl am waeth gorchwyl na gorfod ffonio gwraig Ian a'i deffro i ddweud wrthi bod ei gŵr ar ei ffordd i'r ysbyty, eu bod nhw wedi gorfod torri ei ddillad oddi ar ei gorff, ei fod yn cwffio am ei wynt, ei lygaid mewn perygl.

— *Simon,* meddai Idris. *Mae 'na rywun wedi mynd efo hi i Ysbyty Gwynedd.*

— *Be am Huw?*

— *Ffoniodd o fanno hefyd. Ond mae ei dad o'n ffarmio, tydi.*

Sut oedd hynny'n berthnasol? Rhythodd Helen arno.

— *Doedd o ddim yn y tŷ pan ffoniodd o gyntaf. Parlwr godro. Gorfod i'w wraig fynd i'r beudy i'w nôl o i ddŵad at y ffôn.*

Edrychodd Idris tuag ati; roedd hi i fod i ddarllen rhywbeth yn ei lygaid. Be?

— *'Run oed â Ioland ni ydi o.* Sŵn ei lais yn simsan. *Ei fywyd i gyd o'i flaen o . . .*

Beth bynnag oedd yr ymateb roedd o'n chwilio amdano, osgoi ymateb o gwbl oedd ei greddf hi.

— *Idris . . .*

Chwiliodd drwy wardrob liwgar ei hymatebion am yr

hangar oedd yn dal y peth mwyaf addas i'w ddweud. Nid oedd cydymdeimlad yn faes cyfforddus iddi. Chwiliodd i ganol dillad gorau ei geiriau a daeth o hyd i rywbeth a swniai'n od o debyg i lais dydd Sul ei thad.

— . . . raid i ni beidio â mynd i gwrdd â gofid.

— Anodd peidio, myn uffar i!

Ymdrech i'w reoli ei hun oedd yn ei ddiffyg rheolaeth ac yn hynny, i Helen, adleisiai yntau lais ei thad. Sut byddai hwnnw wedi ymateb yn yr un sefyllfa, tybed – petai ganddo fab yr un oed â Huw, a Huw ar drengi? Doedden nhw ddim ymhell o'r un oedran, Idris a'i thad. Doedd hi ddim yn arbennig o hoff o'r un o'r ddau, eto, rywsut roedd hi'n eu deall. Neu'n meddwl ei bod hi.

— Ella y bydd o'n iawn.

Gwrandawodd Helen arni'i hun mewn syndod. Wrth gwrs na fyddai Huw yn iawn. Gydag unrhyw lwc, byddai eisoes ar ei ffordd i uned losgiadau. Hyd yn oed gyda'r lwc mwyaf o'i blaid, fyddai yna fawr ddim y gallent ei wneud yn y fan honno i'w achub. Byddai'r bromin wedi llosgi ei groen a'i godi'n swigod mawr llidus, a'r nwy wedi bwyta drwy feinweoedd brau ei ysgyfaint nes bygwth y peiriant anadlu bregus oedd ganddo dan ei fron, heb fod ymhell o'i galon . . . oedd yn perthyn i hogan o'r enw Jade oedd yn dŵad o . . .

— Gynno fo gariad, meddai, wrthi'i hun yn gymaint ag wrth Idris. Mi ddylai Jade gael gwybod cyn gynted â phosib, achos fyddai yna fawr o amser cyn . . . Ddylian ni drio cysylltu efo hi. Mae hi'n byw ochrau . . .

Pam oedd hi mor daer am gysylltu efo'r cariad yma? Oedd o yn y gweithdrefnau? Yn rhan o'r gwaith?

— Roedd o'n siarad amdani hi drwy'r amser, meddai'n gloff. Sôn am brynu tŷ.

Sôn am fynd ar wyliau, sôn am symud i Sir Fôn . . . Ond fe fyddai rhywun o'r teulu yn bownd o gysylltu efo hi. Oni fydden nhw? Pam oedd hi'n teimlo bod hynny'n rheidrwydd arni hi?

Yn llygad ei meddwl, gwelai gorff Huw yn sach ddifywyd dan ddŵr oer y gawod ar iard y gwaith. Yr un pryd, siâp disymud Bryn yn ei gwely gwyn.

Braf ar Huw. Braf bod gynno fo gariad. Mi fyddai'n braf meddwl y byddai ganddi hithau rywun arbennig, rhywun fyddai yno petai angen ffonio i roi gwybod am rywbeth oedd wedi digwydd iddi hi. Rhywun heblaw Mam a Dad. Rhywun yr oedd hi'n gallu sôn yn falch amdano yn y gwaith. Am brynu tŷ. Am setlo i lawr.

Ond nid Bryn oedd hwnnw. Er eu bod nhw'n nabod ei gilydd cystal â gŵr a gwraig ar ôl yr holl flynyddoedd – yn well nag ambell bâr priod, o bosib – doedd o a hi ddim pellach yn eu perthynas nag oedden nhw ugain mlynedd yn ôl. Ac efallai y byddai'n rhaid iddi ddysgu gweld y cadarnhaol yn hynny, achos doedd o ddim yn ddigon da yn y pen draw, Bryn; ddim yn un y byddai hi isio mynd ar wyliau efo fo, na sôn am setlo, na phriodi. Dim plant.

Felly efallai y dylai hi jest peidio â meddwl gormod am y peth a diolch am yr hyn roedd hi'n ei gael. Pan oedd arni ei angen.

Mwy o ddyfodol nag oedd o flaen Huw a'i gariad.

Ochneidiodd Helen. Nawr bod y seiren wedi'i diffodd, roedd yr adrenalin yn dechrau ei gadael a doedd hi ddim wedi cael digon o gwsg. Roedd ei llygaid yn cwyno hefyd am na chawsant eu golchi'n iawn, er iddi rwbio'r masgara du i ffwrdd yn y jîp. Fwy nag unwaith yn ystod yr oriau diwethaf roedd hi wedi cwestiynu ei chyflwr – oedd hi'n ddigon sobor i fod wrth ei gwaith? Roedd hi'n bendant yn teimlo'n sobor. Fel sant. A gwnaethai ei gwaith fel peiriant. O leiaf fedar neb glywed oglau fodca ar eich anadl. A doedd y peth ddim fel petai o wedi croesi meddwl unrhyw un arall chwaith, er gwell neu er gwaeth, felly brwydrodd yn ei blaen. Ond nawr roedd arni eisiau bwyd. Yr hen gyfog gwag o archwaeth sy'n cydio yn ei chylla ar ôl noson fawr.

Rhaid bod y panig yn dechrau peidio. Achos roedd ei meddwl wedi dechrau crwydro.

At un peth.

Siocled.

Cerddodd at y peiriant bwyd a'i phen yn gybolfa o fanylion annelwig. Gwyddai fod cais mewn llaw ar gyfer trin fframwaith y cyddwysydd ers dros dri mis; yr un mor bendant gwyddai iddo gael ei ohirio ddwywaith dan y drefn gynnal a chadw. Ddim yn flaenoriaeth. Am y byddai'n golygu cau'r systemau am o leiaf dair wythnos, ac nad oedd hynny'n gwneud synnwyr economaidd, ar y pryd. Doedd cyflwr y fframwaith ddim yn ddigon drwg i fod yn flaenoriaeth lefel 1: angen sylw rŵan hyn. Gwyddai, heb edrych, mai argymhelliad lefel 3: adeg cau'r gwaith nesaf, fyddai'n edliw arni yn y ffeiliau.

Eto roedd rhywbeth wedi achosi i'r cyfan chwalu. Y gwres? Oedd y gwres anghyffredin wedi achosi diffyg yn y metel? Gorboethi? Y ffaith eu bod nhw'n gyrru'r gwaith fel pethau gwallgof ers pythefnos heb lacio dim? Ac wedyn, dyna Huw. Pam oedd o i fyny yno ar ei ben ei hun? Oedd o wedi gwneud rhywbeth? Ar fwriad?

— *Helen?*

Neidiodd.

Roedd brychni haul Mervyn yn fwy amlwg nag arfer ar welwder ei wedd.

— *Ffonia dy fam,* meddai.

Ei mam?

— *Pam?*

— *Am ei bod hi'n poeni amdanat ti. Mae hi 'di bod yn trio dy ffonio di drwy'r bore.*

— *Be wyt ti'n feddwl trio?*

— *Ti'm yn ateb,* eglurodd Mervyn. *Mae hi 'di trio'r fflat. Ffôn gwaith. Ffôn lôn. Ti'm yn ateb yr un.*

Roedd hi wedi bod yn ffonio'r fflat?

Shit.

— *Ond dw i'n iawn.* Trodd Helen at y peiriant bwyd a mynd i'w phoced. *'Sgin i ddim pres, Mervyn. Ga i fenthyg gen ti?*

— *Deuda hynny wrth dy fam, nei di?* Ysgydwodd ei ben. *'Sgin i ddim newid.*

Ar y silff waelod roedd bar siocled yn hanner pwyso dros y dibyn, fel petai rhywun wedi ceisio'i brynu a hwnnw wedi mynd yn sownd. Rhoddodd Helen ei hysgwydd at y gwydr a siglo'r peiriant.

— *Mae o'n rhy isel,* meddai Mervyn. *Symudi di byth mohono fo.*

Gafaelodd Helen bob ochr i'r peiriant a pharatoi i'w ysgwyd. Edrychodd dros ei hysgwydd ar Mervyn.

— *Pam wyt ti i mewn?*

— *Llnau.*

Bu criw yn archwilio'r safle, yn tywallt llwch soda i lawr y traeniau a chwilio'r corneli llonydd rhag ofn bod bromin wedi llifo'n hylif, yn byllau fyddai'n bwyta drwy'r concrit. Ond rhwng y bore cynnes a nerth y stêm, anweddodd bron y cyfan o'r bromin i'r aer. Wedi iddo symud uwchben y môr, dechreuodd oeri. Dros gyfnod o tua thri chwarter awr, er mawr ryddhad i bawb, suddodd yn raddol i'r dŵr.

— *Yn ôl lle daeth o*, diolchodd Mervyn.

Ond nid heb adael ei ôl.

Gwthiodd Helen y peiriant bwyd drosodd i un ochr a gwyliodd Mervyn hi, heb gynnig helpu.

— *Glywist ti rywbeth am Ian?* gofynnodd iddi.

— *Ddim eto. Sbia. Mae o bron iawn â dŵad.* Rhoddodd hergwd arall i'r cwpwrdd trymlwythog. *Doro sgŵd iddo fo, Mervyn.*

Rhwng y ddau, Helen yn gwthio o'r ochr a Mervyn yn tynnu'r peiriant yn ei flaen oddi wrth y wal, nid oedd gan y siocled fawr o ddewis ond syrthio.

— *Briliant!*

Cyrcydodd Helen, a'i llaw ar unwaith yn cythru am grombil y drôr. Ymbalfalodd am sglein y papur lapio.

— *Feddylish i fod yna fwy'n mynd i ddisgyn yr un pryd!* Gwenodd yn fuddugoliaethus. *Tisio pishyn?*

Ond roedd Mervyn yn ymbellhau, yn troi'n ôl am waelod y grisiau. Pan oedd blaen ei droed ar y gris cyntaf, oedodd.

— *Welish i chi neithiwr*, meddai'n dawel.

Pliciodd Helen un gornel y papur sgleiniog oddi ar yr arogl melys oedd yn codi o'i llaw. Canolbwyntiodd ar y sŵn. Disgwyliodd i'r siffrwd metelig lyncu ei eiriau.

— *O'n i'n meddwl eich bod chi'ch dau wedi hen ddarfod*, meddai wedyn.

A'i lais yn swnio'n hen.

— *Oeddet ti allan yn hwyr*, meddai Helen mor ddigyffro ag y gallai, gan sugno cornel y siocled oedd yn dechrau toddi yn ei dwrn tyn.

— *Methu cysgu.*

Ar hynny, roedd ar Helen eisiau cysgu, mwy nag erioed o'r blaen. Llifodd cyffro'r oriau diwethaf drosti fel ton, ac wrth feddwl am holl ddigwyddiadau'r noson cynt a'r bore teimlai fel gorwedd ar lawr ar y teils llwyd a chau ei llygaid. Llithrodd ei chefn i lawr y wal frics a gwingodd wrth i garreg fachu yn ei phalfais.

— *Welish i mohonat ti,* cyfaddefodd.

— *Dw i'n gwybod.*

A gadawodd y ddau i oblygiadau hynny setlo'n stêl rhyngddynt.

— *Ddylet ti ddim mynd â fo i'r gweithdy,* rhybuddiodd Mervyn.

Suddodd calon Helen i'r llawr. Roedd yna sôn am ddwyn, ers talwm. Clywsai hithau'r sibrydion.

— *Wyddost ti ddim be welith o yno,* meddai Mervyn wedyn.

Gwybod yn iawn be welodd o neithiwr, meddyliodd hithau.

— *Neith o ddim byd,* protestiodd.

Eto, eisoes, roedd lliw gwahanol ar y lluniau welai Helen yn ei ffeil atgofion. Lle'r oedd sylw Bryn pan oedd hi'n pwyso neithiwr ar y fainc i dynnu ei hesgidiau? Lle'r oedd o'n sbio a hithau'n dadwisgo yn yr arogleuon farnais ffres o'i flaen? Fe dynnodd hi ei jîns wedyn a'u chwifio uwch ei phen cyn eu lluchio'n ddi-hid y tu ôl iddo. Gwaetha'r modd, fe ddisgynnon nhw ar gaead rhyw arch ac fe fu'n rhaid iddi fynd draw i'w symud. Fe symudodd hi'r jîns a'u plygu, a gwneud sioe o blygu drosodd wrth eu rhoi ar lawr. Dim cerpyn amdani. Plygu wedi'u plygu, a'u gosod yn barchus wrth droed y trestl pren a gynhaliai un pen i'r arch.

— *Mul mae Dad yn galw hwn.*

— *Ti isio ysgwyd fy mul i?* meddai Bryn, gan afael yn ei llaw a'i gosod ar ei gwd.

Dyna pryd y gwelodd hi'r tun creosot, wrth droed y trestl, ac arogli'r hen arogl haf hwnnw – yr oglau dan gaead tun creosot – yn goglais ei ffroenau, fel hen gof am arogl darn o dost rhy ddu a haen o driog, a chododd yn fwrlwm i gyd i ddweud hynny wrtho. Ond cyn dweud yr un gair, cyn i'r gwaed gyrraedd yn ôl i'w phen chwil, fe wyddai hi na fyddai ganddo arlliw o ddiddordeb; na fyddai wahaniaeth ganddo am ddoe. Dim ond heddiw, heno, fyddai o bwys iddo. Heno. Yma. Rŵan hyn. A hithau wastad wedi meddwl mai dyna lle'r oedd ei feddwl pan oedd o efo hi. Yma rŵan. Rŵan hyn.

Ond lle'r oedd ei feddwl neithiwr pan oedden nhw'n caru? Lle'r oedd ei lygaid pan oedd ei llygaid hi ar gau? Pan oedd hi'n ymgolli, yn ymroi, beth oedd o'n ei ddeisyfu? Pan oedd hi'n rhaffu ei hawgrymiadau yn ei glust; yn sugno ei syniadau? A phan agorodd hi ddrws cefn yr hers a'i dynnu i mewn o'i hôl?

Crafodd un o draed Mervyn wrth iddo ddringo'r grisiau; ei gamau trymion yn llusgo'i bryderon yn nes at olau dydd.

Wnâi Bryn ddim byd, wnâi o? Yn ei blinder, gwibiai meddwl Helen rhwng ddoe a heddiw, neithiwr, rŵan, heb ddal gafael ar yr un ohonynt yn iawn.

— *Neith o ddim byd.*

Oedd ei geiriau'n argyhoeddi?

Ac ar bwy yr oedd hi'n ceisio dwyn perswâd?

— *Wnaeth o erioed ddim byd, naddo?* meddai Mervyn. *Dyna 'di'r drwg.*

Ni chododd Helen ei llygaid i'w gydnabod, a'r eiliad

honno teimlodd Mervyn dristwch mawr wrth edrych arni. O'r man lle safai, diflannodd ei chorff. Y cyfan oedd ar ôl oedd cwlwm oferôl coch, lle cuddiai coesau a breichiau yn blygiadau blinedig, yn flodyn gwywedig.

Meddyliodd am y gwelyau rhosod yn ei ardd; rhosod â'u petalau melfed yn dioddef ers dyddiau o ddiffyg dŵr, a gwelodd, yn ei llun ar y llawr oer, gipolwg ar yr hydref. Yr hydref a ddeuai'n gynt a chynt y dyddiau hyn.

Mwcog oedd hi. Wedi syrthio ar lawr. Rhywun wedi rhoi ei droed arno a'i wasgu. Ar lawr dan draed. Yn rhwyg.

— *Ffonia dy fam.*

Nid edrychodd Helen arno nac ymateb. Roedd hi'n edrych ar ei dwrn. Roedd rhywbeth wedi gadael staen brown ar gledr ei llaw ac fe'i cododd at ei thrwyn a'i arogli. Jest rhag ofn.

35

10.30 a.m.

— *Gerddais i*, atebodd Carol, wrth i Luc frasgamu i lawr y grisiau carreg tuag ati yng ngardd Caswallon.

— *Ffoniais i ti.*

— *Dw i'n gwybod.*

Weithiau doedd arni ddim eisiau cael ei ffeindio.

Eistedd ar y teras yr oedd hi, yn gwylio'r dref islaw, a safodd Luc wrth ei hymyl gan ddilyn trywydd ei llygaid. Daliai goleuadau cerbydau argyfwng i fflachio'n las yr ochr draw i'r porthladd ac roedd prysurdeb anghyffredin ar y môr y tu hwnt i'r trwyn. Dau fad achub, ac o leiaf dri chwch oren arall. Uwchben, yn wenynen biwis, roedd hofrennydd yn dal i gadw golwg ar y cyfan.

— *Mae dy fwthyn di reit wrth ymyl. O'n i isio gwneud yn siŵr dy fod ti'n iawn . . .*

— *Gysgais i drwy'r cwbl*, cyfaddefodd Carol. *Pan godais i a mynd i'r siop i nôl papur, roedd y gwaethaf drosodd.*

Synnodd Luc o glywed hynny.

— *Roedd pethau'n reit flêr ar y dechrau*, meddai wrthi. *Pan ddeffrais i . . .*

Stopiodd ar ganol ei frawddeg.

Lle? meddyliodd Carol. Lle deffraist ti?

— *. . . Chlywaist ti ddim mo'r seiren?* holodd Luc yn anghrediniol. *Gysgist ti trwy'r cwbwl i gyd?*

Meddyliodd Carol. Ac er mwyn esbonio, meddai:

— *Unwaith, ar gwrs cerddorfa, adeg y gofrestr amser gwely, fuo'n rhaid iddyn nhw gael dyn seciwriti i ddatgloi fy stafell i. Fuon nhw'n cnocio a gweiddi am hydoedd i wneud yn siŵr mod i'n iawn.*

— *Oeddet ti yno?*

— *O'n i'n cysgu.*

— *Chlywist ti mohonyn nhw?*

— *O'n i'n cysgu. Yn sownd.*

— *Wedi blino oeddet ti?*

Ddim yn union.

Syllodd Luc arni.

— *Mae'n rhaid dy fod ti wedi ymlâdd i gysgu trwy'r seiren y bore 'ma.*

Crychodd ei hysgwyddau. Ddim mewn gwirionedd.

Gwyliai Carol y fflachiadau oren a glas ar y penrhyn pell, fel petai'r haul yn digwydd sgleinio ar drysor. Wrth gerdded yma roedd hi'n ymwybodol o adael sŵn argyfwng o'i hôl. Ar gerrig cynnes y teras, roedd hi'n anodd credu i ddim drwg ddod i ddrysu'r bore. Cyn i Luc gyrraedd, bu'n eistedd yno'n fodlon am yn hir.

Roedd o'n dal i edrych arni. Arni ac o'i chwmpas.

Gwelodd ei bag.

— *Fuest ti'n tynnu lluniau?*

— *Ddim bore 'ma.*

— *Wyt ti'n bwriadu?*

— *Ella wedyn, ga i weld.*

Ond doedd hi ddim yn fore i baentio lluniau; rhy braf, rhy heulog. Gormod o haf.

— *Mae 'na olygfa werth chweil o fan'ma.*

— *Oes.*

— *Fysa'n llun da.*

— *Bysa.*

Heblaw nad oedd hi'n paentio tirluniau. Gormod yn digwydd. Gormod o elfennau direolaeth.

— *Braidd rhy eang ydi o, 'de?* meddai Luc, gan agor ei

freichiau'n llydan i bwysleisio ehangder y dirwedd o'u blaenau. *Anodd ei ddal ar un darn o gynfas.*

A chytunodd Carol; bron yn siomedig fod ei eiriau mor wir.

— *Fysa'n hwyl trio, bysa?* meddai Luc.

— *Dw i ddim yn siŵr.*

— *Fysat ti'n dda iawn.*

— *Ti'n meddwl?*

— *Ydw. Dal y darlun mawr.*

Roedd o'n trio'n galed, ond Sera oedd honno . . . Eto, roedd o'n trio.

— *Mae paentio tirlun wastad yn teimlo'n beth rhy gyhoeddus i fi,* cychwynnodd Carol, fel petai ymollwng i sgwrs yn ymdrech iddi. *Pawb yn trio nabod y lle. Pasio barn.*

— *Fyddi di'n paentio pobol weithiau?*

Chwarddodd Carol yn uchel.

— *Cwestiwn gwirion!*

Ond daliodd Luc ati, yn ddigon difrifol.

— *Dw i'n siŵr y bysat ti'n dda iawn am wneud hynny hefyd. Lluniau manwl. Lliwiau croen. Lot o gymeriad.*

Hyn i gyd ar sail un llun o flodau meirwon monocrom?

— *Luc, does gen ti ddim syniad!*

Cododd ei ddwylo i ildio ond daliodd i dynnu arni.

— *Gei di bractis paentio fy llun i, os wyt ti isio.*

Daliodd ei ben ar osgo, rhoddodd ei law dan ei ên a throi ei lygaid i syllu i bellafion rhyw fyd artistig, hiraethus yng nghyffiniau Iwerddon.

— *Fel hyn?*

Ni allai Carol beidio ag edrych arno. Yna edrychodd arno o ddifrif, fel petai hi'n ystyried tynnu ei lun go iawn. A'r hyn a'i trawodd eto oedd y cysgodion duon dan ei lygaid, lle'r oedd yr haul yn ei sbeitio. Fel petai haul y bore yn edliw iddo golli noson o gwsg. Efo pwy?

— *Welish waeth,* meddai'n swta. *Ond ddim llawer.*

Fel crafu llafn cyllell ar hyd cynfas llawn paent.

Tynnu'r wên oddi ar ei wyneb.

Ond yn ei wyneb gwag, yn y diffyg dealltwriaeth, gwelodd Carol yr hen Luc ers talwm, y Luc diniwed oedd yn methu deall ac yn torri'i galon, ac ar unwaith teimlodd yn euog am ei hymateb. Pa hawl oedd ganddi hi i edliw iddo'i nosweithiau? Roedd o'n rhydd. Fe ddylai hithau fod y tu hwnt i genfigen. Synnai ati'i hun.

Hi ddylai wneud yr ymdrech nawr. Chwyrlïodd ei meddwl wrth geisio newid y palet. Newid y pwnc. O'i blaen, yr olygfa, y tu cefn iddynt . . .

— *Fuest ti yn y tŷ?* gofynnodd iddo.

— *Naddo.*

Ag un droed yn y drws, ceisiodd Carol ei dynnu'n ôl ati.

— *Na. Na finna. Ond dyna pam y dois i. O'n i'n mynd i ddarfod prisio. Gorffen y pethau erbyn fory . . .* Arafodd, ond daliodd ei lygaid a mynnodd fynd yn ei blaen. *Ond, yn gyntaf, mi ddois i'r ardd.*

Am funud roedd hi'n ornest rhyngddyn nhw. Pwy fyddai'n symud ei lygaid gyntaf? Mi agorais y drws, meddyliodd Carol. Mi agorais y drws, dy dro di rŵan. Ti oedd isio i mi ddŵad i'r ardd ddoe.

Ac arhosodd.

— *Coffi?*

Plygodd Luc a thynnu sach ddringo fechan oddi ar ei ysgwydd. Gwnaeth sioe o dywallt coffi du o'r fflasg i'r unig gwpan oedd ganddo.

— *Dynes y gwesty'n mynnu gwneud fflasg i fi bob bore; dw i wedi egluro bod dim rhaid iddi, bod 'na bobl yn gwneud bwyd i ni ar hyd y dydd, ond mae hi'n mynnu.* Cynigiodd y cwpan iddi. *Mae hi'n deud* – a dynwaredodd – *'Mi cadwith chi'n gynnas ar yr hen fynydd hyll 'na.'*

— *Tydi o ddim yn hyll*, mynnodd Carol.

— *Tydi o ddim yn oer chwaith; wel, doedd o ddim ben bore 'ma . . .*

Sipiodd Carol y coffi.

Coffi dynes y gwesty.

— *Ydi o'n iawn?*

— *Coffi da.*

— *Toes 'na ddim siwgwr ynddo fo. Ond mae'n siŵr bod 'na beth yn y tŷ os wyt ti isio. Toes 'na ddim llawer o bethau ar ôl yn y gegin ond dw i'n siŵr bod 'na siwgwr . . . neu mae 'na finag . . . a mae 'na grefi browning . . .*

Anadlodd Carol ei rhyddhad i'r cwpan gyda'i gwên.

— *Mae o'n iawn fel mae o.*

A nawr bod yna'r mymryn lleiaf o feirioli rhyngddynt, y mymryn lleiaf o ddadmer yn ei llais, mae o'n mentro edrych y tu hwnt iddi at y garreg: y gofeb garreg fu'n rhannu'r un teras â nhw yr holl amser yn yr haul.

Safai'r ddau y naill ochr i'r garreg wenithfaen hardd. Deuai'r golofn at ganol Carol, tua thair troedfedd oddi wrth y llawr, ac ar ei phen roedd bwrdd carreg fymryn yn lletach a hwnnw ar osgo. Bron fel bwrdd adar, neu'n debycach efallai i gloc haul, ond nid cloc haul mohono chwaith. Ar y bwrdd carreg roedd plât pres wedi'i gerfio'n hardd, gyda saethau o wahanol hydoedd i wahanol gyfeiriadau'r cwmpawd ac enwau wedi'u torri wrth bob saeth.

— *Dyma oeddet ti isio'i ddangos ddoe?*

— *O'n i'n meddwl bysa hi'n haws deud yr hanes wedyn . . . ella.*

— *Dechrau o'r diwedd?*

— *Mewn ffordd.*

Cyn i Luc gyrraedd bu Carol yn archwilio'r garreg. Ben bore, â'i bys yn dilyn y llythrennu cain ar hyd y plât, roedd enw Kathy yn oer. Erbyn hyn, bu haul ar y blynyddoedd prin rhwng ei geni a'i marwolaeth.

— *Seren wynt,* meddai Luc.

Ni welodd Carol un erioed o'r blaen. Esboniodd yntau nad ar garreg fel hyn y byddai disgwyl ei gweld mewn gwirionedd, ond y caent eu defnyddio i ddangos cyfeiriadau'r gwyntoedd i gapteiniaid llongau ar hen fapiau, ers talwm.

— *Mae 'na un enwog ar ochr twr yn Athen. Dwy fil o flynyddoedd oed. Es i yno i'w weld o . . . chydig yn ôl.*

— *Ond pam seren wynt?*

— *Dyna oedd Kathy isio,* gwenodd Luc. *Doedd hi ddim isio carreg yn y fynwent.*

Oddi tanynt yn y dyffryn, roedd yr hen eglwys a'i thŵr yn wyn llachar, newydd ei drin. Wrth gwrs, sylweddolodd Carol. Dyna lle y'i claddwyd. Yn y fynwent lle bu hi'n ymgolli yn ei phaent.

— *Pam na fysat ti wedi sôn neithiwr?*

Oedd hi wir yn disgwyl iddo ateb?

Ceisiodd Carol feddwl lle byddai'r bedd, lle'r oedden nhw'n claddu yno ugain mlynedd ynghynt, a gwyddai y byddai tua chefn yr eglwys, ar ochr y môr, lle'r oedd y beddi'n dilyn ongl y llethr. Ar y llethr ar ochr arall y dyffryn bas, lle'r oedd y tir yn ymgrymu'r mymryn lleiaf i gwfwr goledd mwy y mynydd yr ochr hon. Dyna lle y byddai. Ac aeth hi ddim cyn belled â hynny ddoe. Arhosodd yn sicrwydd y gorffennol pell, wrth y porth gyda'r cen a'r cerrig.

— *Roedd hi wedi gwirioni efo'r syniad y bysa 'na rywbeth ymarferol i gofio amdani,* meddai Luc. *Gwyddonydd,* gwenodd wedyn, bron fel petai'n ei hesgusodi.

Yna oedodd.

Disgwyliodd Carol.

Wedi gwrthod ei gyfle iddo ddoe, y peth lleiaf y gallai hi ei wneud heddiw oedd rhoi'r cyfle iddo adrodd hanes Kathy yn iawn, yn ei amser ei hun. Anadlodd Luc yn ddwfn a llonyddu, a sylwodd hithau arno'n cydio'n dynnach yn y garreg dan ei law, fel petai'n casglu ei nerth cyn siarad. Cododd ei ben.

— *Dw i isio esbonio am Helen.*

Helen? Roedd Carol eisoes wedi cau'r drws ar honno.

— *Os mai efo hi oeddet ti neithiwr, dydi o'n ddim o 'musnes i,* meddai'n benderfynol.

— *Dim dyna . . .*

— *Dw i ddim isio gwybod am Helen,* pwysleisiodd Carol. *Dw i'n dallt Helen yn iawn, ond Kathy . . . Mae gen i isio gwybod amdani hi. Am Kathy . . . gen ti.*

Pam ychwanegodd hi hynny, tybed? Am nad oedd hi'n siŵr a gawsai hi'r hanes yn iawn gan unrhyw un arall? Am fod arni angen clywed yr hanes gan Luc ei hun? Ac am fod hwnnw eisoes yn hen hanes, a fyddai hi'n haws, fymryn bach yn haws, ei glywed?

Ond er ei bod hi'n meddwl yn siŵr ei bod hi'n hwyluso pethau i Luc trwy wrthod iddo sôn am Helen, nid oedd ei wyneb yn dangos unrhyw ryddhad. Mwy, os rhywbeth, oedd y cymhlethdod yn ei lygaid – a phan gododd ei ddwylo fel dwy faner o'i flaen, roedd o'n ildio eto. Allai hi ddim ei arbed rhag pethau a oedd eisoes wedi digwydd.

— *Ond mae Helen yn rhan o'r stori hefyd . . .*

Doedd dim ymwared i'w gael.

Ac allai hithau ddim dianc rhag gwrando.

— *Olreit.*

Symudodd Carol at y gris lle'r eisteddai cynt ac amneidio arno i'w ddilyn, ond gwrthododd Luc.

— *Ydi'r goriad gen ti?*

— *Ydi, pam?*

Dringodd Luc y grisiau at y tŷ.

— *Tyd. Rhaid i mi ddangos rhywbeth i ti.*

— *Welais i'r rhan fwyaf ddoe,* meddai Carol, gan chwilio yn ei bag. *Lle mae dy oriad di?*

— *Un sy 'na.*

Ar hynny, o unlle, ffrwydrodd hofrennydd dros ysgwydd y bryn uwch eu pennau, ar wib isel i gyfeiriad y dref, ei lafnau'n sleisio drwy'r awyr uwch eu pennau, cleddyfau o lafnau yn chwyrlïo drwy'r aer. Plygodd y ddau rhag y sŵn.

Gwaeddodd Carol. — *Waw, roedd hwnna'n agos!*

Eu llygaid yn dilyn ei ddiflaniad. Curiad y llafnau yn dal i guro'n eu gwaed.

— *Gobeithio bod pob dim yn iawn,* byrlymodd, wrth roi'r allwedd i Luc. *Roedd pethau i'w gweld fel tasen nhw wedi dechrau tawelu, toedden? Chewch chi ddim llosgi'r cwch heno os na fydd pethau wedi'u sortio, mae'n siŵr, na chewch?*

Ar y rhiniog, edrychai Luc arni. Roedd o eisiau mynd

i mewn a darfod hyn. Dweud a darfod. Eto mynnai grŵn yr hofrennydd dynnu ei feddyliau i gyfeiriad y dref.

— *Gysgist ti trwy'r cwbwl i gyd?*

— *Yn sownd,* meddai'n syml.

Ond roedd o'n gwybod bod mwy i ddod.

Safai Carol ar y trothwy a theimlai'r un teimladau yn union ag a brofodd yn ystod y dyddiau diwethaf yn ei bwthyn rhent ar ymyl y cei. Wrth feddwl am fynd i mewn i Gaswallon, ni allai beidio â gadael i'r teimladau ei meddiannu – cyffro, cynhesrwydd . . . cariad, efallai? Allech chi deimlo cariad at le? Roedd hi wedi delio â digon o berchnogion tai dros y blynyddoedd i wybod bod sawl un yn torri'i galon wrth adael ac eraill yn 'syrthio mewn cariad' â thai ar yr olwg gyntaf. Ond doedd hi ddim mewn cariad â'r bwthyn yn y dref. Dim ond yn teimlo bodlonrwydd mawr o fod yno, am ei fod o lle'r oedd o, yn ôl yma, lle y dylai hi fod ers tro.

Bu Luc yn sefyll yno'n dawel, yn ei gwylio, ac er bod sŵn yr hofrennydd yn ymbellhau, roedd ei galon yn gwrthod llonyddu; os rhywbeth, mynnai guro'n gynt. Dyma nhw eto, yn yr un lle yn union â ddoe. Ac ar gyrraedd yn hytrach na gadael. Eto, oedd o'r mymryn lleiaf yn nes i'r lan? Faint gwell oedd o'n ei hadnabod hi heddiw?

Ond nid rhywbeth newydd oedd y sglein a welai yn ei llygaid. Adwaenai hwnnw ers . . . ers erioed. A'r ffordd yr oedd ei llygaid yn crwydro – dros y porth, y muriau a'r hen, hen ffenestri o'i blaen – yn dawnsio a llyncu sbio, nid pigo proffesiynol. Roedd hi'n gweld rhywbeth y tu hwnt i'r garreg, yn cofio pethau y tu hwnt i'r clo.

— *Oeddet ti'n hapus yma?*

Edrychodd arno. — *O'n i'n saff.*

— *Ddim 'run peth.*

— *Peth agosa.*

Ac ni wyddai Luc beth i'w ddweud wedyn.

Yna ochneidiodd Carol, ond rhyw ollyngdod bodlon oedd o. Fel petai caer Caswallon yn cau amdani a hithau'n gallu ildio mymryn hefyd. Edrychodd o'i chwmpas, ar y waliau amddiffynnol o amgylch yr ardd a'r buarth, y graean llychlyd, dail crin y chwyn. Ac meddai'n ddisymwth:

— *Wyddost ti Mrs Till?*

Dynes denau oedd hi, fel brigyn ar dorri. Llygaid mawr, dolurus a gwallt coch, tenau. Roedd ganddi wastad gacen o bowdr pinc golau ar ei bochau, a gwên. Gwên, drwy'r amser.

— *Un pnawn, ychydig ar ôl i mi gyrraedd yma, o'n i wedi bod am dro efo Sera, o'n i wedi dŵad i fyny'r allt . . . roedd y pram yn drwm a'r allt yn serth, a ddois i rownd y tro, i mewn drwy'r giât . . . yn fan'cw . . . ac roedd Mrs Till yn eistedd ar y setl wrth y drws ffrynt . . .*

Chwipiodd ei llygaid at y porth.

— *Dydi hi ddim yma rŵan. Ti'n cofio'r setl? Oedd 'na un yma pan oedd Kathy yn byw yma? Achos mae'n rhaid mai Mrs Till werthodd i rieni Kathy, ynde? . . . Ond, wedyn, ella'i bod hi wedi mynd â'r setl efo hi . . .*

Diflannodd yn ei hôl i'r atgof.

— *. . . Yn fan'cw roedd hi, Nana Till, yn eistedd ar y setl a llond powlen o afalau wrth ei thraed. Mynd i'w plicio nhw oedd hi, dw i'n meddwl, mynd i wneud tarten neu bwdin neu rywbeth. Roedd hi wastad yn cwcio, wastad yn brysur yn gwneud rhywbeth. Ond newydd eistedd oedd hi ac roedd 'na un afal ar ei glin . . .*

Yr afal gwyrddaf, iachaf a dyfwyd; ei groen cyn laned â chroen ei baban hithau. Afal glân, llyfn a difrycheulyd.

— *Dw i'n cofio teimlo fel gafael ynddo fo a'i gnoi. I weld a dagwn i fel Eira Wen ers talwm. Cael gwared ar bob dim i gyd. A'r unig beth gadwodd fi rhag gwneud hynny oedd yr haul . . . Roedd o'n sgleinio i mewn drwy'r drws ffrynt fel llwybr, fel 'tai o'n dangos y ffordd i bobl fynd i gael datrys eu problemau i gyd. Fel carped aur. A'r gwanwyn hwnnw roedd hi'n oer, ond y pnawn hwnnw . . . yn anghyffredin o braf . . .*

Roedd hi wedi colli ei thrywydd a throdd ato'n ansicr.

Meddai Luc yn dawel. — *Roeddet ti'n saff yma.*

Nodiodd Carol.

— *Pan dw i'n teimlo'n saff, dw i'n cysgu'n sownd.*

Mor syml.

Rhoddodd Luc yr allwedd yn y clo. Ei droi, ond yna, aros. Symudodd hithau gam yn nes ato.

— *Ond dwyt ti ddim yn* . . . Chwiliodd Carol am y gair. *Ti ddim yn gyfforddus yma.*

Taerai iddi weld ei ysgyfaint yn peidio â symud, ei ysgwyddau'n cloi.

Geiriau di-aer, digroeso oedd ganddo.

— *Tyd i'r tŷ.*

36

Eisteddai Luc ar fainc lydan dan un o ffenestri ochr yr ystafell haul. Roedd o'n ceisio esbonio, ond ni ddeuai'r geiriau'n rhwydd.

— *Hi oedd dy gariad cynta di?*

— *Roedden ni'n ... poetsian, ti'n gwybod, ond fawr mwy na hynny. Dyna pam roedd o'n gymaint o sioc pan oedd hi'n disgwyl.*

— *Felly sut .. ?*

— *Ar y pryd, do'n i fawr callach. Mae'r pethau 'ma'n digwydd ... Ac wedyn doedden nhw ddim ... a dyna ni.*

Erthylu darpar ddyfodol, meddyliodd Carol.

A dyna ni.

— *Fuo pawb yn dda iawn ar y pryd. Hyd yn oed Hywel Parry.* Meddyliodd Luc am funud ... *braidd yn amddiffynnol, ella.*

— *Dw i ddim yn synnu!*

— *Na.*

A meddyliodd Carol bod amddiffynnol yn air da i ddisgrifio Hywel Parry ddoe hefyd. Dal i amddiffyn rhywun. Rhywbeth.

— *Teimlo embaras oeddwn i, fwy na dim. Ofn beth fyddai pawb yn yr ysgol yn ei feddwl. Beth fyddai pawb yn ei ddweud.*

Prin y gallai edrych arni. Hoeliai ei sylw i gyfeiriad y môr, allan drwy hen gen heli ar y gwydr, rhywle lle nad oedd neb i'w wynebu.

— *Roedden ni ar ganol Lefel A. Rois i mhen i lawr a gweithio. Gobeithio na fysa neb yn sylwi.*

— *Mae o mor bell yn ôl, Luc! Ti'n siarad fel 'tai o wedi digwydd ddoe.*

— *Bob tro dw i'n gweld Helen, mae o'n teimlo felly i mi.*

A doedd dim ateb i hynny.

— *Wedyn roeddech chi yn yr un coleg?*

— *Oedden.*

— *A Kathy.*

Ac am y tro cyntaf, symudodd. Symudodd ei bwysau oddi ar un glun i'r llall, tynnu ei bengliniau ato a'i glymu ei hun yn ei freichiau; cododd ei esgidiau ar y clustogau heb feddwl am bridd na baw na sodlau na gwadnau na dim a chiliodd yn ei ôl i'w stori.

— *Syrthiais i dros fy mhen a 'nghlustiau mewn cariad efo hi. Gwirioni. Roedd hi'n ... lyfli.* Ac o ddweud gair mor annisgwyl, cipiodd ei embaras at Carol, ond ymlaciodd rywfaint o'i gweld hithau'n gwenu'n ôl. *Roedd hi jest yn hogan lyfli.* A'r eiliad honno roedd o'n ei gweld hi, yno o'i flaen.

Dyna pryd y sylweddolodd Carol nad oedd ganddi'r syniad lleiaf sut un oedd Kathy. Gwibiodd ei meddwl yn ôl hyd silffoedd a chypyrddau Caswallon, ond ni allai gofio yr un ffotograff yn unlle. Rhaid bod y cyfan wedi'u cadw. Gwallt byr oedd ganddi, tybed? Ynteu hir? Gwallt tywyll roedd hi wedi'i ddychmygu, ond efallai mai gwallt golau oedd ganddi, o ran hynny ...

Ni fynnai Carol darfu ar ei atgofion, eto, ymhen ychydig, ni allai beidio â chyfeirio at yr eironi.

— *Ond roedd Helen a Kathy yn ffrindiau ...*

— *Wyddwn i ddim ei bod hi'n ffrind i Helen ar y dechrau. Dwn i ddim oedden nhw'n ffrindiau pan ddaru ni gyfarfod, erbyn meddwl.*

Fo'n astudio archeoleg. Y nhw ill dwy, meddygaeth. Cwrs anatomeg ddynol blwyddyn gyntaf yn gyffredin i'r ddau gwrs. Felly y dechreuodd pethau. A dwy flynedd a mwy o ganlyn. Ac yna'r Pasg, yn y drydedd flwyddyn, pan aeth hi'n sâl.

— *Erbyn canol yr haf, roedden ni'n gwybod nad oedd pethau ddim yn dda.*

Roedd o wedi ymollwng i'w stori erbyn hyn; yn tawel ymddiried ynddi, a'i lygaid yn dechrau ei chydnabod.

— *Roedd hi'n mynnu mod i'n mynd yn ôl i'r coleg. I orffen. Roedd eu cwrs nhw'n hirach, ond pedair blynedd oedd fy nghwrs i ac mi fyddwn i'n graddio . . .*

Mor dda y bu Helen bryd hynny: dyna roedd o'n geisio'i esbonio; cystal y bu hi wrth Kathy a phawb. Ond mor gymhleth oedd pethau: mor gymhleth yr hyn roedd o'n ei feddwl ohoni. (Nid yr hyn a *deimlai* tuag ati, sylwodd Carol.)

Disgrifiodd sut y daeth ffrindiau Kathy i gyd at ei gilydd yr haf hwnnw pan sylweddolwyd mai mêr esgyrn newydd oedd yr unig beth a allai ei harbed. Dechreuwyd ymgyrch.

— *Mi fuo 'na lwyth o sylw yn y papurau.* Times. Daily Mail. *Ddaeth 'na rywun o'r* Sun *yma i wneud cyfweliad efo hi . . .*

A Carol yn meddwl mor allweddol bwysig i un ferch oedd stori bapur newydd na sylwodd hi arni o gwbl, erioed.

— *Ond erbyn tua diwedd Awst, dechrau Medi, roedd hi'n amlwg nad oedd yna ddigon o amser ar ôl. A Helen . . . wnaeth hi ddim cymryd y peth yn dda iawn. Hi, yn fwy na neb, oedd yn benderfynol o gario mlaen. Ond roedd Kathy . . . erbyn hynny, roedd hi yn ei gwely.*

A dyna lle darfu.

Codi wedyn, wedi cloi.

— *Ar ôl i ti ddeud y peth gwaetha un,* meddai hithau'n dawel, *mae pob dim arall yn haws.*

Edrychodd Luc arni. Ystyriodd am ennyd. Yna, heb oedi i anadlu, bron, bwriodd yn ei flaen.

— *Ar ôl y briodas, ddaethon ni'n ôl yma. Ac wedyn fan'ma fuon ni. Ac roedd Helen yma hefyd, y rhan fwya o'r amser. Yn mwydro. Wyddost ti sut mae hi: trio codi'n calonnau ni, bwlio pawb i deimlo'n well. Ddudish i wrthi y bydda hi'n gwneud doctor uffernol, codi ofn ar ei chleifion, ac un bore . . . tua diwedd y bore oedd hi, fatha rŵan . . . do'n i ddim yn teimlo ar fy ngora a ddoth hi yma ataf fi i eistedd . . . a deud y gallai hi . . . wneud i mi deimlo'n well.*

Roedd o'n syllu draw at y soffa gyferbyn a sylweddolodd Carol mai yma, yn yr ystafell hon, y digwyddodd y cyfan a ddisgrifiai.

— *Ddoth hi i eistedd ataf fi, a'r peth nesa roedden ni'n cusanu . . . Ac roedd o'n deimlad mor dda,* ochneidiodd. *Fel mynd yn ôl i'r dechrau un, cyn i ddim byd ddigwydd. Ac yn gymaint o ryddhad. Cael anghofio am bob dim. Rhwygo nillad oddi amdana i, caru . . .* Fel anifeiliaid, meddyliodd Luc. *Ond wedyn, pan godais i ar fy ngliniau . . . codi ar fy ngliniau oddi wrthi hi, pwy welwn i'n edrych arna i . . . ond ei thad.*

— *Mr Parry?*

— *Yn yr ardd. Yn y gornel i lawr yn fan'cw. Wrthi'n gosod y seren wynt . . . A finna'n dal Helen i lawr efo'n llaw a hithau'n chwerthin. Ac yn cwffio yn f'erbyn i ac yn codi ar ei heistedd.*

Ei hysgwyddau'n noeth a'i gwallt yn llen glaerwyn yng ngolau cyhuddgar y dydd. Cliriodd Luc grygni o'i wddf. Sŵn symud cywilydd.

— *Es i lawr i'r ardd wedyn i weld faint welet ti.*

Arhosodd iddo barhau.

— *Ti'n gweld digon.*

— *Oeddet ti'n ei charu hi?*

— *Helen?*

Yn y llofft, i fyny'r grisiau, yn ei gwely, ar farw'n dawel.

— *Kathy.*

— *Dw i ddim yn siŵr,* cyfaddefodd. *Am wn i. Mae hi mor hawdd cymysgu rhwng caru a . . . chwant, tydi? Ond bod chwant yn mynd yn llai pwysig wrth iddi fynd yn fwy sâl. A wedyn piti. Wnes i drio peidio teimlo piti drosti. Ond mae'n anodd bod yn siŵr pan wyt ti yn ei chanol hi . . .*

— *Be am dy rieni?*

— *Roedden nhw yn Norwy.*

— *Be oedden nhw'n ei feddwl amdanoch chi'n priodi?*

— *Dwn i ddim sut oedden nhw'n teimlo go iawn, ond mi ddigwyddodd y cyfan mor sydyn yn y diwedd a . . .*

Pa eiriau fyddai'n dechrau cyfleu?

— *. . . ac roedd hi'n mynd i farw beth bynnag,* sibrydodd Carol.

— *Rhywbeth fel'na. Ddim cweit mor ddu a gwyn, ella, ond rhywbeth fel'na.*

— *Felly be aeth o'i le?*

Ac er ei fod o'n gwestiwn od, gwyddai Luc yn union beth a olygai: sut felly roedd o'n dal yma, bron i ugain mlynedd yn ddiweddarach, yn ail-fyw rhywbeth allai bellach fod yn rhan o niwloedd amser?

— *Ti'n perthyn wedyn, yn dwyt? Ti'n perthyn i'w theulu hi. Yn rhan o'u galar nhw. Mi ddechreuodd tad Kathy waelu o ddiwrnod ei hangladd; fuo fo byth yr un fath. Ac o'n i'n perthyn i'r tŷ yma, achos yr atgofion, achos ei mam ac achos ei thad. Ac achos y seren. Ac . . . wel, mae honno yma o hyd.*

Safodd Carol i edrych ar y garreg ar y teras. Rhyfedd na sylwodd arni ddoe, mewn ffordd, ond roedd y gwynt a'r glaw wedi treulio'r gwenithfaen yn frawd neu'n chwaer i greigiau'r mynydd o'u cwmpas. Toddai i'r cefndir.

Perthynai i'r lle.

Hywel Parry a drefnodd y cyfan, esboniodd Luc. Daeth â samplau o wahanol gerrig i'w dangos i Kathy a buont yn paratoi cynllun a dewis safle; daeth â gwybodaeth am y gwyntoedd lleol – roedd y gwaith bromin yn eu mesur, cryfder a chyfeiriad, sawl gwaith y dydd. Rhoddodd y seren bwrpas i'w dyddiau, rhywbeth iddi feddwl amdano. Ar un pwynt roedd hi hyd yn oed eisiau cynnal parti i'w dadorchuddio.

— *Erbyn y diwedd, mi fyddai chwa o wynt wedi bod yn ddigon amdani. Fydda fo fawr o barti,* meddai Luc. *Berswadion ni hi i beidio.*

Felly daeth y gweithwyr, yn fuan iawn, i osod y gofeb hardd. Y seren cyn pryd. A phan adawodd y lleill ar ôl cario'r ddau ddarn carreg o gefn y fan i lawr y grisiau at y teras, a'u codi i'w lle a sicrhau eu bod yn syth, gadawyd Hywel Parry yno'n gosod sment o gylch ei godre. Ac ar ei liniau yno y cododd ei ben ac y daliwyd ei sylw gan symudiad y tu ôl i ffenestri'r ystafell haul.

Luc.

Ac ysgwyddau noeth ei ferch.

Roedd ei ymateb yn rhyfedd o ddideimlad, cofiodd Luc. Caeedig. Luc wedi gwisgo ond yn teimlo'n noethlymun yn yr haul, yn baglu dros ei eiriau, yn teimlo'n ofnadwy, yn ffieiddio ato'i hun ac yn ceisio esbonio . . . A Hywel Parry mor ddi-ddweud; ddim yn gas na siomedig nac yn ymateb mewn unrhyw ffordd y byddai Luc wedi'i ddisgwyl, dim ond yn mynd rhagddo i orffen; casglu'r sment dros ben yn dwmpath, ei godi i'r bwced, crafu'r trywel, sychu'r llafn; rhoi ei arfau i'w cadw ac yna sgubo, sgubo'r llwch dros ymyl y dibyn.

— *A losgodd ei fysedd, a ochel y tân.*

Dyna'r cyfan a ddywedodd, mewn gwirionedd, cyn codi ei offer a chychwyn yn ei ôl am y fan.

Ni allai Carol symud y llun o'i meddwl: Luc, yma, ar ei liniau a Hywel Parry yn edrych arno o'r ardd. Teimlodd ei chorff yn tynnu ati; cyhyrau'n cau. Roedd hyd yn oed ei llygaid yn llai agored wrth edrych arno. Ynteu'n fwy agored? Ac ai dyma ddiwedd ei esbonio am Helen, ynteu a oedd mwy i ddod? Edrychodd ar ei horiawr. Bron yn un ar ddeg; roedd oriau ers iddi fwyta. Dim rhyfedd fod blas coffi yn chwerw yn ei cheg.

— *Ddigwyddodd 'na rywbeth arall rhyngoch chi wedyn?*

Gwaredodd Luc at y fath syniad.

— *Unwaith ti'n sylweddoli ei bod hi'n sâl . . . Ond fedrwn i ddim peidio â theimlo cyfrifoldeb tuag ati.*

— *At Helen?*

Ceisiodd egluro.

— *Doedd hi ddim yn dda, nac oedd? Yr holl beth wedi effeithio arni hi. Chwilio am gysur gen i oedd hi'r diwrnod hwnnw. A be wnes i wedyn? Ei hosgoi hi, ei hanwybyddu hi. Wedyn aeth hi'n waeth . . .*

Torrodd Carol ar ei draws.

— *Nid dy fai di oedd hynny.*

— *Ella.*

Ond synhwyrai mai dyna a gredai Luc, serch hynny.

— *Ar ôl sbel, aeth hi'n isel iawn. Dyna pam aeth hi ddim yn ôl ar y cwrs meddygaeth. Colli gormod o amser. Colli hyder ynddi'i hun ... Dydi pethau ddim wedi mynd yn iawn iddi hi erioed. Yr unig beth dw i'n ei deimlo ers blynyddoedd ydi bechod drosti.*

Mor syml.

— *O'n i'n arfer bod yn genfigennus ohoni,* cyfaddefodd Carol.

— *Oeddet ti?*

Roedd o'n synnu, a hynny yn ei dro yn ei synnu hithau. Wrth gwrs ei bod hi. Roedd hi ar fin dechrau esbonio, ond ni ddeuai unrhyw ddaioni o ail-greu lluniau ei hen ansicrwydd a brathodd ei thafod.

— *Arfer bod.*

— *Mae gen i'n dal chydig bach o'i hofn hi!*

Er y chwerthin yn ei lais, doedd llygaid yr un o'r ddau ohonyn nhw'n gwenu. Ond o leiaf roedd o'n edrych arni.

— *A be amdanat ti?* mentrodd Carol. *Ydi pethau wedi mynd yn iawn i chdi?*

Wrth y dyn oedd yn dal i wisgo'i fodrwy briodas.

— *Do, tad,* gwenodd. *Gen i job dda yn y brifysgol. Fflat neis yng Nghaerdydd.*

Cydiodd Carol yn ei ysgafnder.

— Ac *mae gen ti job ar y teli!*

— *Ti'n genfigennus?*

— *Nac ydw, ond mae gen ti Land Rover. Mi gymrwn i honno.*

Roedd rhagor hefyd.

— *Gen i drwydded hedfan ... mae fy mhasport i'n disgyn yn ddarnau ...*

Bywyd llawn a phrysur

— *Ond ti'n dal ar dy ben dy hun . . .*

— *Dw i ddim yn llonydd yn ddigon hir i ddim byd ddigwydd!*

— *O ddewis?*

— *Jest fel'na mae . . .*

Ac o leiaf, nawr, roedd o'n edrych arni. Nid allan i'r môr nac i mewn i'r gwydr, ond draw ati, ar draws tyndra'r bore.

Pam mae yna rai rydych chi'n teimlo mor gyfforddus efo nhw nes medru ailgydio mewn rhywbeth sy ddim eto'n bodoli? Sgwrsio, gan gymryd y llall yn hollol ganiataol. Bod yn chi eich hun yn llwyr heb orfod cuddio na chreu'r un dim. Am eich bod chi'n gyfartal, efallai? Yn gwybod, o dan y cyfan, bod yna gydbwysedd ynoch chi eich hun rhwng syml a chymhleth, drwg a da, du a gwyn, yr eithafion oll i gyd – a gweld yn y rhywun arall hwnnw gymysgedd gwahanol ond cyfartal o'r pethau hyn i gyd.

Maen nhw'n beryglus, pobl felly.

Achos efo pobl felly, fe fyddai hi mor hawdd.

Felly neithiwr.

Yr eglwys.

Ei gwallt.

— *Be wnes i neithiwr? Sefyll yn rhy llonydd, rhy hir?*

Gwena arni.

— *Wnest ti gau dy lygaid.*

Am yn hir, hir, does ganddi hi mo'r syniad lleiaf sut i ymateb, a thrwy gydol yr eiliadau hirion hynny mae Luc yn ei gwylio. Mae'n ei hastudio'n ofalus, fel anifail; fel un o'r ceirw gwyliadwrus yn y ffenestri lliw o'u cwmpas. Yna, mae o'n dechrau byseddu coler ei grys, ei fysedd yn rhwbio, rhwbio. Gwrido mae o? Ynteu lliw haul ddoe sy'n cynhesu ei fochau? Cochni ar gefnen ei foch; ei arlais yn yr haul, ond ei lygaid mewn tywyllwch. Ydyn nhw'n edrych arni nawr, ynteu heibio iddi? Mae'n anodd dweud. Mae'r haul yn gryf a'r llafnau trwy ffenestri'r to bron yn ei dallu.

— *Wedyn doedd arna i ddim ofn,* meddai Luc.

— *Ofn?*

— *Ofn deud y peth rong. Ofn deud bod dy wallt di'n 'goch' yn lle copr, neu dy lygaid di'n wyrdd lle bysat tithau'n deud llwyd. Neu jest methu gwybod . . .*

Mae hi'n gwaredu rhag y fath fwydro.

— *Ond fetia i dy fod ti'n sylwi,* mynna Luc.

— *Ar beth?*

— *Ar bethau felly . . .*

— *Lliw llygaid pawb dw i'n ei weld?*

Mor ysgafn y maen nhw'n gyrru'r geiriau at ei gilydd.

— *. . . efo dy 'lygaid artist'.*

Mor gyndyn o ollwng gafael ar yr ysgafnder.

— *Ti'n tynnu nghoes i?*

Ond dydi o ddim.

A nawr mae ei llygaid hithau'n cuddio rhag ei sylw; yn chwilio'i grys – yn sgubo'r llin trwsiadus a'r botymau corn; y trowsus hir lliw lludw a'i blygion cyfforddus, ei felt lledr tywyll a'i fwcwl pres. Nid dyma'r oedd o'n ei wisgo ddoe; yn ei ddillad gwaith yr oedd o ddoe: crys T dan grys llwyd â sgwariau breision, a throwsus gwyrdd a'r rheiny'n drwch o bridd penlinio yn y ffosydd ar y mynydd . . . Ac ni all beidio â meddwl, wedi'r cyfan, mor wir yw hi ei bod hi'n cofio'r manion bethau hyn i gyd. Ond mae rhywbeth arall, nawr, yn mynd â'i sylw. Un manylyn.

Mae llafn o lwch melyn y mynydd wedi cydio yn ymyl isaf ei felt.

A'r tu mewn, mae hithau'n gwenu. Mae o wedi newid. Ond yr un clymau sy'n ei ddal o hyd.

Yna, nid dychmygu y mae hi, ond mae'r bysedd prysur yn peidio a'i silwét yn erbyn y gwydr yn symud y mymryn lleiaf. Ddim ati hi. Ddim oddi wrthi. Ond yn ymsythu, fel coeden, y bore wedi cawod.

Prin y clyw ei lais.

— *Fedrat ti eu cau nhw eto . . .*

Mae hi'n hoelio'i sylw ar ddarn o wydr llwyd y tu ôl iddo; darn o glogyn rhyw werinwr, a llinellau brws paent du yn gris croes mân ar hyd un ymyl. Y tu hwnt i'r llwydni, mae cymylau annisgwyl yn symud. Draw ymhell islaw iddynt, mae'r tawch ysgafnaf yn ymgasglu i gyfeiriad Borthwen; yn nes atynt, daw llwynog haul Gorffennaf i chwarae mig rhwng y grug ar Gerrig y Bleiddiaid. Ac mae cysgod cwmwl yn croesi'r ystafell. Mae'n cropian yn araf i lawr fffrâm y ffenestr, ar draws y clustogau, hyd y seddi dyfnion â'u brethyn brau. Mae styllod y llawr yn tywyllu fesul un nes bod ei draed fel broc môr yn y llanw tywyll sy'n gwneud i'r llawr droi'n dwll du rhwng y ddau ohonynt. A hithau'n meddwl y buasai ildio i ddisgyrchiant di-ben-draw twll du yn haws na hyn.

Medrwn.
'Tawn i isio.

— *Wyt ti'n gwybod hanes y ffenestri lliw 'ma?* I Luc, mae hanes yn haws nag aros yn amwysedd heddiw. *O ryw leiandy yn Lerpwl y daethon nhw,* meddai. *Wyddet ti fod lleianod yn byw yma ers talwm?*

Arferai Carol eu dychmygu yn gwylio drosti hi a Sera. Am gyfnod, meddyliodd y gallasai fynd yn lleian ei hun.

— *O'n i'n arfer adrodd straeon wrth Sera am y bobl yn y gwydr.*

— *Helwyr ydyn nhw.*

Nhw a phawb arall, meddyliodd Carol.

— *Roedd Sera yn rhy fach i boeni be oedden nhw.*

Pebyll, ceirw a chŵn. Lliwiau ar gefnlen eu dyddiau. Coed gwyrddion mewn misoedd di-ddail. Tresiodd Carol siâp un o'r helgwn efo'i bys. Ai dyna pryd y dechreuodd Sera swnian isio ci?

— *Fuodd Mwytha gynnon ni ers yr adeg hynny, bron.*

— *I'ch gwarchod chi?*

Onid gwaith y lleianod oedd hynny? A'r ci, yn ddim mwy na chwmpeini wrth fynd am dro, un arall i wrando stori; rhywun i gyfarth pan oedd . . . Trodd ei phen oddi wrtho.

— *Weithiau.*

Yn sydyn mae hi'n teimlo'n gwbl ddiamddiffyn, fel un o'r ceirw bregus ar y gwydr o'i blaen. Ac mae Luc yn dal i'w gwylio, fe ŵyr hi hynny; yn edrych arni, nawr nad yw hi'n edrych 'nôl.

Medrai.

Fe fedrai.

Ac ar un olwg fe fyddai hynny mor hawdd.

A fyddai o'n beth call i'w wneud, ar y llaw arall, doedd hi ddim yn siŵr.

— *Wyt ti wedi cael rhagor o'r galwadau rhyfedd yna?*

Gan ysgwyd Carol o'i myfyrdodau.

— *Ddim wedyn.*

Mae ei bryder amdani'n parhau.

— *Mi a' i i'r stesion i nôl Sera i ti.*

— *Na, mae'n iawn. Mi ffonia i. Geith hi dacsi.*

Ond mae o'n camu tuag ati.

— *Gad i mi helpu.*

Nid ymbil y mae o, ond dweud. Gad i mi. Mi alla i. Gad i mi wneud hyn i ti. Ac ar ryw olwg fe fyddai hynny'n gwneud pethau gymaint haws.

— *Olreit.*

Yna, mae o'n estyn ei fraich tuag ati. Ac er ei bod hi'n teimlo rhywbeth y tu mewn iddi'n ei siarsio i beidio, all hi ddim troi oddi wrtho. A phan fydd o'n gwenu arni, wedyn, fydd dim yn y byd yn haws.

— *Tyd yma.*

Fe allai hi fod yn sgwennu ei eiriau.

Mae hi'n camu i'w freichiau ac mae o'n eu cau amdani, yn ei chlymu rhwng ei freichiau a chawell ei asennau, ac mae'r teimlad yn gwneud i ddagrau bigo yng nghefn ei llygaid.

Ei chlymu.

A dim ond ei dal.

37

11.15 a.m.

Gollyngodd Hywel Parry y newid mân i'w boced a rhoi dwy law am y twmpath papurau Sul. Roedd hyd yn oed y rheiny'n pwyso'n drymach y dyddiau hyn. Diolch byth nad aeth i'w casglu ar y ffordd i lawr i'r porthladd.

Gohiriwyd yr oedfa.

Ni theimlai'r gweinidog fod ganddo fawr o ddewis, dan yr amgylchiadau. Tawelodd y seiren ond roedd ei sŵn yno o hyd, yn yr holi a'r stilio, yn adleisiau'r seddi gweigion. Felly cynigiwyd y dylai pawb ddod at ei gilydd yn y blaen cyn ymadael ac y byddid yn gweddïo; gweddi gryno ond dim emyn.

Gweddïodd dros bobl y dref a'r ardal; gweddïodd am gael chwalu gwag sibrydion ac am ddod â goleuni'r dydd i'r corneli llwydion lle'r oedd diffyg gwybodaeth yn drwch.

A Hywel Parry yn porthi.

Nes i'r geiriau yn y weddi ddechrau ei ddal.

— *O Dduw Dad,* meddai'r gweinidog, *clyw ni'n erfyn arnat, y bore tywyll hwn, i ofalu am dy blant, i'n cadw oll rhag niwed, i'n hamddiffyn ni oll rhag cam . . .*

A dal i droi ym meddwl Hywel Parry a wnâi'r geiriau wrth iddo gerdded y strydoedd drwy'r dref, at y dŵr. Mynd yn nes at yr achos wnaeth o, yn nes at y gwaith bromin a'r cynnwrf, rhag ofn bod yna rywbeth y gallai ei wneud. I helpu. Cerddodd, achos fyddai cysgod hers yn pasio i gyfeiriad y gwaith yn helpu dim.

Wrth fynd heibio i'r stad dai cyngor, ni allai beidio â meddwl amdanynt i gyd yno yn gynharach y bore

hwnnw, mor agos at y gwaith a than warchae'r seiren.
Pawb eisiau ffonio rhywun ac yn methu gwybod pwy i'w
ffonio, yn byseddu'r ffôn. Yn y diwedd, ffonio ffrind sy'n
byw yn nes at y sŵn ... Gwybod dim; dim ond gwybod
hyn ... plethwaith o alwadau yn nyddu blanced o
hanner hanesion dros y stad. A'r wennol o wae yn
gwibio'n ôl a blaen, yn eu tynnu fesul edefyn o
amheuaeth yn ddyfnach dan gwrlid anwybodaeth.

Pawb yn cytuno bod yr aer yn fwy clòs nag arfer, bod
arogleuon rhyfedd yn y gegin, ar y grisiau, neu wrth y lle
tân. A neb yn dewis cofio bod y cyngor wedi cau'r
simneiau ers blynyddoedd; mai tanau nwy sydd yn y tai;
mai myglyd fyddai'r aer prun bynnag ar fore braf o haf
â'r drysau a'r ffenestri wedi'u selio'n dynn a'r paced
sigaréts bron iawn yn wag.

Mor hir y byddai'r cyfan yn para. Chofiai neb y seiren
yn mynd ymlaen mor hir â hyn. Tri chwarter awr? Bron i
awr? A phan ddeuai pen yr awr â bwletinau, ni fyddai'r
diffyg newyddion yn lleddfu dim ar eu braw. Dim gair.
Damwain? Ymarferiad? Y larwm wedi torri a neb yn
gallu'i ddiffodd? Ynteu, ynteu ... Ynteu ydi hi gynddrwg
yno fel na all neb eto egluro'n iawn beth sy'n digwydd?
Fel na all neb stumogi dweud y gwir?

A dyna fyddai'n gyrru'r wennol wibiog i wau ei
charthen dynn, ei charthen drom fydd yn pwyso ar oriau'r
bore a'u cadw oll yn boeth a sownd. Yn sownd rhwng sŵn
y seiren a thawelwch y radio, yn syched arferol bore Sul ar
ôl nos Sadwrn. Cymdogaeth yn yfed coffi cryf, yn cwffio
cur pen, a phawb yn dal eu gwynt a disgwyl.

Erbyn hyn, roedd pethau wedi tawelu ond ni ddaeth
llawer o fanylion, yn ôl sgyrsiau sydyn Hywel Parry ag

ambell un wrth basio heibio. Roedd y ffeithiau yn amrywio'n arw – sawl ambiwlans a gyrhaeddodd, hofrenyddion, injans tân, ceir heddlu rif y gwlith – ond cytunai pawb ar un peth. Dau ambiwlans oedd wedi gadael. A hynny ar frys.

Wedi cyrraedd lôn y cei, cyrhaeddodd Hywel Parry rwystr yr heddlu ac ni châi fynd dim pellach. Ofer ei holi hefyd. Hogia dieithr. Heddlu o bell. Ond gallai weld ei gwch.

Gorffwysai hwnnw ar lun o goelcerth ar y lan yr ochr draw, yn barod at y seremoni. Os byddai hynny'n bosib. Petai modd, byddai wedi hoffi mynd draw yno ar ei ben ei hun. Am dipyn bach.

Bodloni ar edrych o bell a fu raid.

Hywel Parry wrth y cei yn byseddu'r tennyn du a melyn a'i cadwai rhag ei gwch, yn meddwl am droi tuag adref at ei deulu, yn pwyso a mesur ystyron a chymhlethdodau geiriau, fel 'diogel'. Y gair 'cam' hefyd, oherwydd flynyddoedd ynghynt, bu ganddo yntau gyfle i achub un rhag cam.

Pan oedd Helen yn yr ysgol, gwyddai Hywel Parry o'r dechrau nad Luc oedd tad y babi. Bryd hynny gwyddai bopeth. Pan aethai Helen, yn ddwy ar bymtheg oed, allan efo'i ffrindiau 'am dro' ar nos Sadwrn, hel bechgyn yr oedd hi; mwydro'i phen am hogiau da-i-ddim y dref. Gwyddai ar ei union yng nghefn fan pwy y bu'r cenhedlu, ac er iddo wrando ar ei geiriau gweigion am Luc, ei 'hunig gariad', a thrafod mewn difrifoldeb â'i rieni yntau fater trist ond anorfod yr erthylu, o wybod y pethau a wyddai ef am arferion ei ferch ar y pryd, doedd dim cwestiwn nad oedd yn rhaid cael ei wared.

A nawr, rhoddai unrhyw beth am gael croesi at y

cwch; am gael tynnu ei law dros lyfnder y gynwal cyn i'r tarianau gael eu clymu yno at y tân. Ond fe fyddai yna ffyrdd o gael gwneud hynny. Ac amser hefyd. Cyn nos.

Nodiodd ar yr heddwas.

Amynedd oedd ei angen.

Nid arhosodd yn hir wrth y cei wedyn.

Rhoddodd Hywel Parry y swp papurau Sul dan ei gesail a chau drws y siop ar ei ôl, ond wrth iddo droi'r gornel i gyfeiriad fflat Helen, clywai rywun yn ei agor drachefn. Mor sydyn y deuai'r byd i drefn. Eisoes roedd drysau a ffenestri yn agor, pobl ar y strydoedd, plant yn y gerddi.

Tynnodd ei oriadau o ganol ei arian mân, yn swp o esgyrn dur wrth gymal, a byseddodd y bwnsiad wrth chwilio am allwedd y fflat.

Pe gallai neidio'n ôl mewn amser, eiliad fyddai ei angen. Llai. Ond roedd Hywel Parry eisoes wedi cilagor y drws a chyfarfu eu llygaid. Pan glywodd y llais dwfn yn dod o gyfeiriad drws y llofft . . .

— *Hels?*

. . . synnodd, ond yr un pryd yn union, teimlodd ryw ryddhad. Roedd o wedi amau. Ddim mor siŵr o'i bethau y dyddiau hyn. Ond dyma'i dystiolaeth. Ac roedd rhyw fodlonrwydd rhyfedd mewn gwybod bod hwn yn dal i ymyrryd ym mywyd ei ferch. Bron nad oedd yn cyfiawnhau'r penderfyniadau a wnaeth ac a fu'n ei blagio cyhyd.

Byddai'n rhaid ei gydnabod.

— *Bryn.*

O'r dechrau, gwyddai mai hwn oedd tad y plentyn, a dylai fod wedi dweud hynny'n blaen wrth Luc a'i rieni.

Wnaeth o ddim. Duw a ŵyr pam. Ond roedd y cyfan drosodd mewn wythnosau a neb ddim callach; y niwed wedi'i ddad-wneud a phawb yn symud ymlaen. Os teimlodd unrhyw euogrwydd tuag at Luc dros y blynyddoedd, diflannodd hynny'n ddisymwth pan welodd hwnnw a Helen yn . . . mynd drwy'u pethau yng Nghaswallon.

Ond fod un peth yn cnoi y tu mewn iddo, hyd yn oed bryd hynny: ofni, nage amau, mai ar Helen yr oedd y bai. Dyna pam na ddywedodd o fawr ar y pryd. Bellach, a Luc wedi ailymddangos, gwyddai fod Helen eto'n hogi ei hewinedd, fel cath yn ei lygadu, yn dynesu ato o bell.

Bu'n pendroni llawer a ddylai rybuddio Luc amdani. Byddai'n ddigon parod i ddweud y cyfan, hyd yn oed am y celu ar y dechrau, a byddai'n ymddiheuro wrth Luc. Yn ei ryddhau. Achos roedd o'n rhy dda i Helen. A pheth ofnadwy oedd gorfod cyfaddef hynny am eich merch eich hun.

Ond nawr, o weld Bryn yn y fflat – nawr ei fod o'n gwybod yn bendant bod Helen yn dal i gyboli efo Bryn – gallai roi'r gorau i bryderu am Luc. Roedd Helen yn amlwg yn dal i ogor-droi yn yr un hen byllau.

Hanner eiliad fyddai ei angen.

Llai.

— *Be uffar . . ?*

Roedd o yn ei grys a'i ddillad isaf. Ar unwaith, roedd llygaid Hywel Parry yn sgubo'r lloriau. Llygaid trefnwr angladdau, wedi hen arfer hanner gweld.

— *Dŵad i nôl rhywbeth . . . i Nel . . .*

Ni wyddai pam yr oedd o'n esbonio.

— *Lle mae . . ?*

Newydd ddeffro'r oedd o, sylweddolodd Hywel

Parry. Newydd godi o wely ei ferch: y ferch na all yngan ei henw o'i flaen. Y cythraul.

— *Yn y gwaith.*

Dim diawl o beryg y byddai'n dechrau esbonio.

Rhwbiai Bryn ei gorun.

— *Chlywish i ddim . . .*

Naddo, meddyliodd yr hynaf o'r ddau yn hanner golau'r lolfa; chlywaist ti mo'r seiren ddeffrodd hanner Sir Fôn. Chlywaist ti mohoni hi'n codi na gwisgo na gadael. Oni chanodd ei ffôn? Pan ffoniodd rhywun o'r gwaith – chlywaist ti mo hwnnw'n canu chwaith?

— *Raid i fi . . . pisiad . . .*

Dilynodd Hywel Parry ef cyn belled â'r gegin. Yno, dechreuodd agor y cypyrddau, un ar ôl y llall yn swnllyd, ond ni allai beidio â chlywed y llif a ddeuai o'r tŷ bach drws nesaf, na'r synau a'i cynhaliai. Brysiodd, ond ni allai ddod o hyd i'r hyn y chwiliai amdano, a chyn iddo orffen daeth Bryn yn ei ôl drwy'r drws, yn fwy effro o'r hanner.

— *Dim capal?*

Roedd o'n amlwg wedi gweld cloc.

— *Wedi'i ganslo.*

Daliodd i agor a chau drysau nes i'w rwystredigaeth fynd yn ormod iddo.

— *Mae'r rhain yn hanner gwag!*

Cytunodd Bryn.

— *Fysach chi 'di cael sbario gosod eu hanner nhw.*

Roedd o'n pwyso yn erbyn y sinc, ei gefn at y goleuni, yn croesi ei freichiau yn dalog fel petai ar fin cynnig paned yn ei dŷ ei hun. Ond llygaid ar y cypyrddau oedd ganddo.

— *Job dda, hefyd.*

— *Ti'n saer, Bryn?*

245

— *Dw i'n lot o bethau, Mr P.*

A gwenodd Bryn wrth adael Hywel Parry ar ei gwrcwd a mynd drwodd i nôl ei jîns.

— *Am be dach chi'n chwilio?* galwodd o'r llofft.

Prin y cododd Hywel Parry ei lais; prin fod angen – roedd cynifer o arwynebau caled, gweigion yn y lle nes bod pob sŵn yn trybowndian.

— *Bowlen wydr.* Pam oedd o'n trafferthu? *I ddal treiffl. Un fawr. Cut glass.*

— *Dim cliw.*

Am hynny, na llawer iawn o bethau eraill, poerodd Hywel Parry wrtho'i hun, ac yn sydyn, er syndod iddo, clywai'r geiriau yn dianc.

— *Brifa di hi eto, Bryn, ac mi fydda i* . . .

Ond dyna lle darfu. Achos ni wyddai beth a wnâi; ni wyddai'n wir a fyddai'n gwneud unrhyw beth o gwbl. Erbyn hyn. Ac a wnaeth Bryn ei glywed? Ynteu a lwyddodd ei eiriau i ddianc i wâl y waliau gwynion?

Aeth am y drws. Ond daeth Bryn o'r llofft; y tro hwn, nid yn unig yr edrychai arno ond cododd ei law o'i flaen a meddyliodd Hywel Parry am eiliad ei fod am ei daro.

— *Dw i wedi gofyn ddwywaith iddi mhriodi fi.*

Stopiodd y ddau yn stond.

— *Ond dw i ddim digon da iddi hi. A chyn i chi ddeud dim byd, mi allai hi wneud yn llawer gwaeth na fi. A chithau hefyd.*

Roedd y cwestiwn yn llygaid Hywel Parry.

— *Yr iard 'cw.* A nawr ei fod wedi dechrau, doedd dim arbed arno. *Allwn i redeg honna'n iawn i chi. Cymryd ordors. Dreifio. Ysgwydd arall dan yr eirch.*

Bron nad oedd y syniad yn chwerthinllyd.

Heblaw fod rhywbeth yn ei lygaid gleision yn pefrio,

ac am eiliad gwelodd Hywel Parry gip o'r bachgen melynwallt, llawn arddeliad oedd mor hoff gan y merched ers talwm, a'r taerineb hwnnw yno o hyd. A gwelodd un o'r geiriau eto. Gair fu'n cyd-gerdded efo fo drwy'r bore. Erfyn. Dyna oedd llygaid Bryn yn ei wneud – erfyn arno. Llond iard o hogyn. Yn erfyn. Fyntau, Hywel Parry, â phob erfyn o'i eiddo bron yn segur. Llond mainc o arfau. Llond y lle. Clyw ni'n erfyn, meddai'r gweinidog. Arnat.

Damia'r geiriau yma'n glynu.

— *Faswn i'n edrych ar ei hôl hi.*

Ac er y gwyddai nad oedd gan Bryn unrhyw amgyffred o faint y dasg, am ryw reswm roedd Hywel Parry yn ei goelio.

— *Ond neith hi'm gadael i mi.*

Ochneidiodd Hywel Parry.

— *Fedrish inna 'rioed ei thrin hi chwaith.*

Ac wedi hynny, oedd yna unrhyw beth arall i'w ddweud?

— *Hywel* . . . Roedd Bryn yn estyn sigarét. *O'n i'n tynnu'r cwch ddoe. Efo'r hogia. Edrych yn dda* . . .

Estynnodd y paced i gyfeiriad Hywel Parry.

Mor anodd yw troi cefn ar hen arfer.

A Bryn, hawdd, cyfforddus, yn eistedd ar y soffa ledr wen yn lolfa'i ferch ac yn chwythu mwg ei sigarét i'r awyr, yn meddalu mymryn ar gorneli onglog y sgwrs, fel angar ar gwareli rhyngoch chi a golygfa.

Bryn, heb ofyn, yn estyn sigarét arall o'r paced a'i thanio a'i phasio iddo a gofyn.

— *Be dach chi'n feddwl, brifo 'eto'?*

38

11.30 a.m.

— *Helen?*

Roedd hi'n aildrefnu'r ffeiliau ar yr ail silff yn ei swyddfa. Nid y rhai ar y silff uchaf. Nid ar y rheiny yr oedd y bai. Y rhai ar yr ail silff oedd y drwg. O newid eu trefn yn ôl maint, roedd y lliwiau'n hollol anghywir. O fynd yn ôl lliw roedd y meintiau yn gwbl o chwith, ac os nad oedd y drefn yn iawn, fyddai ganddi hi ddim syniad am beth nac ymhle i chwilio pan ddeuai'r argyfwng nesaf . . . Felly roedd o'n gwbl hanfodol.

Pwysau. Efallai mai dyna'r gyfrinach. Y rhai tewaf, pwysicaf i gyd yn un pen, agosaf at y ddesg ac wedyn y rhai ysgafnach. Ond ai damcaniaeth ddi-sail oedd honno? Ai'r rhai tewaf oedd y pwysicaf? Bob tro? Onid oedd y rhai tenau, pwrpasol yn bwysig hefyd? Weithiau?

— *Helen!*

Neidiodd.

— *Mae Idris a fi wedi penderfynu y dylet ti fynd i'r ysbyty,* meddai Simon.

Dychrynodd Helen am ei bywyd.

— *Ond dw i'n . . .*

— *Dyna fysa orau.*

Ond dw i'n iawn.

— *Beth bynnag,* meddai Helen, *dw i ar ganol . . .*

— *Fedran nhw aros.*

Adroddiadau.

A dw i'n berffaith iawn.

— *Eniwe,* meddai Simon, *fedar Idris ddim mynd.*

I'r ysbyty? Idris?

— *Dw i ei angen o.*

Angen.

— *Ond mae'n rhaid i ni gael rhywun yno . . .*

Rhywun.

— *. . . a chdi 'di'r un amlwg.*

Amlwg.

— *Helen?*

Mae o'n dechrau mynd yn ddiamynedd; mae hi mor hir yn ymateb. Ac mae o'n gofyn: — *OK?*

Amlwg, ddywedodd o. Mi ddylai fod yn amlwg.

— *. . . Iawn.*

— *Good. Dyna fydd orau.*

Gorau.

Gwell. Mae hyn yn well ac mae hi'n dechrau gallu cytuno. Y geiriau'n brin ond ei phen yn amneidio. Wedi blino y mae hi. Methu . . .

— *Chdi fydd yn ein cynrychioli ni.*

Cynrychioli.

Reit.

Cynrychioli.

Grêt!

Fydd hi'n briliant. Fydd hi'n grêt.

Mae o'n edrych yn bryderus arni. Does dim angen iddo. Mae hi'n briliant. Grêt. Ond yng nghanol hyn i gyd, mae o wedi anghofio smwddio'i dalcen ac mae ei sylwadau'n blygiadau i gyd.

— *Mi fydd 'na riportars yno,* rhybuddia Simon. *Fydd dim raid i ti aros yn hir, ond mi fydd hi'n bnawn cyn i neb gyrraedd o HQ, o swyddfa'r wasg. Felly cer i newid o'r oferôls yna . . . a defnyddia dipyn o lippy!* Yna mae rhywbeth arall yn ei daro. *Cofia: dim gwenu yn y lluniau. Mae'r sefyllfa'n rhy ddifrifol o lawer. A phaid â deud dim byd heb siarad efo fi gynta.* Nawr mae o'n edrych yn fwy bodlon. *Wyneb wyt ti, OK? Ddim mouthpiece.* Ac yn estyn am ei ffôn bach wrth droi am draw. *Mi wnei di'n grêt.*

Cododd Helen y ffôn. Amgylchiadau yn galw am benderfyniadau. A phan mae yna benderfyniadau i'w gwneud, hi ydi'r un. Dan sylw rŵan hyn: adra/fflat, fflat/adra? Doedd arni'n sicr ddim awydd gweld Bryn heb fod angen; felly, a bod yn onest, roedd o'n benderfyniad hawdd.

— *Mami? Dw i'n dŵad adra mewn munud i gael cawod. Dw i'n gorfod mynd i'r ysbyty . . .*

Ysgydwodd ei phen yn ddiamynedd wrth i'w mam ddechrau paldaruo.

— *Ddim fi, Mam. Ian sy wedi brifo. Ian. Gŵr Medi, o Laneilian? Ac . . . ym . . . Huw. Ond dw i'n gorfod . . . A* stopiodd eto, yn wyneb y diffyg sylw diawledig gan ei mam i'r hyn roedd hi'n trio'i ddweud.

— *Mam! Gwrandwch! Faint o'r gloch mae cinio, achos mi fydd rhaid i chi ei wneud o'n hwyrach. Fydda i byth yn ôl erbyn un. Ac mi anghofish i ddeud ddoe, ond mae Luc yn dŵad hefyd . . .*

Lwcus na ddudish i, meddyliodd wrthi'i hun, achos wedi anghofio fysa hi erbyn heddiw, beth bynnag. A rŵan roedd ei mam yn mwydro rhywbeth am ryw gig; lwcus bod ganddi hi ddigon o gig.

— *Un arall ydi o. Faint o wahaniaeth neith hynny?*

Ond, naci naci Helen bach, a rhywbeth am hulio bwrdd a dwn 'im pryd fuo gynnon ni lond bwrdd ddwytha . . .

— *Pwy, Mam?*

Rhyw bali gweinidog, mae'n siŵr.

— *Dw i wedi gofyn i Carol ddŵad.*

— *Carol?*

— *A'i merch hi hefyd, gobeithio.*

— *Iesu, Mam,* poerodd Helen. *Dach chi'n blydi sdiwpid weithiau.*

Penderfynodd Mrs Parry roi'r ffôn i lawr. Wrth iddi wneud hynny, clywodd y drws cefn yn cau a daeth ei gŵr a'i bapurau Sul i ganol yr oglau bwyd.

— *Rhywun i fi?*

— *Naci, jest Helen.*

— *Bob dim yn iawn?*

— *Ydi, tad.*

— *Ches i mo'r bowlen yna i ti.*

Roedd y jeli ar dop y cownter yn oeri; ymhell o galedu.

— *Dim problem,* meddai Nel Parry. *Dim problem yn y byd.*

Pe na bai Helen wedi gwylltio efo'i mam, byddai wedi mynd i'r byngalo i ymolchi a newid. Fyddai hi ddim wedi lluchio'r ffôn ar draws y bwrdd na chlompio ar draws yr ystafell. Honna eto. Sdiwpid. A Simon a'i dipyn o 'lippy'. Rhag cywilydd. Ond wrth rwygo'i hoferôl at ei chanol a nesáu at y drych ar gefn y drws, roedd yn rhaid iddi gydnabod ei bod hi'n gweld ei bwynt.

Pe na bai wedi gadael y fflat ar gymaint o frys, yn yr oriau mân, byddai ei bag ganddi a'i cholur. Ond roedd y bag a'i gynnwys ar lawr y fflat yn rhywle, mae'n debyg, yn cuddio dan ryw ddilledyn neu'i gilydd . . . ac roedd meddwl am hynny yn gwneud i'r wyneb yn y drych gymylu mwy fyth.

Pe na bai hi'n gwybod lle'r oedd ysgrifenyddes Simon

yn cadw allwedd droriau ei desg, ni allai fod wedi penderfynu mynd yno, yn niffyg unrhyw syniad gwell, i fenthyg ei chadachau sychu pen-ôl babi a'i lipstig coch ar gyfer argyfyngau.

A heblaw iddi sleifio i swyddfa'r ysgrifenyddes, estyn yr allwedd o'r soser dan y goeden bigog ar y sil ffenestr ac agor y droriau, ni fyddai wedi dod o hyd i'r llythyr.

Y llythyr fyddai'n rhoi gwybod i bob un o'r staff bod y gwaith yn cau.

Yn yr ail ddrôr yr oedd o.

Dyna'r cyfan oedd ynddi. Y llythyr. Roedd o'n eistedd yno'n boléit, ddisgwylgar yn yr ail ddrôr, yn bapur pennawd a thri pharagraff; yn ddim ond rhesymau rhesymol ac amserlen amserol ac yna enwau'r cyfarwyddwyr. A'u llofnodion. Llofnodion y rhai fu'n ysgwyd ei llaw yn . . . yn rhywle ddoe. Wedyn copïau. Degau ohonyn nhw, i gyd yn barod. Llofnodion ar bob llythyr. Mewn inc. Cododd gornel y twmpath: roedd hyd yn oed y labeli enwau wedi'u hargraffu yn barod. Dim ond llyfu tin yr amlenni . . .

Clywodd Helen sŵn ym mhen draw'r coridor a chaeodd y drôr yn glep. Trwy'r drws cilagored, gwelai Simon yn dynesu. Gwthiodd hwnnw ei gwestiynu rhwng astell y ffrâm a chornel finiog y drws.

— *Dal yma?*

Pwyntiodd Helen y lipstig i'w gyfeiriad. Chwilio am baent. Gwneud fy hun yn ddel ar gyfer eich lluniau chi. Syr.

Yna aeth cryndod drwyddi wrth ailglywed ei eiriau.

Dal yma?

Y basdad.

Erbyn iddi gyrraedd yr ysbyty fe fydd Helen wedi cynnal y sgwrs yn ei chyfanrwydd. Y sgwrs lle bydd hi'n ei herio yn y fan a'r lle, yn taflu'r ddrôr ar agor ac yn chwifio'r llythyr yn ei wyneb. Ers faint wyt ti'n gwybod, y basdad? Ers faint mae hyn yn mynd ymlaen? A pham nad o'n i'n gwybod? Pam na ches i wybod yr un pryd â phawb arall? Aros – pwy arall sy'n gwybod am hyn, beth bynnag? Idris? Ydi o'n gwybod? O, shit . . . Dad?

Croesi Pont Britannia y bydd hi pan fydd hyn yn ei tharo, bod ei thad yn gwybod am y cyfan oll o'i blaen. Fe fydd hi'n gorfod brecio'n galed i osgoi taro rhyw garafanét wedi arafu ar ganol y bont. Welson nhw ddim golygfa erioed o'r blaen?

Helen yn taro'r brêc ac yn rhegi wrth ddod mor agos nes gweld patrwm titrwm tatrwm y rwber ar y teiars ar y beic sydd ar gefn y carafanét; ei jîp wedi stopio'n stond a'i llygaid yn llonydd ar dyllau duon y gratin gen ymyl y ffordd, ar dywyllwch y slwj sy'n cael ei daflu o'r neilltu gan olwynion ceir, ar liw machlud rhif ffôn y Samariaid.

Niwlog fydd y daith wedi hynny. Lwcus fod yna rywun wedi gosod arwyddion ar ei chyfer.

H am Helen.

H fawr wen ar goch, yr holl ffordd at yr ysbyty.

39

12.30 p.m.

Roedd y trên yn hwyr, a Luc, yng ngwres caban y Land Rover, yn dechrau anesmwytho. Camgymeriad oedd cynnig. Roedd y ffyrdd yn brysur a'r daith wedi cymryd mwy o amser nag a ragwelai. A'i ffôn yn canu bob munud.

— *Ydi'r sgript gen ti?*

June, eisiau gwybod lle'r oedd o ac angen newid y trefniadau eto fyth. Eisiau trefnu i wneud y darn y methon nhw ei wneud y bore hwnnw.

— *Mae isio i ti newid hyn:*

Torrodd Luc ar ei thraws. — *Dydi o ddim gen i'n fan'ma, siŵr. Yn y trelar mae o. Ga i o wedyn, pan ddo i'n ôl.*

Mynnodd June fynd drwy'r cyfan beth bynnag.

— *Ydi'r 'thing' yn y trelar hefyd?*

Cododd Luc ei law at boced ei grys. Roedd trên Crewe newydd gyrraedd a phobl yn dechrau dod i lawr y grisiau oddi wrth y platfform. Fflyd o bobl.

— *Mae o gen i.*

— *Yn y trelar?*

— *Mae o'n saff.*

Gwyliai Luc raeadr y bobl, ei fawd wrth ei geg, yn brathu'r croen heb feddwl.

— *Wel, paid â'i anghofio fo.*

— *OK.*

Nid oedd ei sylw ar y sgwrs.

— *Tyd â chôt law efo chdi hefyd, rhag ofn. Gaddo glaw.*

— *OK.*

— *Tri o'r gloch.*

— *Iawn.*

Fe'i gwelai.

Gwyddai'n reddfol mai hi oedd hi.

— *Tri, ddim pedwar.*

— *Gorfod mynd, June.*

Agorodd y drws.

Wrth gyrraedd cylchfan Four Crosses, uwchben y Borth, ar y ffordd i Fangor, bu Luc mewn cyfyng-gyngor rhyfedd. Dros ba bont yr âi? Yr hen ynteu'r newydd? Gallai fynd ar draws yr hen bont, drwy Fangor Uchaf ac i lawr yr allt. Ond tybed na fyddai yna lai o draffig trwy groesi'r bont newydd, mynd rownd ac i mewn ar hyd lôn Caernarfon . . ?

Roedd o'n hen gynefin â'r ffyrdd a'r ardal; y broblem oedd fod y manylion yn newid a diffyg ffeithiau yn cymylu penderfyniadau.

Pont Britannia aeth â hi, ond camgymeriad oedd hynny. Bu bron iddo â chael damwain wrth i res o geir arafu'n sydyn ar ganol y bont. Wedyn roedd goleuadau traffig ar Lôn Caernarfon, lle'r oedden nhw'n gwneud gwaith o flaen y siopau newydd ar gyrion y ddinas. Pont Borth fyddai hi am yn ôl.

Arafodd wrth gynffon tagfa flêr ym Mangor Uchaf.

— *Mae hi'n waeth byth pan fydd y myfyrwyr yma . . .*

— *Mm.*

Ddywedodd hi fawr ers iddi gau'r drws.

Cododd Luc y brêc llaw. Roedd lori fawr yn dadlwytho ar un ochr i'r ffordd, a bws i'w cwfwr yn methu mynd heibio. Dim siâp symud.

— *Meddygaeth,* meddai.

— *Ia.*

— *Da?*

— *Anodd.*

— *Anoddach nag oeddet ti'n ei ddisgwyl?*

Codi ei hysgwyddau wnaeth hi, ac wrth wneud hynny gollwng un glust yn agosach at ei hysgwydd na'r llall. Yn union fel Carol ers talwm.

— *Ti'm yn edrych ddim byd tebyg i dy fam, chwaith!*

Mi wnaeth Carol ei rybuddio am hynny. Cyn iddo gychwyn. Dyna ddywedodd hi: dydi hi'n ddim byd tebyg i fi. Pan ofynnodd Luc iddi ddisgrifio'i merch, gwenodd ond gwrthododd. A doedd ganddi ddim llun i'w ddangos; roedd o ar swp allweddi'r car a'r rheiny yn y garej. Ond mi fyddi di'n gwybod; dyna ddywedodd hi. A phan gerddodd Sera i lawr y grisiau, roedd o'n gwybod yn syth.

Gwthiodd ei gwallt o'i hwyneb wrth droi i wenu arno.

— *Na, dw i'n gwybod.*

Yn un peth, roedd hi'n llawer talach. Cerddodd yn dalsyth a hunanfeddiannol i lawr grisiau'r orsaf, yn syth tuag ato. Roedd hi'n gwisgo jîns a sandalau isel a rhyw dop gwyrdd golau efo siaced o wyrdd tywyllach, fel hen siaced armi; sach gario wedi'i thaflu dros un ysgwydd. Cerddodd y ferch ddieithr, drawiadol hon yn syth tuag ato â gwên chwilfrydig.

— *Tacsi?* cellweiriodd.

— *Luc,* nodiodd yntau, gan estyn ei law tuag ati, yn ymwybodol ei fod o'n beth braidd yn ffurfiol i'w wneud ond yn methu meddwl sut arall . . .

— *Haia, Luc,* cydiodd yn ei law a thynnu ei chorff i'w gyffiniau, gan ollwng cusan yn rhywle wrth ymyl ei glust. *Sera*, cadarnhaodd, gan ollwng y sach oddi ar ei hysgwydd wrth ei draed.

Ni allai Luc dynnu ei lygaid oddi arni.

Ei gwallt.

Welodd o erioed gymaint o wallt. Tonnau. Tonnau syrffio. Cyrls afreolus allai guddio nythod adar. Fe allech chi ddiflannu iddynt: nosweithiau cyfan, coll. Gwallt golau, golau fel melyn tenau haul y gaeaf, rhwng caled a chynnes, rhwng arian ac aur.

Â'i hosgo hyderus, ei gwallt a'i gwên, roedd o fel croesi'r degawdau a gweld ysbryd ar gerdded.

Dim byd o gwbl yn debyg i'w mam.

O'r diwedd roedd y dyn yn cau cefn y lori. Rhoddodd Luc y cerbyd mewn gêr a chwyrnu'r injan, ond am ryw reswm roedd ei droed yn ddiwahardd; dawnsiai braidd, fel petai'n nerfus, a llithrodd yn drwm ar y disel nes gwneud i'r peiriant ruo.

— *Jest fel dad, apparently . . .*

Ac wrth gwrs, pan ddywedodd hi hynny, diflannodd y rhith yn llwyr, ac ar unwaith gwelai Luc y tebygrwydd. Bryn, dal a golau, yno'n cuddio dan fop o gyrls ei ferch.

— *Ia, siŵr. Be sy haru fi.*

Canolbwyntiodd ar y gyrru.

Pa mor debyg oedd hi i'w thad, mewn gwirionedd, doedd ganddo ddim syniad. Dim ond gobeithio nad oedd ei mam yn dioddef ei chael hi'n gwyngalchu ei rhiant coll, oherwydd go brin y byddai Carol wedi mynd â'i adael heb reswm. Ond, wedyn, fe all pobl newid. Newid digon i roi'r argraff i'w ferch na ddaeth hi o stoc rhy wael, beth bynnag, gobeithio. Ac mae gwybod am y gorffennol, y cysylltiad yna, yn bwysig.

Yn wir, efallai y dylai yntau bwysleisio hynny wrthi nawr. Ond â pha eiriau? Ble'n union yr oedd ailgychwyn troi'r meddyliau yn synau synhwyrol? Beth bynnag, doedd o ddim yn siŵr faint o Gymraeg roedd hi'n ei ddeall. Mae cael eich magu ym Manceinion a dal i siarad Cymraeg yn beth go anarferol.

Felly, wrth dynnu allan i fynd heibio i dacsi oedd wedi stopio ar draws y lôn i'r Belle Vue, fe'i cafodd hi'n haws cipio'i wên draw ati a nodio'n ddeallus. Yn llawn sicrwydd, gobeithio.

40

1.15 p.m.

O fewn llai na hanner awr, roedd y ddau ohonynt wedi cyrraedd byngalo rhieni Helen; yn fuan wedyn, aeth Luc i'r cefn i drio dod o hyd i signal ffôn.

Iard fechan oedd yno, rhwng terfynau'r drws cefn, sied yr ardd a chefn y garej; sgwaryn o goncrid a wal flocs; pwced mop, bin du, polyn lein. Y tu hwnt i'r wal yr oedd yr ardd go iawn; gardd gefn fawr a segur – glaswellt wedi'i dorri at y bôn a gwrych o lwyni amrywiol heb fod angen eu tocio byth. Gardd i hwyluso golygfa, meddyliodd Luc yn garedig, wrth graffu dros y wal ar flaenau'i draed. Doedd yno ddim i gystadlu â'r ffriddoedd y tu cefn i'r tŷ, na'r mynydd a godai y tu hwnt iddynt yn grachen gopr i warchod y gorwel.

Mynd i chwilio am y lein ddillad wnaeth o, yn sgil tystiolaeth y polyn, a dod o hyd iddi yn yr ardd eang a agorai ar olygfa nad oedd gobaith ei gweld o'r tŷ. Roedd dillad ar y lein, a'r rheiny'n hongian yn llipa yn y gwres: dwy hosan dywyll a chrys glas, mor llonydd ar y lein â phetai darn o'r awyr yn hongian yno.

Storm. Dyna roedden nhw'n ei addo, meddai June. Storm diwedd tymor yr haf – roedd hi'n bygwth ers dyddiau. Bellach roedd y pnawn yn dal ei wynt, a'r aer yn dynn.

Atebodd ei negeseuon yn frysiog a diamynedd. Dim awydd gweithio o gwbl; cymaint brafiach fyddai cael ymlacio dros ginio, sgwrsio, crwydro, mynd efo'r lli . . . Ac ar hynny, teimlodd ysfa nas teimlodd ers blynyddoedd – awydd gadael y cyfan a mynd am dro i lan y môr.

Edrychodd ar ei oriawr. Roedd hi'n mynd yn hwyr i gael cinio. Pam oedd amser mor brin? Drwy'r amser?

Doedd o ddim hyd yn oed yn hoffi glan y môr!

Ddim yn hoff o haul tanbaid fel hyn ar ei gorun, chwaith. Aeth i gysgod y garej a phwysodd yn erbyn y drws, y pren yn boeth ar ei balfais: pren a phlisgyn farnais a hen waliau sment wedi'u chwipio. Gallai ddweud bod y sment yn hen – roedd o'n llwyd sychlyd, yn dechrau moeli, a blewyn o grac yma ac acw – eto roedd y cerrig ynddo fel newydd o hyd: cerrig gwyn, glân, fel dannedd wedi'u malu. Y chwip gwyn yna sydd ag arlliw o staen coffi yn y garreg.

Siwtio'r byngalo i'r dim, meddyliodd Luc.

Y mymryn lleiaf o liw brown.

Fel popeth arall am y lle.

Crynodd ei ffôn wrth i neges arall ei gyrraedd am y trefniadau. Ar hynny, pwy ddaeth drwy'r drws o gysgod y gegin i syrthni'r iard ond Sera, yn cario diod ym mhob llaw.

— *Mae Helen wedi cyrraedd.*

Roedd Sera fymryn yn fwy hyderus ers gweld ei mam; fel petai'r geiriau yn llifo'n gynt. Felly roedd Helen yn ei hôl o'r ysbyty. Beth wyddai Sera amdani, tybed, meddyliodd Luc, wrth lapio'i fysedd am y gwydryn gwin.

— *Ti 'di'i chyfarfod hi o'r blaen?*

Ysgwyd ei phen wnaeth hi.

Roedd cudyn o'i gwallt wedi croesi o chwith ar draws ei thalcen; un gyrlen anystywallt wedi ffarwelio â'r lleill, wedi croesi'r llinell wen ac yn methu troi am yn ôl. Gwres y pnawn oedd wedi cydio ynddi a'i dal yn y mymryn chwys wrth wraidd gwallt trwchus, yn y gwawn gwlybaniaeth sy'n cosi'r blew mân nes gwneud i chi godi cefn eich llaw at eich talcen i'w gwasgu'n llonydd. Neu ewin i'w crafu at yr asgwrn.

Roedd o isio gafael yn y cudyn coll rhwng bys a bawd a'i godi; ei wahanu oddi wrth ei chroen a'i chwys, a'i blygu; ei ddychwelyd i'r man lle daethai. A'i roi i orwedd.

— *Iechyd da!*

Roedd hi'n bygwth gadael gyda'i llwncdestun. Y rhith ar fynd a'i adael eto. Tonnau ugeinmlwydd. Gwawr ar gerdded.

Cythrodd: — *Ti'n debyg iawn iddi.*

— *Dach chi'n meddwl?*

A'r 'chi' syfrdanol yn ei sadio.

— *Wyt ... rywsut.*

— *Mae hi wedi mynd am shower.*

Ac wrth gwrs byddai digon o angen hynny ... yn y gwres, ategodd Luc, wrth droi at y cymorth hawsaf.

— *Mae hi'n chwilboeth.*

— *Boiling.*

Mynd wnâi hi, ond wrth droi'n ôl am y drws cefn bachodd ei sandal yn y mat metel a bu'n rhaid iddi bwyso'n drwm ar wal y tŷ i'w harbed ei hun rhag disgyn.

— *Bỳm.*

Codwyd croen ei hysgwydd.

— *Ti'n iawn?*

Doedd dim digon i'w weld i warantu miri; ôl carreg neu ddwy wedi gwthio haenau uchaf ei chroen o'r neilltu; digon i adael gwrymiau am gyfnod byr, dim digon i dynnu gwaed, dim i fygwth craith. Daliai Sera i rwbio'i hysgwydd â'i llaw rydd.

— *Slotian cyn cinio!* pryfociodd Luc.

— *Shit, wnaeth hynna frifo.*

— *Wyt ti'n ddigon hen i fod yn yfed, deuda?*

(Beth oedd haru fo? O ble y daethai'r gwagedd geiriau yma?)

— *Dw i'n ddigon hen i lot o bethau.* Ar ei hysgwydd yr oedd ei sylw hi, nid arno fo. *Jest peidiwch â deud wrth Mam. Sgynni hi ddim syniad am hanner y pethau 'dan ni'n neud yn y neuadd.*

— *Fedra i ddim coelio dy fod ti'n y coleg!*

Edrychodd hithau arno. Mwydro'r oedd o? Tynnu ei choes? Ymatebodd i'w ysgafnder.

— *Ddim yn meddwl mod i'n edrych yn ddigon hen i hynny, chwaith?*

Ond roedd Luc yn berffaith o ddifrif.

— *Naci,* meddai. *Dy fam sy ddim yn edrych yn ddigon hen.*

— *Edrych yn OK, tydyn?*

Nawr mae hithau o ddifrif, ond am bwy yn union y mae hi'n sôn? Y ddwy hŷn? Carol a Helen? Helen, yr oedd hi newydd ei chyfarfod am y tro cyntaf ar ei ffordd i'r gawod? Amdanyn nhw ill dwy roedd hi'n sôn? Ynteu fo ddaru gamglywed, am fod yn ei hynganu ryw ddieithrwch anodd ei ddiffinio. Tydyn pwy? Carol a Sera ei hun? Carol a rhyw ddiffyg ieithyddol? A'r wên yna eto . . . Hen ben oedd hon, ond doedd yntau ddim yn ddwl chwaith. Roedd yr ateb yn hawdd.

— *Ydyn, tydyn.*

A meddyliodd am funud iddo gael y gorau ar y sgwrs.

— *Ydach chi'n ei lecio hi?*

A! Pa un? Am ba un roedd hi'n holi? A sut gallai o osgoi ateb? Petai'n dod i hynny, beth oedd yr ateb? Fel un yn dwys ystyried ei ymateb, cododd ei wydr gwin o'i flaen. Yn adlewyrchiad yr haul ar wyneb y coch dwfn, cyfoethog, cafodd fflach o ysbrydoliaeth.

— *Wyt ti?*

Doedd o ddim yn disgwyl iddi ei anwybyddu fel y gwnaeth ac eistedd mor ddirodres ar y rhiniog. Roedd hi'n dal i rwbio'i hysgwydd, yna'n rhwbio cefn ei gwddf, o dan ei gwallt.

— *God, dw i'n boeth.*

A Luc yn dangos ei ben moel yntau a dweud: — *Fel hyn ti angen, yli.* A'r ddau yn gwenu a Sera yn edrych arno eto.

— *Fysach chi yn lluniau ysgol Mam?*

Baswn, gobeithio.

— *Ella,* meddai Luc.

A Sera yn ei astudio.— *Dw i ddim yn eich cofio chi.*

— *Mi oedd gen inna wallt adeg hynny!*

— *Gynnoch chi wallt rŵan, 'swn i'n deud.*

Fedrai Luc ddim cweit cysoni ffurfioldeb y 'chi' efo'i hyfdra chwareus, eto ni allai ond amneidio. Roedd hi yn llygad ei lle.

— *Ydach chi'n siafio'ch pen bob dydd?*

— *Bob yn eilddydd.*

Er na wnâi diwrnod neu ddau lawer o wahaniaeth.

Roedd Sera yn dal i'w astudio. — *Dw i'n dal ddim yn eich cofio chi.*

— *Faint o weithiau wyt ti wedi edrych ar y lluniau 'ma?*

Ond dyna'r unig bethau oedd ar eu waliau. Lluniau ysgol Carol. Lluniau Sera. Lluniau'r ci.

— *O'n i'n meddwl mod i'n nabod pawb ynddyn nhw.*

Ac am ryw reswm, mae Luc yn siomedig o glywed hyn; yn fwy siomedig nag y gallai fod wedi'i rag-weld. Mae'n rhaid fod rhyw eglurhad.

— *Pawb yn newid,* meddai.

— *Ella.*

— *Rhyw gymaint.*

— *Dach chi'n meddwl?*

Mae Sera'n edrych fel petai arni hi eisiau gofyn rhywbeth iddo, ond yn methu gwybod lle i gychwyn.

— *Mae Mam yn deud ei bod hi'n dal i deimlo'r un peth tu mewn.*

— *Ydi hi?*

Ai dyna'r oedd arni hi eisiau ei ofyn? Gofyn: wyt ti'n teimlo'r un peth tu mewn o hyd? Ac a fydda i'n teimlo fel hyn (beth yw 'fel hyn' iddi hi nawr?) pan fydda i'n beth? yn hen? fel chdi?

— *Tydi hi ddim yn teimlo'n ddigon hen i fod â hogan yn y coleg, dw i'm yn meddwl.*

— *Ifanc ydi hi,* meddai Luc, *ac mi rwyt ti'n* ...

Ond wyddai o ddim lle i fynd wedyn, a hongian yn nhes yr iard gefn wnaeth pennau rhaflog ei ddoethinebu. Ciciai Sera flaen ei throed ar lawr yn galed, yn galetach, nes symud y mat metel a hwnnw'n rhygnu hyd y concrit.

— *Mae hi'n dal i feddwl mod i'n hogan fach.*

(Y fath rwystredigaeth yn ei llais!)

Ond mi rwyt ti! Dyna mae Luc isio'i ddweud. Ond a ydi hynny'n wir? Ŵyr o ddim a ydi hynny'n wir. Ac ydi yntau'n syrthio i'r un ffos â Carol? Ai llygaid ei genhedlaeth sy'n gwneud hon yn ifanc iddo? Mae hi'n nes at oed ei fyfyrwyr na'i oed o ei hun, ond mae o'n deall rhywfaint ar fyfyrwyr: eu hangerdd; eu hyder yn eu haeddfedrwydd.

Hon, Sera, yn hogan fach?

— *Rong!* wfftiodd Luc.

— *Reit!*

Gwenodd Sera arno yn y gwres.

Edrychodd dros ei hysgwydd wedyn, fel petai hi'n ystyried mynd yn ôl am y tŷ ond fod aros allan yno'n apelio mwy; roedd yna'n sicr fwy o fywyd yma nag yn yr ystafell fyw lle bu hi'n eistedd cynt.

— *Dw i fod i ofyn ydach chi isio egg mayonnaise 'ta orange juice.*

Crychodd y ddau eu trwynau wrth ystyried y dewis.

— *Be 'dan ni'n ei gael wedyn? Ti'n gwybod?*

Nid oedd y cwrs cyntaf yn argoeli'n dda.

— *Dim syniad.*

— *Ond mae o'n cynnwys bresych,* meddai Luc dan ei wynt.

— *Bresych?*

Deuai'r arogl drwy bob agoriad o'r gegin.

— *Cabaij,* esboniodd.

— *Lyfli.*

— *Rong!* meddai Luc.

— *Reit!*

A chwarddodd y ddau.

Yna fe ddechreuodd hi edrych y tu cefn iddi eto, yn llechwraidd, fel petai ganddi rywbeth i'w guddio, a lled sibrwd arno:

— *'Sgin ti ddim sigarét sbâr?*

Doedd Luc ddim yn deall pam y byddai Sera wedi meddwl ei fod yn ysmygu. Ond, anghofiodd bopeth am y bocs sigaréts ym mhoced dop ei grys. Gweld hwnnw wnaeth Sera – un o'r pethau cyntaf y sylwodd hi arno yn y Land Rover, a chymryd yn ganiataol . . .

— *Ydi dy fam yn gwybod?*

— *Ydi ots?*

Sgwrs sydyn gafodd hi â'i mam ar ôl cyrraedd: coflaid, a sgerbwd y sefyllfa, gan gynnwys mor fregus oedd iechyd Mrs Parry. A chofio am hynny wnaeth i Sera ddechrau meddwl am droi'n ôl tua'r tŷ, i helpu. Heblaw fod y gwres a'r gwin yn codi awydd sigarét arni, er gwaethaf poen cydwybod.

Nawr roedd Luc yn edrych o'i gwmpas, lawn mor llechwraidd â hithau cynt ac yn tynnu'r blwch o'i boced.

— *Yli,* meddai. *Be ti'n feddwl o hwn?*

Pan estynnodd y bocs i olau dydd, gwelai Sera ar unwaith na fyddai hi'n debygol o gael sigarét ohono. Roedd o'n hen a di-siâp, y cynllun arno'n anghyfarwydd. O'r bocs, tynnodd Luc bapur sidan wedi'i lapio am rywbeth tebycach i lwmpyn o faco na sigaréts. Am funud meddyliodd Sera mai dail rhyw fath o gyffur oedd ynddo – rhywbeth amheus i'w smocio.

— *Pan ddois i o hyd i hwn, ro'n i'n fengach na chdi,* meddai Luc, wrth agor y papur yn ofalus.

Ar gledr ei law roedd talp o fawn, fel darn hirsgwar o deisen siocled, yn dywyll a sych. Yn union fel 'tai'n codi hanner uchaf teisen i ddangos y jam yn y canol, gafaelodd Luc yn y talp a chodi'r caead. Ar y gwely mawn, yn rhan o'r gwead, gorweddai siâp deilen gopr.

Pwysodd Sera yn nes.

Nid oedd yno ddeilen gyfan, dim ond ei sgerbwd; ei choesyn a'i gwythiennau yn rhwyllen olau ar dywyllwch y mawn.

— *Lle gest ti hi?*

— *Mynydd Parys.*

Dŵr wedi'i drwytho mewn mwynau copr o'r graig, a hwnnw wedi cael ei dynnu i gelloedd y planhigyn. Am ganrifoedd yn y mawn. Deilen wedi'i dal.

— *Ydi Mam wedi'i gweld hi?* sibrydodd Sera yn ei rhyfeddod.

— *Ddim eto. Pam?*

Gweld y dail yn lluniau ei mam yr oedd hi.

— *Jest meddwl,* meddai. *Oes 'na fwy?*

— *Mi fues i'n chwilio.*

Dros y blynyddoedd gwelodd gyfeiriadau at rai o'r fath mewn llyfrau, ond ni welodd Luc un arall fel hyn erioed. Daliai'r mynydd i gadw ei gyfrinachau.

— *Fuest ti'n chwilio ar gyfer y rhaglen?*

— *Mae'n rhy beryg.*

Roedd y tir yn rhy gorsiog. Beth bynnag, ymdrech ofer fyddai hi. A meddyliodd Luc am funud, cyn gostwng ei lais a'i thynnu i gyfrinach arall.

— *Cogio cloddio fues i y rhan fwyaf o'r penwythnos,* cyfaddefodd. *Maen nhw'n sgriptio'r cwbl, bron, ymlaen llaw.*

Doedd hynny ddim i'w weld fel petai'n ei synnu hi, felly pam roedd o'n teimlo bod yn rhaid iddo ei gyfiawnhau ei hun?

— *Toes 'na ddim llawer yn newydd i ddod o hyd iddo,* eglurodd. *Mae'r mynydd wedi'i dyrchio bron i gyd dros y blynyddoedd. Os na cha i syrpréis, 'de!* meddai Luc wedyn, i ysgafnhau'r hwyl.

Ond doedd dim angen iddo ymhelaethu. Roedd hi'n plygu dros y ddeilen eto, ac un cam ar y blaen.

— *Wyt ti'n mynd i ddeud dy fod ti wedi'i ffeindio hi heddiw?*

A Luc yn syllu ar y cyrls yn codi, ar y llygaid deallus. Ar lesgedd ei gwên.

Ddylai neb feddwl am dwyllo hon.

— *Dyna maen nhw isio i mi ei neud.*

41

1.30 p.m.

Yn y lolfa lonydd lle'r oedd Hywel Parry yn darllen ei bapur, a'i wraig wedi cael ei pherswadio i gymryd hoe cyn gweini cinio, rhedai Carol ei bys yn ysgafn dros wyneb llun olew ar y wal y tu ôl i'r soffa.

— *Dach chi'n lecio lluniau?* holodd Nel.

— *Ydw.*

— *Isio print Kyffin oeddwn i, ond maen nhw braidd yn dywyll, tydyn?*

Glas golau oedd y soffa; glas ag arni batrwm hufen a melyn o flodau a dail.

— . . . *wedyn mi welish i hwn yn yr Oriel.*

Ar hynny, tasgodd Helen i'r ystafell yn droednoeth yn ei jîns a chrys T glân, tywel am ei gwar a'i gwallt yn wlyb diferol. Anwybyddodd bawb a'i gollwng ei hun i gadair freichiau.

— *Ers faint mae hi yma?*

Am bwy roedd hi'n holi – holi ei mam am Carol, ynteu Carol am Sera? Edrychodd y ddwy arall ar ei gilydd mewn penbleth.

— *Sut ddoth hi? Tacsi?*

Sera.

Gwrthdaro yn gwthio pob gair.

— *Naci,* meddai Carol yn ofalus. *Luc.*

— *Aeth o'r holl ffordd yn unswydd? Pam na fysat ti wedi gofyn i fi? O'n i'n mynd i Fangor.*

A Carol yn mingamu o gwmpas ei geiriau.

— *Wyddwn i ddim.*

— *Faswn i 'di dŵad â hi i chdi.*

Twt-twtiodd ei mam ar ei thraws.

— *Fedrat ti ddim rhoi lifft i neb yn y jîp flêr 'na* . . .

Roedd ateb i hynny hefyd.

— *Fyswn i wedi medru mynd â char Dad.*

Estêt.

— *Wel, mi fydda wedi gwneud lles iddi gael 'run'.*

Y ddwy ddynes oedd yn trafod, sylwodd Carol; nid ymunodd Hywel Parry yn y sgwrs.

— *Roedden ni'n arfer mynd am 'run' bob nos Sadwrn, toedden Hywel?* meddai Mrs Parry.

— *Mm.*

— *Fuon ni ddim allan yn y car mawr ers sbel* . . .

Trodd Helen at y cwpwrdd gwydr.

— *Oes 'na wydryn i fi, Mam?*

— *Oes, cariad,* a dechreuodd ei mam stryffaglio codi.

— *Cod i'w nôl o dy hun, Helen,* meddai ei thad yn siarp o'r gornel. *Mae dy fam . . . wedi blino.*

— *Dw inna 'di blino hefyd!* Nythodd Helen yn ddyfnach i'w sedd. *Dw i 'di codi ers cyn cŵn Caer.*

— *Pryd est ti i gysgu ydi'r cwestiwn. Beth bynnag, dydi'r estêt ddim 'di bod allan llawer yn ddiweddar. Mae hi isio syrfis.*

— *Dim ond i fynd i Ysbyty Gwynedd y bydd Hywel yn ei defnyddio hi,* eglurodd Mrs Parry.

Nid bod Carol yn deall.

— *A does 'na ddim disel ynddi.*

Ei atalnod ar y mater.

— *Cario cyrff yn y cefn mae o,* aeth Helen yn ei blaen, cyn crechwenu ar ei fur o bapur. *Mi fysa'n newid cario rhywun byw yn ôl o Fangor!*

A chododd ar flaendon ei ffraethineb ar drywydd rhywbeth coch mewn gwydryn. (Mi fydd yna ragor i ddod ganddo, mae hi'n gwybod hynny. Mae o'n mynnu cael y gair olaf. Bob tro.) Cydiodd mewn potel. Symudodd y mur.

— *O'n i'n meddwl dy fod ti'n gweithio?*

Ac ar y blydi gair, o'i blaen, mae llun y llythyr. Gweithio? Mae gynno fo blydi wyneb. Ond mae hi eisoes wedi penderfynu y bydd hi'n dewis ei moment i fynd i'r afael â fo i'w groeshoelio. Groesholi. Wedyn mi geith o weld beth mae hi'n ei wybod. Ffycin gweithio? Ddim am yn hir.

— *Dim ond un . . .* Ffrwynodd y geiriau oedd yn bygwth ffrwydro.

Un i ddechrau.

Tywalltodd ddwywaith gymaint ag arfer.

A nawr bod yr hylif cynnes yn dechrau llithro i lawr ei llwnc, fe ymlaciodd hithau i'w chadair. Gydag ymdrech, llyncodd ei llid ac ildio'i pherchnogaeth ar y sgwrs. (Cŵn Caer. Roedd hi'n reit falch o hwnnw. Good Welsh. Lecio Caer. Hen gi oedd y ci welodd hi ar ôl codi, tybed? 'Ta hen ast?)

Roedd Carol yn dal i sefyllian o flaen y llun.

— *Ti'n lecio fo?* dirmygodd Helen.

— *Mae o'n neis,* meddai Carol wrth Mrs Parry.

— *Neb o bwys, dw i'm yn meddwl, ond dw i'n ei lecio fo.*

— *Dyna sy'n bwysig.*

A bu tawelwch am funud i roi dyledus barch i'r bwthyn melyn ar ei eira glas.

— *Pwy fyddi di'n lecio, Carol?* Mae llais Helen yn herfeiddiol. *Ti'n prynu?*

— *Paentio.*

Ni ddisgwyliai Carol glywed llais Sera o gyfeiriad y drws. Aethai â diod i Luc yn y cefn, ers oesoedd. Bron nad anghofiodd amdani. Ni sylweddolai ei bod yno wrth y drws yn gwrando ar y sgwrs. Teimlodd y tyndra arferol yn gafael yn ei gên – mi fuasai'n well ganddi beidio â chychwyn ar y trywydd hwn, ond roedd llygaid Mrs Parry yn gwenu ei hanogaeth i gyfeiriad ei gwestai ifanc, tlws.

— *Paentio fyddi di, 'de Mam?*

— *Fyddwch chi?*

Difarai Carol iddi gyffwrdd yn y llun. Rhywbeth preifat oedd ei phaentio, ei byd hi, byd saff. Eto deallai ysfa Sera i sôn amdano hefyd: balchder di-ddeall oedd yn ei sylw. Mae Mam yn gallu paentio. Mae hi'n gallu. Fy mam i.

— *Mae Hywel yn un da am dynnu llun hefyd, wyddoch chi. Oeddet ti'n arfer mynd allan i sgetshio ers talwm, yn toeddet, Hywel?*

— *Fues i ddim ers blynyddoedd,* o ganol ei bapur. *Ugain mlynedd. Mwy.*

— *Watercolour, Carol? Watercolour fyddwch chi'n baentio?*

Mor gyndyn oedd hi o ymateb. Edrychodd o un fraich cadair i'r llall o amgylch yr ystafell. Pam na ddeuai rhywun i'w hachub? Unrhyw un? Lle'r oedd Luc pan oedd ei angen?

— *Ydyn nhw'n dda?*

Helen.

A sut oedd ymateb i gwestiwn felly? Ydych chi'n dyfalbarhau efo pethau am flynyddoedd oni bai eich bod chi'n credu eu bod nhw'n dda? Neu o leiaf yn credu y gallech eu gwella? Neu'n cael boddhad y tu hwnt i alw llun yn dda neu'n wael; rhyw falm y tu hwnt i feirniadaeth.

O'r drws, roedd Sera'n ei gwylio ac yn sydyn sylweddolodd Carol fod mwy yn perthyn i'w hymyrraeth cynt na balchder; roedd hi'n gwybod yn iawn beth yr oedd hi'n ei wneud a beth fyddai'r effaith ar ei mam. Roedden nhw wedi trafod hyn droeon. (— *Ti'n dda, Mam. Yn well na da. Ddylet ti wneud hyn yn llawn amser.*) Ond y tu mewn iddi hi ei hun y bu'r dorau cau ac nid dyma'r lle i sôn am hynny.

O'r gornel, daeth llais addfwyn Hywel Parry.

— *Yr adroddiadau diogelwch 'ma rwyt ti'n treulio cymaint o amser drostyn nhw – ydyn nhw'n dda?*

Ac mae Helen eisiau ateb: Ydyn. Wrth gwrs eu bod nhw. Top notch. Fyddai hi ddim yn y swydd sydd ganddi rŵan oni bai eu bod nhw'n blydi da. Ond mae hi'n ddigon deallus i sylweddoli bod ei thad wedi'i dal mewn trap a fydd yn ei baglu os na fydd hi'n ofalus. A nawr mae pawb yn edrych arni hi. Ac nid ar Carol. A siffrwd y papur Sul yn gostwng, a dad yn sbio. Sbio arni. Arni go iawn, a dydi hi ddim yn cofio pryd digwyddodd hynny ddiwethaf.

Yn fwriadol ai peidio, mae ei geiriau'n greulon.

— *Gwaith 'di hynny. Poetsio 'di paentio.*

Eich cryfhau y mae malais, ym mhrofiad Carol.

— *Poetsio'n gallu bod yn hwyl,* meddai'n dawel.

— *Dibynnu pa fath o boetsio, tydi!*

— *Ddylet ti wybod am hynny,* meddai ei thad.

Camodd Sera i'r ystafell a'i gosod ei hun yn fwriadus ar astell cadair Mrs Parry. Gafaelodd yn ofalus yn ei braich, ei chodi ar ei glin a mwytho'i llaw. Cododd Mrs Parry ei phen, bu cyffwrdd llygaid, ac yno ar y gadair wrth y drws roedd werddon rhag y geiriau cas am funud fach.

Corlannodd Sera ei gwallt a oedd yn bygwth powlio yn rhaeadr o flaen ei hwyneb, ac am ennyd roedd hi'n edrych i fyw llygaid ei mam. Gwelai Carol y doethineb yno. A'r direidi. Y doethineb ddaeth i gysuro hen wraig oedd yn araf golli gafael, a'r direidi a wrthodai ildio'r awenau i unrhyw fwli o ferch. Un dda am gêm fu Sera erioed. Yma, roedd grym yn symud o gwmpas yr ystafell fel parsel mewn parti plant.

— *O leiaf mae poetsio Mam yn talu,* meddai Sera mewn llais diniwed.

A Helen yn codi'i golygon oddi ar y carped wrth ei thraed.

— *Ti'n gwerthu?*

Chwilfrydedd? Diddordeb?

— *Ambell un.*

— *Am faint?*

Gwenodd Carol wrthi'i hun. Cenfigen.

Un peth y sylwodd Carol arno yn ystod y dyddiau diwethaf oedd na allai Helen ymdopi â gwrthdaro. Roedd hi'n ddigon parod i daflu'r cerrig, ond allai hi ddim dygymod â'u dal. Gallai Carol luchio ambell bris anrhydeddus a gafodd am ei lluniau i'w chyfeiriad, pe deuai unrhyw les o hynny, ac ers talwm byddai'n anodd ymwrthod.

Rhywsut, roedd yn rhaid i bawb eu profi eu hunain drwy'r adeg i Helen. Roedd hi'n cael yr effaith yna arnoch chi; yn gwneud i chi deimlo bod yn rhaid i chi eich cyfiawnhau eich hun o'i blaen. Yr unig ateb mewn sefyllfa felly oedd dysgu peidio ag ymateb: roedd Carol wedi dod i ddeall hynny. Gadael i'r cerrig syrthio ar dywod sugno oedd y peth doethaf i'w wneud. Wrth groesi traeth gwyllt ei bywyd hyd yma, fe ddysgodd hi lawer o bethau fel hyn. Celfyddyd arall i'w meithrin oedd adnabod tro'r trai.

Rhywsut, gwyddai Carol fod Helen ar gyrraedd pen ei thennyn, wedi gadael tir sych synnwyr; yn sâl; ei bod hi rywle yng ngolchion annelwig dŵr y distyll, rhwng mynd a dod, rhwng cyrraedd a mynd; bod eangderau'r traeth yn bygwth ei gormesu; trochion ar wrymiau tywod; dannedd craig heb fod ymhell o ffin y dŵr.

Camgymeriad fyddai troi arni nawr.

Gwerth ei lluniau?

Tawelu ynteu gythruddo Helen wnaiff amwysedd ei hateb?

— *Mae'n amrywio.*

— *Be sy'n amrywio?*

Trodd pawb ato, fel un.

— *Dim byd, Luc bach,* meddai Mrs Parry, gan gau pen mwdwl ar y paent. *Rŵan, gaethoch chi sortio'ch gwaith? Sgynnoch chi amsar i gael tamaid sydyn cyn mynd?*

A phawb yn codi gyda'i gilydd mewn ymateb i'r sŵn symud yn ei llais, yn tyrru drwy'r drysau gwydr rhwng y lolfa a'r ystafell fwyta. Carol oedd ar y blaen, yn mynd am y gegin, a Sera yn galw arni.

— *Orange juice, Mam.*

42

Roedd Luc ar dân eisiau holi am y ddamwain.

— *Aeth pob dim yn iawn yn yr ysbyty, Hel? Fuest ti ddim yn hir . . .*

Atebodd hi mohono'n syth.

Roedd hi wedi adrodd yr hanes wrth ei mam ar ôl cyrraedd adref. Cipluniau cyflym. Ofnadwy. Du a gwyn. A gwyn a du i gyd.

Wedyn roedd hi wedi trio sgrwbio'r lluniau'n lân yn y bathrwm, ond roedd dagrau pawb yn llifo am ei phen o'r gawod, swigod croen yn codi o'r siampŵ. Ac ni allai yn ei byw â chofio, er trio a thrio, pam na fedrai hi olchi'r arogl oddi ar ei chroen. Arogl fel arogl blew wedi llosgi yn glynu yn ei ffroenau. Rhywbeth i'w wneud efo proteinau yn y cnawd?

Ond wedyn roedd hi wedi dechrau ei hamau ei hun, achos nid llosgi wnaeth Huw. Nid cnawd wedi'i losgi gan dân oedd o, ond gan gemegion. Ai dyna'r arogl? Ydi bromin yn dal i arogleuo, hyd yn oed ar ôl cael ei olchi a'i olchi oddi ar eich corff? Achos mae o'n dal i losgi.

Ddarllenodd Luc hynny i gyd yn ei llygaid?

— *Sori. Problemau?*

Lle'r oedd dechrau?

— *Mi gyrhaeddodd Jade yn rhy hwyr*, sibrydodd.

— *Cariad un ohonyn nhw*, eglurodd Mrs Parry wrth gydio ym mraich Luc, yn falch o'r angor. *Roedd o wedi mynd i ryw uned . . . uned be oedd hi, Helen?*

Llosgiadau.

— *Uned losgiadau, mae'n siŵr*, meddai Luc.

— *Dyna chi. Yn lle, Helen?*

— *Manceinion*, meddai Mr Parry, ar ei thraws.

— O, diar, Manceinion yn bell . . .

— Ddim felly, meddai Carol, gan chwilio am Sera.

— Ddim y dyddiau yma, meddai Hywel Parry, gan wylio'i wraig.

— Fydd raid i ti fynd i fanno, Helen?

Ei mam yn gofyn rhywbeth a hithau ddim yn canolbwyntio.

— I le?

— I'r ysbyty arall yna.

— I be?

— Wel, efo dy waith . . ?

A chyda 'dy waith' yn llafn drwyddi, deffrodd.

— Pam na fysach chi 'di deud wrtha i, Dad?

Am funud, doedd gan Hywel Parry ddim syniad am beth oedd hi'n sôn. Ond pan drodd Helen at ei mam wrth y bwrdd ac edrych mor ymbilgar arni, fe sylweddolodd. O, Dduw, roedd hi'n gwybod am Nel. Roedd hi wedi dod i wybod. Ac ni allent ohirio mwy. Ond cyn iddo allu dweud yr un gair, arthiodd Helen ei rhwystredigaeth:

— Mami! Pam na fysa fo 'di deud?

Arthio ar Nel, a honno'n edrych mor ddigalon nes y byddai yntau wedi gwneud unrhyw beth i'w harbed rhag yr eiliad yma, nawr.

Yn bwyllog, dechreuodd Hywel Parry gyfiawnhau:

— Wel, toedd hi ddim yn . . .

Nid oedd Helen yn gwrando.

— Pwy arall sy'n gwybod?

Chwipiai ei phen o un i'r llall yn yr ystafell fwyta. Oedd pawb yn gwybod? Popeth? Pawb? Blaen ei phen yn beio, cefn yn cyhuddo, a'i gwallt yn methu symud yn ddigon cyflym, nes bod cudynnau lleithion yn glynu'n ei thalcen, yn cydio'n ei cheg.

Anwybyddodd Hywel Parry hi. Cloddiodd ei ddwylo i'w bocedi, ei geiniogau yn gwmpeini, a rhoddodd gychwyn arall arni.

— *Toedd hi ddim yn sefyllfa hawdd . . .*

— *Meddwl bysa hi'n dŵad yn haws oeddach chi?* poerodd Helen. *Meddwl y bysa rhywun arall yn deud o'ch blaen chi?*

Roedd hi'n chwys a chryndod i gyd, sylwodd Carol.

Ai sylweddoli hynny wnaeth Nel Parry hefyd? Gweld ei merch mewn gwewyr a chael yn rhywle rhyw ffynnon annisgwyl o nerth. Ynteu pethau eraill oedd yn ei phoeni?

— *Helen,* meddai'n dawel, awdurdodol. *Gynnon ni bobol ddiarth. Dydi hi ddim yn amsar da iawn . . .*

— *Dach chi'n deud wrtha i! Mae o'r amsar gwaetha un!* '*Dydi hi ddim yn amsar da iawn,*' gwatwarodd ei mam. *Sut dach chi'n meddwl o'n i'n teimlo yn yr ysbyty yna gynna? Gorfod cogio mod i'n iawn o flaen pawb.*

Nawr, roedd hi'n sgwario o flaen y lle tân, ei dwy law ar ei chanol, a'i thad oedd yn ei chael hi, sylwodd Carol, nid ei mam.

— *Ers faint dach chi'n gwybod?*

Mor flin. Ei mam a'i thad yn rhythu ar ei gilydd mewn cyfyng-gyngor. Beth ddylen nhw ei ddweud? Pa ateb oedd arni hi isio'i glywed?

Mor flin. Eto, cofiai Carol glywed am ei mam ei hun. Y dicter oer sy'n codi o ofn. Er bod blynyddoedd ers hynny, gallai gydymdeimlo, a rhywsut, roedd hi'n siŵr, fe allai helpu mewn rhyw ffordd. Modfeddodd yn ei blaen. Fe fyddai hi'n siarad, yn cynnig . . .

Mor flin. Ond pa ryfedd, meddyliodd Luc: mi fyddai'n well petaen nhw wedi dweud wrthi o'r dechrau.

Dweud yn blaen. Nid y byddai ganddo fo unrhyw syniad sut i ddechrau . . .

— *Mi a' i i nôl rhywbeth i'w yfed i ti, Helen,* meddai Carol. *Ti'n boeth i gyd.*

— *Mae hi'n boeth,* meddai Nel Parry.

— *Ydi. Mae hi'n boeth ofnadwy,* cytunodd Carol, gan droi cadair oddi wrth y bwrdd i Mrs Parry gael eistedd. *Luc? Wnei di agor ffenest? Dŵr, Helen? Ta . . ?*

Trodd at Hywel Parry. Oedd hi'n amser cynnig rhywbeth cryfach? Cryfach na gwin?

— *Yn y cwpwrdd,* mwmiodd Hywel Parry. *Mae 'na wydrau . . .*

Sut yn y byd y daeth hi i hyn? Pam na fyddai o wedi dweud wrthi o'r dechrau? Pam na fyddai Nel wedi dweud? Pam na fyddai Nel wedi dweud wrtho fo yn y lle cyntaf? O'r dechrau. Pan fyddai yna obaith gallu . . . gwneud rhywbeth. Damia, roedd o isio smôc . . . O leiaf roedd Helen yn tawelu. Carol wedi dod â diod o ddŵr. Ffenestr ar agor. Ac awel. Annisgwyl oedd awel.

— *Ydi hi'n troi tywydd, dudwch?*

Heb sylwi ei fod o'n siarad, bron.

— *Gobeithio ddim,* meddai Luc. *Ddim cyn heno.*

— *Wel, na.*

— *I ni gael cynnal seremoni'r cwch.*

Roedd Helen yn ysgwyd ei phen, ysgwyd i gyd.

— *Fedra i ddim mynd. Fedra i byth wynebu pawb.*

— *Fydd raid i ti.*

Mrs Parry eto: yr hen gadernid, mor hunan-feddiannol yng nghanol hyn i gyd.

— *Cwch olaf dy dad. Mi fydd rhaid i ti fod yno.*

Rhyw oernad ddaeth o lwnc Helen. Wyddai hi mo hynny, chwaith. Faint mwy?

Edrychodd Luc a Carol ar ei gilydd. Roedd hi'n anodd iawn gwybod beth i'w wneud . . . Eto, nid eu lle nhw oedd dweud na gwneud dim byd, mewn gwirionedd, a thrwy gyd-ddigwyddiad fe drodd y ddau i chwilio am Sera, yr un pryd. Roedd hi'n sefyll wrth ddrws y gegin, â lliain sychu llestri yn ei llaw. Chwilio am ei llygaid er mwyn dweud bod popeth yn iawn. Eu bod nhw yno. Iddi.

Troi at ei storfa o sylwadau saff wnaeth Hywel Parry; y rhai a ddefnyddiodd droeon yn y byd o'r blaen.

— *Terfysg sy ynddi, beryg.*

Ac meddai Nel hithau, i diwn gyfarwydd pethau sicr bywyd:

— *Mae hi'n drymaidd ers ben bore.*

Eu geiriau fel cerrig gwastad yn sgimio croen y dŵr. Dau riant ar y lan yn suddo i'r tywod, yn gwrthod cydnabod tynfa'r traeth gwyllt.

A'r cymylau'n cyrraedd.

Rhusiodd gwynt cyn cawod drwy'r ffenestr agored a deffro'r llenni.

— *Faswn i'n synnu dim 'na wneith hi law.*

A'r ddau yn nodio.

— *Mi wnaetha les.*

Maen nhw'n osgoi siarad am y peth, meddyliodd Carol. Mor agos at wybodaeth mor fawr ac eto'n dawnsio siarad, yn gyrru'r sgwrs o bartner i bartner a neb yn gafael ynddi'n iawn. Neb yn ei chofleidio.

Wrth edrych o un i'r llall, a'u gweld yn gwrthod, mae hi'n ystyried gwneud un o'r pethau mwyaf haerllug wnaeth hi erioed. Ond mae Sera gam o'i blaen.

— *Sut wnest ti ffeindio allan, Helen?*

Rhaid i Carol hanner troi at y ffenestr o gywilydd. All

hi ddim edrych ar eu hwynebau. Sut y gall Sera ofyn y
ffasiwn beth? Pwy ydi hi i ofyn? O flaen pobl ddiarth,
ddywedodd Mrs Parry. Diarth. A phowld, mae'n siŵr.
Fyddai hi byth wedi gofyn. Fyddai hi?

Daw'r dafnau cyntaf i daro cwareli'r ffenestr; diferion
mawr diog, fel dafnau paent. Storm sydyn fyddai hon, yn
baglu ar draws yr awyr fel plentyn wedi gwylltio, cyn
dod o hyd i gornel i guddio yn mhyllau mwll y pnawn.

Ond daw geiriau Helen yn gawodydd.

Mae'r stori yn llifo'n ei phen ond y geiriau'n neidio;
mae'n anodd dilyn ei thrywydd. Neb yn gwybod. Pawb
yn gwybod. Pwy sy'n gwybod? Pawb a neb. Heblaw'r
blydi mêsyns. Blydi mès. Cam ar gam, yn hercio drwy ei
stori. Ac wrth iddi fytheirio am annhegwch y sefyllfa –
pobl fel Ian a Medi newydd brynu car mawr newydd,
Kevin a'i gariad isio symud tŷ, a Huw wedi benthyg
pres ar gorn ei gyflog i brynu . . . breuddwyd – daw'r
llifogydd.

Huw, a'i gwch newydd sy'n cysgu wrth y cei.

— *Marw neith o.*

Dagrau'n llif. Dros Huw.

Mae Carol yn sylweddoli bod Hywel Parry wedi deall
yr un eiliad yn union â hi . . . oherwydd llonyddodd y
newid mân. Peidiodd y pres. Nid am ei mam y mae hi'n
sôn. Sôn am y gwaith yn cau y mae Helen, nid am Mrs
Parry. Dydi Helen ddim yn gwybod am hynny. Ac mae
Hywel Parry yn ailddechrau anadlu.

Nid am Nel.

Nawr mae'r atebion yn dechrau llifo ganddo yntau –
yn ei ben – yr atebion y bu'n eu cronni ers wythnosau yn
barod at pan dorrai'r argae mawr. Cau'r gwaith yn
bechod mawr, anffodus. Ond economeg, dyna oedd o.

Diwedd cyfnod; pecyn iawndal; cyflogwyr eraill; gair yng nghlust. Byddai'r hogiau'n iawn.

Nid Nel.

Mae dyrnaid o ddarnau metel yn dynn yn ei gledr, ymyl y disgiau copr yn brathu i'w groen, ac yntau'n gafael ynddynt fel gwyran ar waelod rhyw gwch. Yn cydio fel cragen.

Rhoddai bob ceiniog o'i eiddo am gael Nel yn iawn.

Y glaw yn powlio i lawr y ffenestri, y gwynt yn sgytian y dail, a Helen yn wyn a llonydd. Fel delw. Yn wag.

— *Mami . . . dw i ddim yn teimlo'n dda iawn.*

— *Mae'n iawn, cariad.*

Croesi traeth gwyllt a'i chofleidio.

— *Dw i'n meddwl bod yna rywbeth yn bod arna i.*

— *Mae'n olreit.*

Rhoi ei breichiau briw amdani.

Ond gwylio gwedd ei gŵr.

Cragen wag.

Geiriau llanw.

— *Mae'n olreit. Mi fydd pob dim yn iawn.*

Allwn ni ddim dweud wrthi rŵan, Hywel, allwn ni?

43

2.15 p.m.

Mynd fyddai'r peth amlwg.

— *Ddim ar unrhyw boen yn y byd*, mynnodd Nel Parry pan ddaeth yn ei hôl o'r llofft.

Roedd y bwyd yn barod. Gormodedd. Y gegin yn gwegian.

— *Steddwch*, meddai. *Dowch!*

A chyda'r glaw yn dal i guro ar y gwydr, dyna wnaethant. Eistedd a dechrau bwyta mewn tawelwch anesmwyth gan giledrych ar ei gilydd, cnoi geiriau a llyncu ymatebion. Pan ddechreuodd y gwynt sgowlio mwy na'r cyfryw, cododd Hywel Parry a chau mymryn ar y ffenestr.

— *Bechod*, meddai Luc.

A neb yn gwbl sicr at beth y cyfeiriai.

Nawr safai Mrs Parry wrth ben y bwrdd yn mynd i'r afael ag ysgwydd o gig oen. Gyferbyn â hi, Hywel. Y pellaf oddi wrthi. Wrthi'n agor potel win.

Roedd y bresych wedi berwi gormod a'r surni yn lledaenu drwy'r aer fel staen gwlyb ar draws lliain bwrdd. Gafaelodd Carol mewn llwy i ddechrau codi llysiau.

— *Sera?*

Rhoddodd gymysgedd o lysiau ar blât ei merch, ei sylw nid ar ei llwy ei hun ond yn hytrach ar ymdrechion Mrs Parry. Roedd y diffyg yn ei ôl eto yn ei hwyneb; llaw'r gyllell yn llifio'n llafurus, llaw'r fforc yn llonydd yn y cig.

— *Luc?* Amneidiodd Carol am ei blât yntau.

Dim ond sŵn y gyllell yng nghnawd yr oen, y torritynnu trwsgl, meinwe pinc yn rhwygo, yn diferu sug a sŵn. Cyllell ar fetel pigog y plât torri cig, yn gwichian ar y gwely metel. Cyllell mewn cnawd.

— *Hywel* . . . ymbiliodd Nel.

Allai hi ddim.

Ddim mwy.

Safai Hywel Parry â'r botel yn ei law ond nid ymatebodd i'w wraig. Heb hyd yn oed ei chydnabod, cydiodd yn ei wydryn gwin a thywallt ei lond: arllwysodd nes bod y gwydryn mawr yn llawn. Yna gafaelodd yng ngwydryn Carol wrth ei ochr a dechrau tywallt gwin coch i hwnnw hefyd. Am fod y botel nawr yn wacach a'r gwin yn llifo'n fwy rhwydd, tasgodd yr hylif allan a gwyliodd pawb don yn ffrydio dros ymyl y gwydr, fel petai argae'r alcohol wedi torri. Gwlychodd y gwin gefn ei law, a chyn iddo allu ei sychu, glaniodd diferion ar y lliain gwyn. Tri.

Safodd Luc, estyn am lestr trwm y cig a'i symud yn nes ato. Plygodd Hywel Parry, codi mat o ganol y bwrdd a'i osod dros y diferion. Fel yna. Dyna ni. Nid edrychodd ar ei wraig wrth eistedd yn ei gadair; y gadair fawr â'i breichiau statws, goruwch y mân gadeiriau eraill rhyngddo a phen arall y bwrdd mawr braf. Nid edrychodd arni.

Ni allai.

Hoeliodd Sera ei sylw ar gefn llaw ei mam, yn llonydd ar y llwy yng nghanol yr uwd tatws. Am sefyllfa absŵrd! A chyn gynted ag y dechreuodd feddwl felly, roedd yn rhaid iddi ganolbwyntio'n galetach, ar ei fforc, neu ar ei chyllell, unrhyw le ond yn wyneb y dieithrwch fyddai'n gwneud iddi ddechrau giglan unrhyw funud.

Gwyliai Carol hi. O brofiad, gwyddai mor sydyn y

gallai'r brathu gwefus droi'n biffian amhriodol. Fel chwerthin mewn angladd. Po fwyaf anaddas, anoddaf ei atal. Cododd lwyaid drom o datws a gwylio'r ager yn ochneidio'i ryddhad wrth ddianc. Ochneidiodd hithau wrth feddwl am eu bwyta.

— *Gymra i datws a rhywfaint o foron, ond dydw i fawr o un am fresych, mae gen i ofn*, meddai Luc yn hamddenol wrth ben y bwrdd, gan estyn am ei blât.

Cydiodd eu llygaid.

Mi fydd hyn yn iawn, meddyliodd Carol. Mi fwytwn ni, wedyn mi awn. Eith Luc yn ôl i weithio. Eith Sera a finna am dro. Awn ni i'r bwthyn am dipyn. Mi awn ni adra i'r bwthyn ac wedyn . . .

Gwelodd wyneb ei merch.

Llygaid Sera'n dawnsio; yn brwydro â'i gwên o hyd.

Gwenodd Carol hithau, wrth edrych arni.

Mor sydyn yr oedd Sera wedi tyfu i fyny; un funud yn fach a nawr . . . merch ifanc mor drawiadol oedd hi. A theimlodd lonyddwch y tu mewn iddi wrth feddwl eto am ddigwyddiadau'r prynhawn rhyfedd hwn, a sylweddoli ei bod hi'n gwybod beth fyddai'n digwydd wedyn.

. . . Wedyn mi wnawn ni ffonio Bryn, mae'n debyg. Trefnu cyfarfod. Ac wedyn . . .

— *Dudwch fwy wrthan ni am y paentio 'ma, Carol*, meddai Hywel Parry.

Sy'n ei stopio'n stond.

Nid nawr yw'r amser i sôn am hyn.

Fe fydd hi'n ymdroi a cheisio dod o hyd i'r geiriau cuddio, y rhai y bu'n eu cario y tu mewn iddi ers . . . erioed. Ond wrth iddi oedi, a meddwl, a rhoi ei fforc ar ochr ei phlât, fe fydd llenni'r pnawn yn agor, y cymylau'n cilio a'r haul yn ei ôl. Fe fydd y pelydrau yn ffrydio drwy'r ffenestr, yn tywynnu arni, a bydd fflach o oleuni ar y gyllell a fydd bron â'i dallu. Y paentio yma. Llafn o haul bygythiol, bron.

Ac roedd rhywbeth yn ei lais, yn fflach ei eiriau.

Y paentio 'ma, Carol.

Dudwch fwy.

Yn rhannol er mwyn bod yn boléit, fe fyddai hi'n mentro, ond rhag ofn, yn dal ei gafael yn y gyllell.

— *Gwneud cwrs wnes i . . .*

— *Ddaru chi?*

— *Wnes i gwrs sylfaen, wedyn gradd yn rhan amser . . .*

— *Gradd?*

A Carol yn nodio. — *MA.*

Cyn lleied o bobl sy'n holi, yn mynd o dan yr wyneb, go iawn.

— *Wyddwn i ddim bod gen ti MA, Car,* meddai Luc mewn anghrediniaeth.

— *Celfyddyd gain. Lluniau olew.* Beth arall oedd o bwys? *Ym, wnes i draethawd hir ar . . . Rossetti.*

Un o'r enwau hynny mae pawb yn gyfarwydd ag o, ond na fedran nhw ei grisialu wedyn, erbyn meddwl, go iawn.

— *Rossetti?*

Ond roedd goslef Luc yn dangos iddi ei fod o, o leiaf, yn gwybod amdano.

— *Ia.*

— *Mae gynno fo lun yn Eglwys Gadeiriol Llandaf?*

Ac er iddi anghofio hynny, roedd hi'n gwybod ei fod o'n iawn. Triptych. Dafydd. Gallai weld y llun.

— *Oes. Hwnnw.*

— *Rossetti?*

Hywel Parry, a'i lais yn dweud, esboniwch,

ymhelaethwch. Ei lygaid yn erfyn, llenwch yr aer yma efo geiriau wnaiff lenwi ein meddyliau ni i gyd efo unrhyw beth ond y pethau sy'n ein hamgylchynu ni. Rossetti? Fe allai fod yn unrhyw un. Ond fe wnaiff hwnnw, Rossetti, y tro.

Pa mor addas oedd bwrw i'r stori, nawr, doedd ganddi ddim syniad. Ond roedd yma fwlch i'w lenwi a rhoddodd Hywel Parry lwyfan iddi. Felly dyma hi'n dechrau o'r dechrau, gyda'r cyd-ddigwyddiad.

Pan oedd hi'n chwilio am destun traethawd hir, roedd arddangosfa o waith Rossetti yn digwydd bod mewn oriel yn Lerpwl. Ei gyfres enwog o luniau o ferched. Roedd hi wastad wedi cael ei thynnu at hanesion merched cryfion ac roedd digon o ddeunydd traethawd yn y rhain. Pob llun yn llawn cyfeiriadaeth. Pob un yn brydferth a thrawiadol. Ac yn eu plith, yr oedd un . . . Roedd hyn bob amser yn ei stopio. Roedd cofio gweld y llun y tro cyntaf hwnnw yn dal mor fyw iddi ag erioed. Fe gafodd hi sioc o'i weld. Ofn, hyd yn oed. Llun a wnaeth iddi ailystyried popeth oedd y llun.

Yn eu plith yr oedd un . . . yn union fel Sera.

Gallai fod yn llunddelw o'i merch.

Roedd o ganddi. Trodd yn ei sedd gan feddwl chwilio amdano. Roedd o ganddi. Ar allweddi'r car. Ond wrth iddi hi symud ei chadair am yn ôl i godi, dyma hi'n cofio, daria:

— *Maen nhw yn y garej.*

A Luc yn methu deall ei hawydd i ddangos y llun hwnnw, nawr.

— *Ond dim ots . . .* Fe fyddai'n anodd iddi esbonio, beth bynnag. *Roedd hi jest yn debyg iawn i'r ffordd roedd Sera yn edrych ar y pryd.*

Y gwallt tonnog, hirwallt, melyn. Gwawr gyfoethog yn ei gwedd. Yn ei hwyneb: her, yn gymysg â rhyw dristwch . . . siom. A math ar gyfaddefiad oedd hynny. Ni fentrodd ddweud hynny o flaen ei merch o'r blaen: ei bod hi wedi gweld hynny yn y llun.

— *Pwy oedd hi, Carol?*

Luc oedd yn gofyn, a rhaid oedd i Carol chwilio am angor ei lygaid cyn ateb.

— *Helen,* meddai. *Helen Caerdroea.*

Hywel Parry yn gwneud wyneb deall.

Nel, efallai, ddim mor siŵr.

— *Roedd hi'n ddel iawn, i fod, toedd?* meddai Carol wrth droi at Mrs Parry, mewn ymgais i dynnu sgwrs.

Luc yn syllu ar y ddwy wrth bwyso a mesur ei eiriau:

— *Dynes gyfrwys iawn, meddan nhw.*

— *O'n i wastad yn meddwl ei fod o'n hanes braidd yn tragic,* meddai Sera, yn falch o'r diwedd o gael sgwrs â thipyn o afael ynddi.

— *Dw i'n siŵr mod i wedi gweld dociwmentari amdani hi unwaith,* ategodd Mrs Parry, yn brwydro'n galed. Yn cynnig diod o ddŵr i bobl. Normalrwydd. A gwasgu gwên. *Ddim dyna pam wnaethon ni ei galw hi'n Helen chwaith, naci Hywel?* Tawelwch. *Ym, gaethoch chi eich enwi ar ôl rhywun, Carol?*

— *Ddim hyd y gwn i.* Ond gwelodd Carol lygedyn bach o oleuni, y mymryn lleiaf o ysgafnder i'w roi yn y sgwrs. *Mi gest ti, do, Luc, yn amlwg!*

— *Wel, do,* gwenodd yntau.

A nodiodd pawb. Braf cael cytuno.

— *Y meddyg da,* sylwodd Hywel Parry.

— *Wel ia, ynte,* meddai ei wraig.

— *Wyddoch chi mai dim ond yn Efengyl Luc y cewch*

chi stori'r Samariad Trugarog a'r Mab Afradlon?
meddai'r trefnwr angladdau wedyn.

— *Taw â deud, Hywel,* meddai Nel Parry gan ddabio'i
gwefus efo'i napcyn. *Wyddwn i mo hynny. Wel yn y wir
. . . Pwdin, rywun?*

Rhyw wneud siâp stwyrian wnaethon nhw wedyn, a
chodi at glirio platiau, fymryn yn rhy frwdfrydig. Hywel
Parry yr unig un heb symud, mewn gwirionedd, fel
petai'r bywyd wedi'i sugno ohono, yn gwylio prysurdeb
pawb heb allu ymaflyd ei hun.

Estynnodd Sera am ei blât.

— *Enw beiblaidd sy gynnoch chitha hefyd,* meddai'n
dawel wrthi.

Cododd ei haeliau mewn syndod; ychydig a
sylweddolai hynny.

— *Ia, Mr Parry. Ond fydda i byth . . .*

— *Dw i'n eich cofio chi'n cael eich bedyddio.*

Serafina.

Fel ddoe.

— *Ydach chi wedi gorffen efo hwn?*

Gorffen, do.

44

9.45 p.m.

Roedd rhywbeth yn od yn y tywyllwch y noson honno, rhywbeth yn wyliadwrus yn y dorf. Pan ddechreuon nhw glywed y bloeddio o'r tu ôl i'r graig rhwng y porthladd a'r gwaith bromin, rhyddhad oedd gweld rhes o ffaglau yn dod i'r golwg dros y grib. A dim byd gwaeth. Afonig o oleuni yn treiglo i lawr y bryn ac at y dŵr.

Wrth i bawb ganolbwyntio ar ffaglau'r Llychlynwyr, tywyllodd y cei o'u cwmpas, a heb yn wybod iddynt, yn raddol, fe wyrodd pawb yn nes.

Safai Mervyn cyn agosed ag y gallai at y dŵr heb ddisgyn iddo. Safai gyferbyn â'r goelcerth, wrth ymyl postyn concrid ar gyfer clymu cwch. Meddyliodd y gallasai fod yn handi; y gallai Nel bwyso arno petai angen, er mwyn gorffwys. Daeth â blanced hefyd, rhag ofn iddi fod yn oer. Chwiliodd y dorf. Ond wynebau dieithr oedd y mwyafrif.

Carthen wlân a honno'n arw dan ei ddwylo. O gefn y car. Hen oglau oel.

Gwyliodd Carol a Sera o ddrws agored y bwthyn uwchlaw'r cei wrth i'r Llychlynwyr ymosod ar yr harbwr. Gwylio, a meddwl am y pethau a ddigwyddodd yma oesoedd yn ôl. Dychmygu byw yma, dan y fath fygythiad. Safle breiniol, a'r giât rydlyd rhyngddynt a'r dorf.

Doedd dim golwg o Luc yn unman. Doedd o ddim wrth gamerâu y cwmni teledu a doedd ei siâp ddim ymhlith y cysgodion yn y llwyd-wyll wrth y cwch yr ochr draw i'r cei. Yna, o unlle a phobman ar yr un pryd, daeth ei lais drwy'r system sain.

> '. . . yno y cyneuwyd y goelcerth angladdol
> fwyaf a fu erioed, codai cymylau o fwg coedyn
> i'r nen dywyll, a rhuai'r tân nes boddi eu hwylofain;
> gostegodd y gwynt, a'r fflamau yn creu llanastr
> yn y tŷ esgyrn poeth . . . a'r nefoedd a lyncodd y mwg.'

Un darn o'r stori a adroddai: diwedd hanes Beowulf, wedi'i frwydr olaf yn erbyn y ddraig; yr arwr yn gelain a phobl Geat yn eu galar.

Am hyn y disgwylodd Hywel Parry. Am y diwedd. Camodd o'r cysgodion, cydiodd yn y ffagl gyntaf a gyflwynwyd iddo, a llosgodd y cwch.

O'r diwedd, cysgodd Helen. Yn y diwedd, roedd hi'n haws cysgu na chwffio'r tabledi; cysgu i sŵn anadlu trwm ei mam a rhythm ei llaw yn mwytho'i thalcen. Adra, ynghwsg yn ei gwely glân.

Cau cyrtans ei llofft ei hun wnaeth Nel Parry wedyn. Cyrtans trwm; gwaith tynnu arnynt er mwyn eu cau. Rhoddodd y gorau iddi cyn cyrraedd y canol. Datododd y botymau angor a chydio yn ei choban.

Daethai pethau i ddarfu ar ei diwrnod. Dim cyfle i smwddio at y bore . . . a chofiodd am y crys a'r sanau ar y lein. Rhy hwyr.

I gyfeiriad y dref, roedd gwawl goleuadau. Tua'r amser y byddai pethau yno'n dechrau. Pwysodd Nel at y gwydr. Ni welodd fflamau. Meddyliodd, o bosib, iddi glywed oglau mwg.

Gwyliodd Carol a'i merch y tân yn dringo'r rhaffau, yn croesi'r hwyl-lath a breuo'r brethyn nes i'w ddiemwntau gwaetgoch ddymchwel i'r howld. Pan gydiodd y balast, a bol y cwch yn bwrw'i dân, ebychodd y dorf. Gwenodd y ddwy ar ei gilydd. Arhoson nhw ddim yno'n hir wedyn.

45

10.30 p.m.

Braidd yn bell oedden nhw i weld y tân gwyllt, mewn gwirionedd, ond roedd Luc yn benderfynol o fynd i ben y mynydd. Roedd o wedi cael digon ac eisiau dianc. Yn eu brys roedd y botel siampên wedi ysgwyd, a phan agorodd Luc hi saethodd y corcyn i'r awyr fel seren wib. Swigod oedd yn llenwi'r gwydrau.

— *Iechyd!*

— *Ddylet ti fod wedi'i chadw hi.*

Ond roedd o'n cael potel bob tro roedden nhw'n gorffen ffilmio. Yma, gyda Carol, dafliad carreg o ben siafft Mona, ni allai Luc feddwl am well lle i rannu ei siampên. Cododd ei wydryn.

— *I . . .*

I beth? meddyliodd Carol. I benwythnos da o ffilmio? I hen ffrindiau? Ailgydio?

— *I werthu Caswallon*, meddai Luc.

Roedd Carol yn syn.

— *Dyna wnei di?*

— *Ia, dw i'n meddwl. Os gofynnith hi i mi.*

Y cyfan oedd yn llifo drwy wythiennau Carol oedd y wefr fod yma gyfle, o'r diwedd, iddi hi gael prynu'r tŷ. Cyn iddo fynd ar y farchnad. Y tŷ a'i cynhaliodd cyhyd. Medrai, fe fedrai. Ac roedd Luc yn ciledrych arni.

— *Fysat ti . . ?*

A bron nad oedd arni hi eisiau chwerthin, gan mor gyffrous y syniad, gan mor rhyfedd o bleserus fu'r diwrnod, gan mor gartrefol o gyfarwydd oedd ei hanner, ei chwarter brawddegau.

— *Fyswn i be, Luc!* A dyma hi'n cydio yn ei fraich,

rhoi ei braich drwy ei fraich o, a gwasgu – fel gwasgu braich hen ffrind. *Fyswn i be?*

Codi ei ysgwyddau wnaeth o. Ddim digon saff o'i drywydd. A chliriodd ei wddf; codi ei wydryn hanner gwag o flaen ei wyneb. Hyd yn oed yn yr hanner golau, gwelai lwybrau'r swigod nwy.

Meddyliodd Carol am funud ei fod am gynnig llwncdestun arall. A brathu ynddi wnaeth hynny. Doedd hi ddim eisiau iddo wneud dim byd rhy fyrbwyll. Ddim isio'i siomi. Ddim isio drysu diwedd diwrnod da. Oherwydd, er gwaethaf y don o orfoledd annisgwyl a lifodd drosti, a beth bynnag yr oedd o'n bwriadu ei ofyn – fuasai hi beth? – fe wyddai hi i sicrwydd, eisoes, beth *na* fyddai hi'n ei wneud.

Fyddai hi ddim yn prynu'r tŷ. Ddim yn sôn wrtho am y posibilrwydd. Nac yn prynu unrhyw dŷ arall y ffordd hyn. Rhywle yng nghyffiniau'r bont, o bosib. Yn nes at y tir mawr. Yn ochrau . . .

Fflachiodd tân gwyllt ar draws yr awyr.

— *Dyma nhw'n dechrau!*

Gwasgodd Luc ei braich, ei frwdfrydedd yn ifanc, heintus wrth i'r cemegion dasgu'n gawod asteroidau hyd y gromen uwch eu pennau.

— *Waw! Sioe sêr i ni'n hunain . . .*

A chwarddodd y ddau.

Ond ar y ffin rhwng llawenydd a'r lle arall llawer mwy annelwig hwnnw, nawr, mae'r dagrau yn pigo. A dydi Carol ddim yn deall pam y mae hi'n teimlo fel crio, nawr bod y darnau yn syrthio i'w lle. Ond mae goleuadau'r dref islaw yn nofio o'i blaen. Pigau o oleuni, fel cerddorfa yn dal canhwyllau. A'r cwyr yn toddi o flaen ei llygaid.

— *Ti'n iawn?*

Mae o'n sbio'n boenus arni, y sglein yn ei llygaid yn bryder iddo yn y gwyll. Mae o eisiau sychu'r deigryn, cyffwrdd â'i boch; eisiau rhedeg ei fysedd hyd ei harlais, eu cau'n gwlwm am ei gwallt. Mae o eisiau gwneud hyn i gyd, ond . . . Yn lle hynny, mae o'n tynnu ei fraich yn rhydd, a'i gosod yn ofalus, yn ysgafn am ei chanol.

A nodio y mae hi. Yn iawn, ydi. Yn uchel yma, uwchlaw'r cyfan. Yn edrych i lawr ar y dref.

Tro Carol yw hi nawr i godi ei gwydryn.

— *I . . .* Mae hi'n meddwl yn ofalus . . . *I gael Sera adra.*

Sy'n gwneud i'w ofid yntau ddyfnhau.

— *Fydd hi'n iawn?*

— *Efo'i thad mae hi, Luc . . .*

Mae hi bron â dweud mai'r cyfan oedd ar Bryn ei eisiau oedd prynu peint i'w ferch; mai '*cwrw 'ta lager mae hi'n yfed*' oedd hyd a lled ei ddiddordeb ynddi. Ond cuddio mewn gwamalrwydd fyddai hynny, rhoi llais i hen ragfarnau, a fyddai hynny ddim cweit yn deg â fo.

— *Beth bynnag, mae hi'n ddigon hen i ofalu amdani'i hun.*

Sydd, ar un olwg, yn rhyddhad.

Daw arogleuon sylffwr o'r siafftiau dwfn gerllaw i bigo'u ffroenau a gadael blas metelig sy'n gwneud cegau'r ddau yn sych.

— *Glywist ti rywbeth am . . . ?*

— *Naddo.*

— *Na.*

Yn iawn, ydi. Yn uchel yma, uwchlaw'r cyfan.

Yn edrych yn ôl ar y dref.

Byrstiodd y nen. Cawod goch. Ac un arall – unwaith,

dwywaith – yna, ffrwydrad enfawr. A'r awyr yn llenwi â diferion lliw siampên.

Rhaid iddi gau ei llygaid i rwystro'r pigo eto. A Luc yn ei gwylio; yn cydio amdani a'i dal. Yng nghawell saff ei freichiau, fan hyn, mae'n amser iddi ddweud.

— *Pan o'n i yma ym mis Mai, mi es i yn fy mlaen, heibio i Gaswallon. Es i heibio'r tŷ ac ymlaen at ben y graig, at yr orsaf deligraff, ti'n gwybod . . ?*

Mae hi'n tynnu'n ôl i edrych arno. Mae'n bwysig ei fod o'n gwrando. Yn deall hyn yn iawn.

— *O'n i jest isio gweld . . . ers talwm . . .* sibrydodd wrtho.

Yr eiliad hon, mae mis Mai ei hun i'w weld yn bell.

— *O'n i ar ben y byd. O'n i newydd brynu'r busnes, o'n i'n dŵad yn ôl, roedd yr haul yn boeth a'r eithin . . .* Mae hi'n crynu bron wrth gofio. *Welais i erioed eithin o'r fath. Tonnau ohono fo. Yn felyn, solet, trwchus oddi tanaf fi, fel môr.*

Mae'r geiriau'n llifo. Bron fel 'taen nhw'n gwybod y stori yn well na hi ei hun. Ac mae hi'n sylweddoli y buon nhw yno yr holl amser, y tu mewn iddi, yn aros. Ond mae hi'n teimlo'i hun yn gwrido yn y tywyllwch wrth gyfaddef.

— *O'n i'n teimlo bod natur ei hun yn trio deud rhywbeth wrtha i; fod ganddo fo neges i fi. Bod hwn yn wanwyn gwahanol i unrhyw wanwyn fu erioed o'r blaen. Ac mai dim ond fi fyddai'n gweld yr eithin fel yr oedd o, ar ei orau . . . ar ei aur felyn orau. Felly . . . felly mi gerddais i lawr i'w ganol – roedd yr ogla yn anhygoel – cau fy llygaid, a'r arogl melysa, cynhesa glywish i erioed o nghwmpas ym mhob man. Ac wedyn . . .*

Sigodd yn ei freichiau.

— *Deud.*

— *Wedyn mi ges i fy mhigo.*

— *Cacwn?*

— *Gwenyn. Degau ohonyn nhw.*

— *Yn dy bigo di?*

— *Naci, dim ond un bigodd fi. Ond roedd hynny'n ddigon . . .*

— *I be?*

Mae'r geiriau yn glynu yn ei gwddf.

— *I wneud i mi stopio breuddwydio.*

Sy'n gwneud iddo yntau ei gwasgu'n dynn, ac yna'n dynnach byth. Fel 'tai o'n ceisio cael gwared ar y gwenwyn. Yn ei ochenaid, mae'r blynyddoedd yn diflannu dros ymyl y dibyn, ymhell bell allan i'r môr.

— *Sori, Carol.*

Ac mae hi bron â dweud, — *Mae'n iawn.*

Ond celwydd fyddai hynny.

Yr hyn y mae hi'n ei wneud yw camu yn ei hôl a gwenu arno. Dal ei law a phlethu bysedd, a sefyll yno'n edrych ar y cyfan.

Dal a gollwng gafael, yn uchel yno, uwch y dref.

— *Dw i'n iawn*, meddai.